Einbeck um 1500: Im beschaulichen Einbeck wird der Braumeister Dieter Lohe erwürgt und mit mehreren Stichen ins Herz erdolcht. Bartholomäus Freyberg, Schmied und Ratsherr, kann sich vorerst nicht um den seltsamen Mordfall kümmern; er muss wegen Bierpanschereien ins Einbecker Haus nach Hamburg fahren.

In Konstantinopel wird einem Hamburger Bernsteinhändler im Schlaf die Kehle durchgeschnitten. Mustafa Pascha, genannt »Der Blitz«, muss sehen, wie er seinem Sultan Bayezid die schönen Bernsteine, das »Gold des Nordens«, besorgen kann, ohne teure Umwege über die venezianischen Händler zu nehmen.

In Hamburg scheinen die Spuren der Mörder zusammenzulaufen. Wer sind die seltsamen Südländer, die mit dem Hamburger Bernsteinhändler und dem Einbecker Braumeister in tödlichem Streit aneinander geraten sind?

Und welche Rolle spielt der Hamburger Fernhandelskaufmann Balthasar Vennerskamp, der nach seiner Heirat mit der reichen Witwe Lucretia aus dem mächtigen Venediger Cornetti-Clan einen fast unheimlichen Aufstieg in der Hamburger Bürgerschaft nimmt?

Jürgen Ebertowski, 1949 in Berlin geboren, studierte Japanologie und Sinologie. Mitten in Kreuzberg unterhält er seit langen Jahren eine Aikido-Schule. Er ist einer der erfolgreichsten Krimiautoren Deutschlands. In seiner neuesten Serie um den Amateurermittler Eugen Meunier, dem Grenzgänger zwischen den Kulturen der Türkei, Japans und Kreuzbergs, wurden bisher die *Die Erben des Dionysos* und *Bosporusgold* veröffentlicht. Bei Hanse erschien von Ebertowski *Das Vermächtnis des Braumeisters*, ein historischer Krimi, in dem ebenfalls der Einbecker Schmied Bartholomäus Freyberg ermittelt.

JÜRGEN EBERTOWSKI

Hanse und Halbmond

Ein Hansekrimi

Die Hanse

*Dieses Buch ist Thomas Freitag gewidmet.
Danken für ihre vielseitige Unterstützung möchte ich
ebenfalls Anne und Halis, Christoph Brandner,
Edith Kondziella, Murat Tosun und Mehmet Zagli.*

Bibliografische Information Der Deutschen Bibliothek

Die Deutsche Bibliothek verzeichnet diese Publikation in
der Deutschen Nationalbibliografie; detaillierte bibliografische
Daten sind im Internet über http://dnb.ddb.de abrufbar.

© Die Hanse | EVA Europäische Verlagsanstalt, Hamburg 2005
Lektorat: Lisa Kuppler
Umschlaggestaltung: Susanne Reizlein
Motiv: Detail aus Dosso Dossi, »Portrait of a Warrior« (1517),
Galleria degli Uffizi, Florence
Herstellung: Das Herstellungsbüro, Hamburg
Druck und Bindung: Clausen & Bosse, Leck
Printed in Germany
Alle Rechte vorbehalten
ISBN 3-434-52807-5

Informationen zu unserem Verlagsprogramm finden Sie
im Internet unter www.die-hanse.de

PERSONEN

in Konstantinopel:

Mustafa Pascha (alias »Menelaos« in den Frankenlanden),
   Gesandter des osmanischen Großwesirs, genannt »Mustafa der
   Blitz« (Yildirim-Mustafa), Oberst der Janitscharen
Nedschmeddin, sein Diener (alias »Nestor« in den Frankenlanden)
Moses, Tuchhändler aus Konstantinopel
Sultan Bayezid (1481–1512), genannt »Der Heilige« *(Bayezid-i Velî)*,
   Padischah des Islams und der Muslime
Yakub, sein Großwesir

in Hamburg:

Balthasar Vennerskamp, Fernhandelskaufmann
Lucretia Vennerskamp, geborene Cornetti, seine Frau
Dietrich Kämmerer, Bernsteinkaufmann
Georg Kämmerer, sein jüngerer Bruder
Henning Braake, Schmiedemeister, Freund von Bartholomäus
   Freyberg
Elisabeth Braake, dessen Tochter, Verlobte von Georg Kämmerer
Peter Rogge, Bierbrauer
Fuchs und *Qualle*, seine Männer fürs Grobe
Bertold Brammer, Böttchermeister
Heinrich Reepernfleet, Wirt vom Einbecker Haus in Hamburg
Ole Krückau, dessen Faktotum und Hausvogt des Einbecker
   Hauses
Gutfried Klaasen, Gildemeister der Seilerzunft
Berta, ein altes Bettelweib mit scharfen Augen
Rosalinde, eine dralle Bademagd mit vielen Verehrern
Karl Fechternheim, Erzkaufmann aus Goslar

in Venedig:

Andrea Cornetti, ein umtriebiger venezianischer Bankier
Bernardo Mattezze, sein Agent für Auslandsgeschäfte
Paolo Bellentene, dessen Gehilfe

in Einbeck:

Bartholomäus Freyberg, »Brauer und Bürger«, Ratsherr für die Schmiedegilde in Einbeck, Kommandeur der Landwehr
Maria Freyberg, seine Frau
Krögerhannes, Marktbüttel
Lothar Riecke, Bürgermeister von Einbeck, Kaufgildenratsherr
Hans Butterburg, Wirt vom Gasthof »Stern«
Der Fromme Klaus, Henker und Totengräber von Einbeck
Dieter Lohe, Stadtbraumeister, besonders beim Würfelspiel ein streitsüchtiger Zeitgenosse
Ulf Buntvogel und *Krummwasser-Till*, Fuhrknechte

PROLOG

Am Goldenen Horn

Der stämmige Mann auf der Veranda des luftigen Pavillons hatte keine Augen für den sinkenden Sonnenball, der die Paläste und Moscheen auf der Sarayhalbinsel in mattes Goldrot tauchte. Auch spürte er die Brise kaum, die endlich Linderung von der brütenden Hitze in die Gärten am Norduferdes Goldenen Horns brachte. Es war erst Anfang Mai, aber die Sonne brannte schon so heftig wie sonst nur im Mittsommer.

Der Mann saß im Schneidersitz vor einem leeren Kristallbecher und studierte eine Landkarte und diverse Schriftstücke. Sein leichtes, mit einer Goldborte verbrämtes Seidenhemd stand über der Brust offen. Die Kraterlandschaft aus vernarbten Schwerthieben und Stichen, die der Ausschnitt entblößte, bezeugte, dass sich der Mann in seinem Leben nicht nur mit Papierkram beschäftigt hatte. Der durchtrainierte Körper wirkte jugendlich, aber der akkurat gestutzte Vollbart, dessen Spitze ein blauer, Glück bringender Edelstein aus dem fernen Indien zierte, war bereits von einigen grauen Strähnen durchsetzt. Ein persischer Streitkolben mit einem Gepardenkopf in einem samtgepolsterten Lederfutteral und ein silberbeschlagener Krummsäbel, wie ihn nur hohe Offiziere der Palasttruppen tragen durften, hingen an einem Pfosten der Verandabrüstung.

Der glatzköpfige Leibdiener des Mannes, dessen ansonsten glatt rasiertes Gesicht ein Schnurrbart mit weit über das Kinn hinabhängenden Spitzen zierte, war von ähnlich kräftiger Gestalt und etwa im gleichen Alter wie sein Herr. Er hockte reglos neben den Waffen. Lediglich seine Augen verfolgten unablässig eine Fliege. Als er mit dem Handrücken nach dem Insekt schlug und es an dem Verandapfosten zerquetschte, sah man, dass der muskulöse Unterarm ebenfalls schon Bekanntschaft mit der einen oder anderen Schwertklinge gemacht hatte.

Mustafa Pascha, der auch ehrerbietig »Yildirim-Mustafa«, »Mustafa der Blitz«, genannt wurde, seit er gleich am ersten Tag der Lepanto-Schlacht drei Unterführer des venezianischen Heerführers niedergestreckt hatte, schob die Landkarte mit einem Seufzer von sich. Mit einem Blick gab er seinem Diener zu verstehen, dass er den Weinbecher nochmals füllen solle.

Der glatzköpfige Nedschmeddin, der Yildirim-Mustafa in allen seinen Schlachten als Waffenbursche begleitet hatte, verzog die Lippen. »Der Großwesir erwartet dich in einer Stunde in seinem Palast, Herr. Ich bringe dir jetzt besser einen starken Salbeitee, der reinigt den Atem.«

Der Pascha rümpfte die Nase und erwiderte etwas Unverständliches, dann beugte er sich erneut über die große Landkarte, die der Tuchkaufmann Moses mit Hilfe des fränkischen Bernsteinhändlers gezeichnet hatte.

Mustafa der Blitz war ein sprachgewandter Mann. Die glorreichen Feldzüge seines Sultans – *Allah der Allerhabene segne ihn und gebe ihm Heil!* – hatten ihn in alle Gegenden des Reiches geführt. Er war des Persischen mächtig, verständigte sich problemlos mit jedem Griechen oder Armenier, und es bereitete ihm auch keinerlei Mühe, einer Unterhaltung auf Arabisch zu folgen. Aber die Städte der Franken, von denen der Jude und dieser Giaur gesprochen hatten, waren die reinsten Zungenbrecher. Allah – *Gelobt sei sein Name!* – hatte die Ungläubigen im Norden der Welt wahrhaftig mit böse verknoteten Zungen gestraft.

Der Pascha, ein Oberst der Janitscharen, der Elitetruppe des Osmanischen Heeres, war nun bereits im dritten Jahr vom Großwesir Yakub damit beauftragt, ein wachsames Auge auf die fremden Händler Konstantinopels zu werfen. Im Werftenviertel gab es häufig Schlägereien zwischen venezianischem, genuesischem und griechischem Schiffsvolk, und bei einer Razzia war den Leuten des Paschas ein blonder Ungläubiger in die Hände geraten. Bis auf ein paar dürftige Brocken Italienisch beherrschte der Hüne keine einzige der vielen Sprachen, die man in Konstantinopel hören konnte. Doch da der Giaur, eingenäht in den Leibgurt, daumengroße Bernsteinperlen verborgen hatte, war sogleich nach dem Seidenhändler Moses geschickt worden. Bernstein kam aus den kalten Nordlanden der Franken, und Mustafa Pascha wusste, dass der Jude diese unwirtlichen Gegenden schon mehrmals bereist hatte.

Das Verhör war anfangs stockend verlaufen, aber schließlich hatte er dank Moses' Übersetzungskünsten dem blonden Fremden dann doch Erstaunliches zu entlocken vermocht. Der Giaur hieß *Ditoritsch* oder *Dituritsch* – auch die Namen der Nordfranken waren alles andere als wohllautend – und hatte sich als hansischer Kaufmann bezeichnet. Seine Heimatstadt war ein Ort namens *Hamburk*.

Auf die Italiener, besonders die Venezianer, war er nicht gut zu sprechen gewesen. Wie der Pascha wusste, pflegten Venedig und die Hanse zwar untereinander Warenverkehr, sie standen aber zugleich in scharfer Konkurrenz zueinander. Und ohne die Zwischenhändler der Lagunenstadt lief nichts, was den Orient-Fernhandel in beide Richtungen betraf. Auch das mit Venedig verfeindete Genua, das ähnliche Handelsverbindungen nach Süden und Osten besaß, zeigte sich stur wie seine Adria-Rivalin, wenn jemand das profitable Zwischenhandelsgeschäft zu umgehen versuchte.

Der Franke hatte nun gehört, dass man im Reich des Sultans Bayezid das Gold des Nordens über alle Maßen schätzte. Mit seinem Bruder hatte er sich auf den Weg nach Süden gemacht, in der Hoffnung, in Venedig eine Schiffspassage nach Konstantinopel zu finden. Die jedoch war den beiden Kaufleuten mit ihren Waren in der *Serenissima* verwehrt worden. *Ditoritsch* – selbst wenn er den Namen dieses Giaurs nur *dachte*, verhakte sich die Zunge des Paschas – hatte daraufhin die besten Bernsteinklumpen in seinem Leibgurt verborgen, die anderen nach langwierigen Verhandlungen an einen Bankier und Handelsherrn namens Andrea Cornetti verkauft. Seinen Bruder hatte er mit dem Erlös in die Heimat zurückgeschickt. Nach Konstantinopel war er schließlich auf einem kleinen griechischen Lastensegler gelangt.

Kaum dort angekommen, war er sofort in eine Schlägerei im Werftenviertel verwickelt worden. Ein Agent des Bankiers Cornetti, der zwei Tage zuvor mit einer Ladung Kristallglas aus der Lagunenstadt eingetroffen war, hatte ihn erkannt und lauthals beschimpft. Er hatte ihm vorgeworfen, das Vertrauen der venezianischen Kaufmannschaft missbraucht und die Ausfuhrgesetze der *Serenissima* verletzt zu haben. So viel immerhin hatte der Bernsteinhändler trotz seiner dürftigen Italienischkenntnisse verstehen können. Ein Wort hatte das andere gegeben, dann waren die Fäuste geflogen. Mehrere griechische Matrosen des Lastenseglers, mit denen der Giaur sich auf der Überfahrt angefreundet hatte, waren ihm zu Hilfe geeilt. Der venezianische Agent hatte ebenfalls Unterstützung von seiner Schiffsbesatzung erhalten, und die ersten Messer waren gezogen worden. Ein alarmierter Trupp der Hafenwache hatte dem Treiben indes ein schnelles Ende bereitet. Die streitenden Parteien hatten sich beim Herannahen der schwer bewaffneten Janitscharen in den engen Gassen des Werftenviertels wie Rauch verflüchtigt. Nur dem ortsunkundigen *Hamburker* Bernsteinhändler war es nicht geglückt, rechtzeitig das Weite zu suchen.

Die Spitzel des Paschas konnten immerhin den Namen des Venezianers, der den Streit angezettelt hatte, in Erfahrung bringen, Bernardo Mattezze. Wo der Mann sich momentan aufhielt, war hingegen niemandem bekannt.

Yildirim-Mustafa hatte sich nach dem Verhör des Giaurs sofort zur Sarayhalbinsel hinüberrudern lassen und seinem Gönner, dem Großwesir Yakub, eingehend Bericht erstattet.

Seitdem Sultan Bayezid – *Der Allerhabene lasse sein Glück und seine Sieghaftigkeit dauern immerdar!* – dem Wein abgeschworen hatte und von morgens bis abends das Gespräch mit frommen Männern pflegte, hieß er im Volk nur noch »Der Heilige«. Der Padischah kümmerte sich kaum noch um die Staatsgeschäfte, ja, selbst seine Wesire hatten neuerdings Mühe, ihm die allerdringlichsten Regierungsangelegenheiten vorzutragen. Es gab indes eine List, dennoch das großherrliche Ohr zu gewinnen: Der Padischah, »Statthalter und Schatten Gottes auf Erden« – *Allah der Allerhabene segne ihn und lasse seine Herrschaft andauern ohne End!* –, besaß eine Passion für Gebetsketten, deren Perlen er eigenhändig aus den edelsten Steinen anfertigte. Am liebsten schnitt er sie aus dem leicht zu bearbeitenden Gold des Nordens. Je größer die Bernsteinbrocken waren, desto mehr wuchs die Chance, dass der Überbringer der Geschenke beim Sultan Gehör für sein Anliegen fand. Da wegen der anhaltenden Reibereien mit den Polen und Russen der Handel nach Norden völlig brachlag, gelangte zwar noch Bernstein via Venedig nach Konstantinopel, aber es handelte sich zumeist um kleinere Stücke minderer Qualität.

Der Großwesir hatte sich Yildirim-Mustafas Bericht geduldig angehört. Doch als er zum Ende gekommen war, hatte der Großwesir wie ein mit dem köstlichsten Naschwerk beschenktes Kind in die Hände geklatscht und gelacht. »Oh, mein Sohn, diesen Franken schickt uns tatsächlich der Himmel! Zeig mir die Brocken!«

Lange hatte der Großwesir die Bernsteinklumpen mit verklärtem Blick befingert, bevor er wieder das Wort an Mustafa Pascha richtete. »Mein Sohn, entlohne den Giaur reichlich für die Steine, bewirte ihn gut und beschaffe ihm auch eine angemessene Bleibe, denn wir brauchen fortan seine Hilfe. Du wirst so bald wie möglich mit ihm und dem Seidenhändler Moses als geheimer Emissär unseres weisen Herrschers – *Allah der Allmächtige schenke ihm ein langes Leben!* – in dieses Kaufmannsreich der Franken reisen. Bringe ihren Oberen die Kunde, dass unser erhabener Padischah direkten Handelskontakt mit ihnen wünscht. Gelänge es auf diese Art und Weise, die venezianischen Zwischenhändler auszuschalten, wäre das nur profitabel für beide Seiten. Hast du Erfolg mit deiner Mission, mein Sohn, sorge ich dafür, dass du einen Provinzstatthalterposten bekommst.«

Yildirim-Mustafa hatte sich vor seinem Gönner tief verbeugt. Die unwirtlichen Frankenlande zu bereisen, erheiterte den Janitscharenoberst nicht sonderlich. Doch die Aussicht, dafür vielleicht Herr über eine Provinz zu werden, war Anreiz genug, um selbst den leibhaftigen Scheitan herauszufordern.

1. KAPITEL

Der geflügelte Löwe

Zwei tief im Wasser liegende venezianische Kauffahrer legten vom Sarayufer ab und verließen das Goldene Horn mit geblähten Segeln in Richtung Marmarameer. Sie hatten Glaswaren aus der Lagunenstadt nach Konstantinopel gebracht und transportierten nun Seide und Gewürze in ihren Heimathafen zurück. Nur die Galeere des venezianischen Gesandten, von der es hieß, dass sie den beiden Handelsschiffen in der piratenverseuchten Ägäis Geleitschutz geben wollte, war nirgends zu sehen.

»Ach, sollen sie doch allesamt zur Hölle fahren!«, murmelte der Pascha und spuckte aus. Nein, er mochte sie nicht, die Venezianer, und daran war nicht ausschließlich die breite, bei Wetterumschwung juckende Brustnarbe Schuld, die er in der Lepanto-Schlacht als bleibendes Andenken erhalten hatte.

Seit wieder Frieden mit ihnen herrschte, rächten sich diese räudigen Christenhunde für die erlittenen Niederlagen auf dem Balkan, indem sie die Preise nach Belieben hochschraubten. Der Janitscharenoberst blickte auf das leere Weinglas. Für den guten, schweren Zypern-Wein verlangten sie jetzt sogar das Doppelte! Der Pascha presste die Lippen aufeinander. Die allerorts siegreichen osmanischen Truppen hätten vor einem Friedensabschluss mit der *Serenissima* unbedingt erst noch Zypern erobern müssen. Mit dieser Meinung stand Mustafa Pascha beileibe nicht allein da – sogar der Großwesir Yakub hatte sich in kleinem Kreise wiederholt in diesem Sinne geäußert.

Nedschmeddin stellte eine Schale mit frisch gebrühtem Salbeitee vor seinen Herrn. Yildirim-Mustafa schnitt eine Grimasse und trank einen winzigen Schluck. Mit dem Rest spülte er sich sorgfältig den Mund aus.

Der Großwesir war fürwahr kein Feind eines vergnüglichen Umtrunks, aber bei dem heutigen Treffen – es ging um die Details der bevorstehenden Nordlandreise – war auch der oberste Heeresrichter anwesend, und der war ein witzloser Eiferer, wenn es um Weingenuss ging.

Yildirim-Mustafa seufzte. War er etwa kein guter Muslim, bloß weil er sich hin und wieder an dem köstlichen Rebensaft aus Zypern oder Kappadokien erquickte? Wo, bitte schön, stand im Heiligen Koran, dass Wein zu trinken verboten wäre? Er, ein guter Muslim, verrichtete tagtäglich pünktlich seine Gebete gen Mekka und konnte vermutlich besser aus dem Koran rezitieren als so mancher halbgebildete Dorfhodscha. Selbstverständlich, Flüssigkeiten zu sich zu nehmen, die berauschten, war eindeutig verboten. Aber machte Wein etwa trunken? Hatte Allah der Barmherzige – *Gelobt sei sein Name!* –, der Erschaffer aller Dinge, es in seiner übergroßen Güte nicht geradezu trefflich eingerichtet, dass, wenn man Trauben zerquetschte und sie einige Zeit ruhen ließ, ihr Saft den Menschen Heiterkeit und Wohlbefinden schenkte?

Mustafa Paschas Laune verschlechterte sich, als er sich in Erinnerung rief, was ihn im Reich der Hansekaufleute an Speis und Trank erwartete. Schweinefleisch galt ihnen als Hochgenuss, aber Moses hatte ihn beruhigt. Auch Ochs, Rind oder Schaf und Geflügel wüssten die Ungläubigen recht schmackhaft zuzubereiten. Je weiter man jedoch nach Norden reise, umso schwieriger wurde es anscheinend, guten Wein zu bekommen. Die Giaurs an den kalten Meeren tranken deshalb fast ausschließlich ein dunkles Gebräu aus bitterem Gerstensaft.

Mustafa der Blitz, der noch immer den intensiven Geschmack von Salbei im Mund hatte, verzog das Gesicht. Der Bernsteinhändler hatte von dem heimatlichen Getränk geschwärmt, als wäre es himmlischer Nektar. Der beste Gerstentrunk wurde vorgeblich in einer Stadt gekeltert, deren Namen sich der Pascha nur hatte merken können, weil er so ähnlich klang wie der Ort an der persischen Grenze, dessen Garnison er als junger Offizier befehligt hatte: *Ainbek*. Teurer als Wein sogar würde der Getreidetrunk von dort in allen Nordlanden gehandelt werden.

Nedschmeddin räusperte sich. »Herr, beeil dich. Das Kurierboot vom Großwesirspalast hat soeben angelegt.«

Yildirim-Mustafa rollte die Karte zusammen und ließ sich von Nedschmeddin beim Anlegen seiner Obristenuniform helfen. »Was macht der Giaur?«

Nedschmeddin grinste breit. »Er amüsiert sich vermutlich gerade im Gartenkiosk.«

Der Pascha konnte einen Seufzer nicht unterdrücken. »Für jemand, der behauptet, dass er den Gerstensaft seiner Heimat für das vortrefflichste Getränk Gottes auf Erden hält, spricht der Giaur meinem Wein recht schamlos zu.«

Nedschmeddin grinste. »Sorg dich nicht um deine Weinvorräte, Herr! Heute in der Früh hat ihm der Großwesir zwei junge, wohlansehnliche tscherkessische Sklavinnen aus seinem Harem geschickt.«

»Wer ist es denn? Aysche und Canan?« Die füllige Aysche ebenso wie die nicht minder stattliche Canan hatte Yildirim-Mustafa dank der großwesirlichen Gunst schon mehrmals besteigen dürfen.

»Nein, Herr, es sind zwei neue Mädchen vom Sklavenmarkt. Zum ausgiebigen Bechern wird der Franke wohl keine Zeit mehr finden.«

»Gebe es Allah der Barmherzige«, knurrte der Janitscharenoberst.

Als Yildirim-Mustafa um Mitternacht vom Palast des Großwesirs zu seinem Pavillon zurückgerudert wurde, sah er bereits aus der Ferne, dass sich etwas Ungewöhnliches ereignet hatte. Überall auf dem Grundstück brannten Pechfackeln. Der Pascha befingerte den Edelstein in seiner Bartspitze und trieb die Ruderer zur Eile an. Doch in der Mitte vom Goldenen Horn war das Boot gezwungen, erst die Galeere des venezianischen Gesandten vorbeizulassen, die dem Bosporus zustrebte.

Nedschmeddin erwartete ihn am Landungssteg. Ein blutdurchtränkter Verband verhüllte seine linke Hand.

»Was ist geschehen?«

»Ein Überfall, Herr. Er galt dem Ungläubigen.«

»Und?«

»Er ist tot. Ich habe gehört, wie die Sklavinnen kreischten und um Hilfe riefen, und bin sofort mit meinem Schwert zum Kiosk gerannt. Der Giaur hat mit durchschnittener Kehle auf seiner Bettstatt gelegen. Die Mörder wären zum Wasser, haben die Tscherkessinnen geschrien. Ich habe sie eingeholt, kurz bevor sie in ihr Boot steigen konnten. Es waren drei Männer und noch einer, der im Boot auf sie gewartet hat. Sie haben sich auf mich gestürzt, wohl weil sie glaubten, mit nur einem Verfolger hätten sie ein leichtes Spiel.« Nedschmeddin strich sich mit seiner unversehrten Rechten über den kahlen Schädel. »Zwei von ihnen haben diesen Fehler mit dem Leben bezahlt, Herr. Der Dritte hat sich mit dem Boot davongemacht, als seine Komplizen im Staub gelegen haben.« Der Diener hob die verbundene Hand. »Erst da habe ich die Wunde gespürt.«

Yildirim-Mustafa warf einen besorgten Blick auf Nedschmeddins Arm. Schon oft hatte der getreue Leibdiener ihm in kritischen Situationen zur Seite gestanden und beim Feldzug gegen die Mameluken wohl mehr als einmal das Leben gerettet.

»Nichts von Bedeutung, Herr, es ist nur ein Schnitt«, beruhigte ihn Nedschmeddin.

Sie eilten zum Kiosk. Der Koch und sein Gehilfe aus der Küche, beide mit kurzstieligen Fleischeräxten bewaffnet, standen in der Türöffnung. Sie verbeugten sich und traten zur Seite.

Ein Dutzend Öllampen erhellten den Raum. Der Franke, nur mit einer Pluderhose bekleidet, lag mit starren Augen und um den Hals verkrampften Händen rücklings auf dem Diwan. Die Mörder hatten dem starken *Ditoritsch* aus *Hamburk* nicht nur die Kehle mit einer Kupferdrahtschlinge zugeschnürt: Yildirim-Mustafa zählte überdies an die zwanzig Einstiche in Brust und Bauch.

Neben der blutbespritzten Schlafstatt befanden sich die Scherben eines tönernen Weinkrugs.

»Wie konnte das passieren?«, herrschte der Janitscharenoberst die immer noch verstörten Tscherkessinnen an, die in einer Raumecke kauerten.

»Zürne uns nicht, o ehrwürdiger Gebieter. Wir haben im Nebenzimmer geschlafen und wurden von einem Poltern geweckt.« Die schwarzhaarige Schönheit deutete auf die Scherben. »Ich wollte nachschauen, ob der Giaur vielleicht vom Wein berauscht gestürzt war, und habe unsere Kammertür geöffnet. Da habe ich sie gesehen, drei fremde Männer. Ich habe um Hilfe geschrien. Doch sie haben weiter auf den Giaur eingestochen, wie besessen, und sind dann in Richtung Uferböschung davongerannt. Und dann ist auch schon dein Diener herbeigeeilt.«

Mustafa Pascha trat dichter an den Diwan. »Dreh den Franken auf den Bauch!«, befahl er dem Koch.

Der muskulöse Rücken war nackt und unverletzt, kein Tropfen Blut war auf der hellen Haut zu sehen. Auch an der Hinterseite der Hosen war kein Einstich zu erkennen.

»Es sieht nicht aus, als hätte er sich groß zur Wehr gesetzt«, murmelte der Janitscharenoberst. »Sie haben ihn im Schlaf überrascht.«

»Im Rausch, würde ich meinen.« Nedschmeddin beugte sich zu den Scherben. »Ich habe ihm am späten Nachmittag einen Krug gebracht, und der war randvoll.« Er betastete den Teppich und schüttelte den Kopf. »Keine nasse Stelle, Herr. Er muss ihn bis auf den letzten Tropfen geleert haben.«

»Stimmt das?«, fragte der Pascha die Sklavinnen.

Beide erröteten und senkten den Blick »Wir wissen es nicht genau. Er hat mit uns seine Lust gehabt, dann hat er uns fortgeschickt, weil er müde war. Wir haben noch ein Brettspiel gespielt und sind dann auch zu Bett.«

Yildirim-Mustafa musterte die jungen Tscherkessinnen. »War er bereits betrunken, als er sich mit euch vergnügt hat?«

»Nein, Herr.«

Der Pascha fuhr sich über den Bart. Es gab keinen Grund, ihren Worten zu misstrauen. Auch ohne die Wirkung des Rebensaftes konnten die ansehnlichen Gespielinnen, die der Großwesir dem Franken geschickt hatte, einem Manne sicher paradiesische Freuden schenken. Erschöpft und durstig hatte der Giaur vermutlich nach dem Liebesspiel den Wein wie Wasser hinuntergestürzt.

»Ich will die Leichen der Meuchelmörder sehen«, wandte der »Blitz« sich an Nedschmeddin.

»Der Koch und sein Gehilfe haben sie zu deinem Pavillon getragen, Herr.«

Eine Reihe flackernder Pechfackeln illuminierte den schmalen Grasstreifen vor der Verandabrüstung. Nedschmeddins Krummsäbel hatte dem einen Eindringling, einem hageren dunkelhäutigen Tataren, den Schädel bis zur Nasenwurzel gespalten und war dem anderen unterhalb des Brustbeins in die Magengrube gefahren.

»Dieser Hund hat mich an der Hand erwischt, bevor ich ihn aufspießen konnte«, knurrte der Diener.

Mustafa Pascha betrachtete das Gesicht des Mannes. »Zieht ihm die Hose aus«, befahl er. »Auch seine Untergewänder.« Er hatte richtig vermutet: Der Tote war nicht beschnitten.

Neben den Leichen lagen die blutverklebten Waffen der Mörder. Ein langer zweischneidiger Dolch passte in die Scheide aus getriebenem Silber am Gürtel des Giaurs.

»Bei Allah, sieh nur!« Der Pascha reichte seinem Diener den Gürtel. Die Dolchscheide zierte der geflügelte Löwe, Venedigs Wappentier.

»Beim Propheten!«, knurrte Nedschmeddin und versetzte der Leiche einen Tritt.

»Holt mir mein Pferd«, rief Yildirim-Mustafa. »Sofort!«

Der Kochgehilfe hetzte davon.

Nach einem kurzen, scharfen Ritt war der Pascha in der Kaserne der Hafenwache bei den Werften und verlangte den kommandierenden Janitscharenhauptmann zu sprechen.

Der Offizier schüttelte nur den Kopf, als der »Blitz« ihm

befahl, umgehend den Venezianer zu verhaften, der den Bernsteinkaufmann beschimpft hatte. »Bernardo Mattezze, mein Pascha? Der hat, wenn ich mich nicht irre, Konstantinopel vor etwa einer Stunde auf der Galeere des venezianischen Gesandten verlassen.«

2. KAPITEL

Ratsherr Freybergs Verdruss

Von den Hube-Höhen näherte sich eine schwarze Wolkenwand der Stadt. Die Schmiedin hängte schnell die klamme Wäsche im Hof ab. Seit den frühen Morgenstunden hatte es wie aus Kübeln geschüttet, und erst am späten Nachmittag war die Sonne zögerlich für eine halbe Stunde hervorgekommen. An einen so nassen Juli wie in diesem Jahr konnte sich Maria Freyberg beim besten Willen nicht erinnern.

Als sie den Wäschekorb in die Küche trug, saß ihr Mann noch immer an dem blank gescheuerten großen Esstisch vor dem Bierkrug. Von Zeit zu Zeit fuhren seine Hände zur Brust, und er zerrte an den Spitzen seines langen, eindrucksvollen Kinnbarts.

Bartholomäus Freyberg, Ratsherr für die Einbecker Schmiedegilde, war kein Mensch, den etwas leicht aus der Fassung brachte. Verregnete Sommer, in denen die Ernte der Braugerste sich wieder und wieder verzögerte, hatte es des Öfteren gegeben, aber dass der Rat in der Mittagssitzung seinen Erzrivalen Lothar Riecke erneut zum Bürgermeister gewählt hatte, verdross ihn gewaltig. Lediglich mit einer Stimme, der der Knochenhauerzunft, war die Entscheidung gefallen. Das äußerst knappe Ergebnis für Lothar Riecke war kein nachhaltiger Trost für Freyberg. Auch dass man ihn selbst im Amt des Landwehrkommandeurs bestätigt hatte – sogar der Knochenhauerobere hatte für ihn gestimmt –, vermochte seine Laune nicht zu bessern. Das Amt war ehrenvoll, bedeutete aber überwiegend Verdruss. Kostspielig war es obendrein. Vom Befehlshaber der Landwehr wurde erwartet, dass er für seine Unkosten, was Waffenausrüstung und Reitpferd betraf, selbst aufkam. Schließlich beschränkte sich der Kreis der Wählbaren traditionellerweise auf die zwanzig reichsten Bürger der Stadt. Natürlich hätte Freyberg das Amt ablehnen können, nur wäre dann bestimmt einer der Günstlinge Lothar Rieckes benannt worden.

Maria Freyberg spannte eine Leine über den Kochherd. »Hast du eine Erklärung dafür, weshalb der Knochenhauer plötzlich doch für Riecke gestimmt hat?«

Der Schmied hieb mit der Faust auf den Tisch, dass der Bierkrug wackelte. »Gekauft hat er ihn natürlich. Eine andere Erklärung gibt es nicht!«

Maria entfaltete ein Nesseltuch und hängte es über die Leine. »Das überrascht mich wenig, Bartholomäus. Lothar Riecke hat es schon immer trefflich verstanden, mit klingender Münze sein Ziel zu erreichen. Aber ich begreife nicht, warum der Knochenhauer dann nicht auch gegen deine Wahl zum Landwehrkommandeur gewesen ist.«

Freyberg trank einen Schluck. »Außer mir hat nur noch Hans Dieck von der Schuhmachergilde für das Amt kandidiert, und mit dem ist er sich spinnefeind wegen der Erbschaftsstreitigkeit um das Waldstück vom alten Dieck. So viel Geld könnte selbst Riecke nicht aufbieten, um den Knochenhauer dazu zu bringen, sich für Hans Dieck zu erklären. Außerdem hat der Rat beschlossen, dass demnächst jemand in Hamburg wegen der Bierpanscherei dort im Einbecker Haus nach dem Rechten sehen muss.«

Maria seufzte. »Und wer soll das erledigen?«, fragte sie.

Freyberg legte die Stirn in Falten. »Riecke wollte, dass man Krögerhannes schickt.«

Maria stieg auf einen Schemel, um ein weiteres Tuch über den warmen Herd zu spannen. Dort oben drehte sie sich zu Freyberg um. »Das ist doch wohl nicht dein Ernst!«

Der Marktbüttel Krögerhannes war eine treue Seele, verlässlich, ein bisschen einfältig und nicht im Geringsten bestechlich. Aber als Ermittler in so einer delikaten Angelegenheit wie der Bierpanscherei war er völlig ungeeignet.

Der Schmied streckte das Kinn leicht nach vorn. »Riecke stand mit seinem Vorschlag ziemlich allein da.«

Ausnahmsweise hatten die Ratsmitglieder in ihrer Gesamtheit den Vorschlag des Bürgermeisters abgelehnt, dazu stand für die Stadt viel zu viel auf dem Spiel. Die Beschwerden über gestrecktes Einbecker Bier, die seit dem letzten Jahr den Rat immer häufiger erreichten, waren bedrohlich. Der Bierexport war die Lebensader der Stadt. War der gute Ruf des Einbeck'schen Bieres erst einmal nachhaltig bei den Fernkunden beschädigt, würden andere Seebierbrauer mit Freuden in die Lücke springen, zumal der Absatz der hansischen Biere in fremden Landen sich im Allgemeinen rückläufig entwickelte.

Die Schmiedin stieg vom Schemel und setzte sich ihrem Mann gegenüber an den Küchentisch. Freyberg griff ihre Hände und liebkoste sie.

»Bartholomäus?«

»Ja?«

»Wann wirst du nach Hamburg reisen?«

Freyberg schmunzelte. Maria blieb nie etwas lange verborgen. »Sowie wir unser Los abgebraut haben. Der Rat der Stadt hat mir wegen der dringlichen Angelegenheit ausnahmsweise ein Freilos bewilligt. Wir sind also ganz am Anfang an der Reihe. Ich werde mit Krögerhannes den ersten Transport des neuen Bieres über Lüneburg nach Hamburg begleiten. Aber woher weißt du denn schon von unserer Reise?«

In Einbeck war es Sitte, dass die Brauberechtigten per Losverfahren die Reihenfolge bestimmten, in der die großen städtischen Sudpfannen von den Vollbürgern benutzt werden konnten. Mit einem Freilos konnte Bartholomäus Freyberg den Brautermin nach seinen Bedürfnissen legen. So das Wetter es gestattete, würde er Anfang September den ersten Sud mit Hopfen verkochen.

»Woher ich von eurer Hamburg-Reise Kenntnis habe? Ach, ich traf vorhin zufällig die Frau des Ratsschreibers.« Maria Freyberg schenkte ihrem Mann aus dem Fässchen neben dem Küchentisch nach und goss sich auch einen Becher dünnes Hausbier ein. Das schwere Fernbier war schon im Frühjahr aufgebraucht gewesen.

Die Regenwand hatte Einbeck erreicht, und dicke Regentropfen klatschten in die Pfützen im Hof, die das morgendliche Unwetter hinterlassen hatte.

Maria schloss eiligst die Küchenfenster und die Tür zum Hof. Dann entzündete sie eine Bienenwachskerze. »Bartholomäus?«

»Ja?«

»Ich hätte da eine Bitte.«

»Sprich, Liebste!«

Maria griff in den Ausschnitt ihrer Kittelschürze. Eine an einer Goldkette hängende Bernsteinkugel von der Größe eines Taubeneis kam zum Vorschein. Die Schmiedin öffnete vorsichtig den Kettenverschluss.

Freyberg griff nach der Kugel und hielt sie vor die Kerzenflamme. Der hellbraune Stein war durchsichtig wie Glas und barg in seiner Mitte eine Ameise. »Ach! Dieses Schmuckstück kenne ich ja gar nicht.«

»Ich trage es fast nie. Es hat meiner Mutter gehört.«

»Das ist wahrhaftig ein Kleinod«, sagte der Schmied. »Ich habe gehört, dass sich der Preis für das betreffende Stück verdoppelt, wenn im Bernstein ein Insekt eingeschlossen ist. Aber du hattest einen Wunsch.«

Maria Freyberg lächelte und wog dabei die goldgelbe Kugel in ihren kräftigen Händen.

»Was ist?«, fragte der Schmied.

»Weißt du, Bartholomäus, seit immer mehr Beschwerden aus Hamburg hier eintreffen, war klar, dass jemand von Ratsseite aus dem wird nachgehen müssen.«

»Und warum sollte ausgerechnet ich derjenige sein?«

Maria lachte leise. »Dummerchen, wer denn sonst? Die Bürgerschaft hat Vertrauen in deine Fähigkeiten. Schließlich hast du vor drei Jahren den Mörder von Kuventhal-Peter und Stadtbraumeister Warberg gestellt und bist seinen Machenschaften auf die Schliche gekommen.«

»Du lenkst vom Thema ab, Liebste! Worum wolltest du mich bitten?«

Maria deutete auf die Bernsteinkugel. »Zum Weihnachtsfestessen der hiesigen Schmiedezunft hätte ich gerne eine Kette aus dunklen und hellen Perlen. Es wird erzählt, dass man in Hamburg recht preisgünstig Bernstein erstehen kann.«

Bartholomäus Freyberg beugte sich über den Tisch und küsste Maria auf die Stirn. »Ich wollte eh nicht ohne ein schönes Geschenk für dich nach Einbeck zurückkommen. Wenn du dir eine Bernsteinkette wünschst, dann will ich dir diesen Wunsch gerne erfüllen. Ich werde in Hamburg auch den Schmiedemeister Henning Braake besuchen, den ich auf dem letzten Hansetag in Lübeck kennen gelernt habe. Er wird bestimmt wissen, wo man den besten Bernstein bekommt. Aber als kleine Gegenleistung ...« Eine Hand des Schmieds verirrte sich im Ausschnitt von Marias Kittelschürze, als plötzlich eine Horde fröhlicher Kinder in die Küche stürmte.

»Bartholomäus«, die Schmiedin schob lachend die tastende Hand von ihrem Busen. »Die Kleinen haben ja noch nicht einmal zu Abend gegessen!«

Auch ohne die Ankunft der Kinder hätte das Techtelmechtel der Eheleute ein abruptes Ende gefunden: Jemand pochte heftig an die Küchentür.

»Ja? Wer da?«, rief Maria.

»Ich bin's, Meisterin, der Hannes.«

»Rein mit dir!«

Als Krögerhannes in der Türöffnung stand, bot er einen bedauernswerten Anblick. Er war ein kleiner dicker Mann mit vorstehenden Schneidezähnen, und der vor Nässe triefende, braune, sackförmige Leinenumhang gab ihm das Aussehen eines aus einem Wasserloch gekrochenen Feldhamsters, dessen Haupt mit einem großen, schlaffen Blatt bedeckt war. Das Blatt war natürlich kein Blatt, sondern Krögerhannes' Stolz, ein durch den Regen aus der Form geratenes, speckiges grünes Samtbarett. Seine schlammbespritzten Schuhe kündeten davon, dass er den Schmiedehof durch den rückwärtigen Garten betreten hatte.

Freyberg lachte los. »Hannes, warst du etwa im Mühlengraben schwimmen?«

Der Marktbüttel nieste. »Ich dachte, ich schaffe es noch vor dem Regenguss bis zu Euch.« Er entledigte sich, leise vor sich hin fluchend, des Umhangs und der Kopfbedeckung, wrang beides in der Türöffnung aus und trat ein. Ein in ein grobes Tuch geschlagener armdicker Gegenstand von gut einer Ellenlänge steckte in seinem Leibgurt.

Maria nahm Umhang und Barett und hängte die Sachen zu den Wäschestücken über den Herd.

Krögerhannes zog die Rolle aus dem Gürtel, dann setzte er sich zu Freyberg an den Tisch. Vorsichtig entfernte er die Tuchumhüllung. Zum Vorschein kam ein locker um einen Stab gewickelter feiner, quittegelber Seidenstoff.

»Du bist doch nicht etwa unter die Tuchwarenhändler gegangen?«, fragte Bartholomäus im Scherz.

Maria befühlte den Stoff und nickte. »Beste Ware, fürwahr!«

Der Marktbüttel tätschelte verträumt die Rolle. »Es kommt selten vor, dass ich Glück im Spiel habe, aber gestern war es mir einmal hold.«

Und er erzählte von dem gestrigen Abend im »Stern«, wo ein Tross oberdeutscher Kaufleute auf dem Weg nach Goslar in dem Gasthof am Scharrenplan übernachtet hatte. Krögerhannes grinste. »So mancher Einbecker hat beim Würfelspiel mit ihnen Federn lassen müssen, nur ich konnte einen Nürnberger kräftig beuteln.«

Freyberg nickte. »Im Rat wurde darüber geredet. Zwei Südländer sollen auch mit in der Reisegruppe dabei gewesen sein. Eine Schlägerei hat es angeblich fast wegen des Spiels gegeben.«

»Nicht meinetwegen, Meister. Ja, die Südländer – sie sprechen unsere Sprache übrigens recht passabel. Aber der Braumeister Lohe hat einen von ihnen des Falschspiels beschuldigt.«

»Mit Recht?«

»Schwer zu sagen. Lohe hat an einem anderen Tisch gewür-

25

felt. Die Kaufleute konnten die Streitenden endlich beschwichtigen, aber der Wirt wollte noch die Stadtwache holen. Der Braumeister war ziemlich wütend, ganz außer sich vor Zorn war er. Noch im Gehen hat er wüste Drohungen gegen den Südländer ausgestoßen.«

Freyberg nickte. »Dieter Lohe ist ein schnell aufbrausender Zeitgenosse. Sein unbeherrschtes Mundwerk hat ihm schon oft Scherereien bereitet.«

»Das stimmt, Meister. Besonders beim Würfeln ist er unleidlich. Meine Mitspieler waren jedenfalls redliche Leute. Als ich gewonnen habe, gab es keinen Ärger. Der Nürnberger wollte seine Spielschuld in Silberstücken begleichen, aber das Geld war mir fremd, deshalb haben wir uns auf die Seidenrolle geeinigt.«

»Und nun sollen wir dir vermutlich den Stoff in bare Münze umwandeln, oder warum hast du ihn hergebracht?«

Der Marktbüttel druckste eine Weile herum, bevor er Antwort gab. »Meisterin«, richtete er ernst das Wort an Maria, »in Hamburg nehmen wir doch im Einbecker Haus Quartier, wo hoch gestellte Leute verkehren.« Krögerhannes deutete auf sein fadenscheiniges Hemd und die ausgeblichene Weste. »*So* jedenfalls mag ich mich dort nicht sehen lassen.« Er blickte die Schmiedin bittend an. »Die ganze Stadt rühmt doch Eure Geschicklichkeit mit Nadel und Faden, Meisterin. Nun, die Hälfte der Seide will ich gerne dafür geben, wenn Ihr mir aus der anderen Hemd und Weste schneidert.«

Maria Freyberg musste lachen. »Ich werde mich hüten, das zu tun. Wenn du dich in derart feinen Kleidern zeigst, wirkt ja mein Mann gegen dich wie ein Habenichts. Womöglich hält jeder dann *dich* für den Ratsgesandten.«

Der Schmied stellte einen Krug Hausbier vor Krögerhannes. »Deine Befürchtungen sind unbegründet, meine Liebe«, sagte er zu Maria. Er wies auf die Wäscheleine. »Mit dem schäbigen Barett auf dem Kopf hält niemand den Hannes für einen Ratsgesandten.«

»Bitte, Meisterin!«, bat der Marktbüttel.

»Erfüll ihm seinen Wunsch, Maria«, sagte Freyberg. »Und weil sich für den Begleiter des Einbecker Ratsgesandten auch keine Kopfbedeckung schickt, wie sie wohl ein gemeiner Fuhrknecht tragen mag, fertige ihm am besten auch gleich eine neue an.«

Der kleine dicke Marktbüttel war der Schmiedin seit langem ans Herz gewachsen, das wusste Freyberg genau, und sie hatte Krögerhannes' Bitte auch nur scheinbar verworfen. Jetzt ging Maria zum Herd und steckte einen Finger in den löchrigen Saum des durchweichten Regenumhangs. »Weil du mir großzügig die Hälfte des Seidenstoffs als Schneiderlohn überlässt, will ich auch noch Sorge tragen, dass du nicht mit diesem Lumpen auf die Reise gehst.«

Krögerhannes strahlte über das ganze Gesicht und trank auf ihr Wohl.

Der Regen prasselte unbändig gegen die Fensterscheiben, als würde er eine neue Sintflut ankündigen. Deshalb dauerte es auch eine Weile, bis die in der Küche Sitzenden das Pochen an der Haustür neben dem Braudielentor an der Altendorfer Straße vernahmen.

Bartholomäus Freyberg erhob sich. »Wer, zum Teufel, außer dir kann denn bei diesem Sauwetter noch etwas von uns wollen?«, brummte er mit einem Seitenblick auf den Marktbüttel.

Wenig später stand der im doppelten Sinn des Wortes völlig aufgelöste »Stern«-Wirt in der Küche und tropfte auf den Boden.

»Setz dich!«, kommandierte Freyberg und drückte Hans Butterburg auf die Tischbank. »Und hör auf, wie ein Idiot zu stammeln. Wo hast du den Toten gefunden?«

Maria und Krögerhannes spitzten die Ohren.

»Hinter dem Schweinestall, Herr Rat ... im Hofgarten ... zwei Stiefel ragen aus der Jauchegrube«, stotterte der Wirt und bekreuzigte sich hektisch. »Es ist gar schrecklich anzusehen. Ich bin sofort zu Euch gerannt.«

Bartholomäus Freyberg kannte die besagte Stelle. Erst vor kurzem hatte sich der Schuhmachermeister Plock, ein Nachbar Butterburgs, beim Rat über den Gestank beschwert, denn auch die Abortkübel vom »Stern«-Abtritt wurden dort direkt an der Rückwand der Schusterei entleert.

»Hattest du nicht die Auflage bekommen, die Grube mit Kalk zuzuschütten und eine andere zu graben?«, fuhr der Schmied Butterburg an.

Der Wirt wrang sich die Hände. »Ich bin noch nicht dazu gekommen, Herr Rat. Andauernd regnet es, und ich hatte noch bis heute Morgen ein volles Haus.«

»Darüber unterhalten wir uns später noch ausführlicher«, knurrte Freyberg. »Also, wer ist der Tote?«

»Ich weiß es nicht, denn ich habe ja nur seine Beine gesehen. Der Rest steckt kopfüber in der Grube.«

Der Schmied stieß eine Verwünschung aus und griff nach einem breiten Filzhut, der an einem Haken neben dem Herd hing. »Du kommst mit!«, befahl er Krögerhannes.

Maria eilte davon und brachte ihrem Mann den gewachsten Leinenumhang aus der Kleiderkammer.

Während der Marktbüttel sich das noch klamme Barett überstülpte und seinen durchnässten Mantel von der Leine nahm, fragte der Schmied den »Stern«-Wirt: »Was hattest du eigentlich bei dem Mistwetter hinten im Garten zu schaffen?«

»Nun ja …« Hans Butterburg grinste verlegen. »Heute in der Früh sind doch die Oberdeutschen und die beiden Italiener abgereist … und der Abtrittkübel war randvoll.«

Freyberg packte den Wirt an beiden Oberarmen und schüttelte ihn kräftig. »Und da hast du dir wohl gedacht, bei dem Regen sieht dich eh keiner, wenn du ihn wieder in der Grube auskippst, was?«

»Was sollte ich denn bloß machen? Ich will's bestimmt auch nie wieder tun!«, jammerte Butterburg. Fast sah es so aus, als fürchtete er, der Schmied könne ihm mit seinen schaufelgroßen Pranken die Schultern ausrenken.

»Ab jetzt!«, knurrte Freyberg und löste den Griff.

3. KAPITEL

Die Jauchegrube

Zum Haus des Schusters hinüber war das Jaucheloch durch eine dichte Hecke abgeschirmt. Auch von den anderen Nachbarhäusern war die Grube wegen allerlei Gestrüpps und mehrerer hoher Obstbäume nicht einsichtig. Doch ein übler Geruch hing über der ganzen Gegend, den auch der Regen nicht aus der Luft waschen konnte.

Zum Glück hatte dieser jetzt ein wenig nachgelassen. Krögerhannes half dem Wirt, die Leiche aus der Grube herauszuziehen. Mit einer Hand fasste er ein Bein des Toten, mit der anderen hielt er sich die Nase zu.

»Dreht ihn auf den Rücken!«, befahl der Schmied. »Ich will das Gesicht sehen.«

Aber dafür musste der »Stern«-Wirt erst einen Kübel mit Wasser herbeischleppen und über den Toten gießen.

»Jesusmaria!«, rief der Marktbüttel. »Das ist doch ...!« Er wandte sich, grün im Gesicht, ab.

Hans Butterburg sagte nichts, sondern erbrach sich. Nicht bloß wegen des Gestanks.

Auch Ratsherr Freyberg spürte ein Würgen in der Kehle, konnte aber den Ekel besser unterdrücken als die anderen. In seiner Eigenschaft als Landwehrkommandeur und oberster Hüter der städtischen Ordnung hatte er schon so manches arg verstümmelte Mordopfer gesehen. Aber dadurch, dass man dem Braumeister Dieter Lohe, außer ihn mit einem Kupferdraht zu erwürgen, auch noch ein Auge ausgestochen hatte, war es schon ein garstiger Anblick. Dennoch betrachtete Bartholomäus Freyberg die Leiche eingehend: Die Messerscheide an Lohes Gürtel war leer.

Auf Hans Butterburg war nicht zu zählen, Krögerhannes musste rennen und den Arzt der Mönche vom Sankt-Alexandri-Stift holen. Als der im Gasthof eintraf, schickte der Schmied den Stadtbüttel zum Bürgermeister.

Bruder Johannes, der auch das Leprosenhaus am Kleinen-Solterweg betreute, verzog keine Miene, als er sich über den toten Stadtbraumeister kniete. Hans Butterburg hatte zuvor die Leiche mit etlichen Kübeln Wasser weitgehend vom Unrat gereinigt.

»Es wird schwer sein zu sagen, wann er getötet wurde.« Der lange Mönch zog Dieter Lohe einen Stiefel aus. »Die Glieder sind noch nicht starr.«

»Was heißt das?«, fragte Freyberg.

»Nichts. Er hat in der Jauche gesteckt, und geregnet hat es fast ununterbrochen, da lassen sich keine genauen Rückschlüsse ziehen. Er kann durchaus bereits seit gestern in der Grube stecken oder auch erst vor ein paar Stunden ermordet worden sein. Starr ist er jedenfalls nicht – oder nicht mehr.« Bruder Johannes drückte seinen Daumennagel in die Wade der Leiche. »Beschwören mag ich's kaum, aber so, wie sich die Haut eindellen lässt, liegt er wohl doch erst seit heute hier.« Der Mönch öffnete die Knöpfe von Lohes Wams und Hemd. »Schaut nur, Herr Rat!«

Die Brust des Ermordeten wies mehrere Stichwunden in der Herzgegend auf.

Bürgermeister Lothar Riecke betrat mit Krögerhannes den hinteren Teil des »Stern«-Gartens. Als er den reglosen, geschundenen Körper des Braumeister erblickte, erbleichte er. »Großer Gott! Welcher Teufel hat das getan?«

»Das war wohl eher ein Mensch mit einem sehr spitzen, langen Dolch«, bemerkte der Mönchsarzt. »Es hätte überhaupt nicht der Drahtschlinge bedurft. Schaut selbst! Die tiefen Brustwunden allein sind tödlich.«

Freyberg stutzte. »Merkwürdig. Seine Stiefel sind, wenn man es recht bedenkt, überhaupt nicht mit Erdreich von hier verschmutzt.«

Er und die anderen Männer standen bis zu den Knöcheln in

der vom Dauerregen aufgeweichten braunen Gartenerde. Was nur bedeuten konnte, dass der Braumeister nicht hinter dem »Stern« ermordet worden war. Wo aber bloß war der gemeine Mord dann geschehen?

Der Bürgermeister, Landwehrkommandeur Freyberg und Bruder Johannes verließen den Hofgarten und setzten sich zur Beratung in die Gaststube. Krögerhannes und Butterburg schleiften die Leiche in den Holzschuppen neben dem Pferdestall.

Des Rätsels Lösung war schnell gefunden. Es hatte zumindest einen Ohrenzeugen gegeben. Besser gesagt eine Ohrenzeugin. Die alte Hausmagd Butterburgs hatte, als der Wirt am Morgen seine Gäste bei strömendem Regen auf dem Scharrenplan verabschiedete, deren Kammern kontrolliert. Man konnte schließlich nie sicher sein, ob jemand etwas mitgehen ließ. Auf einmal hatte sie die Stimme des Braumeisters gehört. Dieter Lohe war mit jemandem im Hof lauthals in einen heftigen Streit geraten. Neugierig hatte die Alte sich aus einem Kammerfenster gelehnt, aber nicht sehen können, wem die Flüche galten, denn die Dachtraufe vom Pferdestall nahm ihr die Sicht nach unten. Sie hatte sich dann einer anderen Kammer gewidmet und dem Streit keine Bedeutung mehr beigemessen. Braumeister Lohe war dafür bekannt, dass er schnell aufbrauste und derb schimpfte.

Auch der Markbüttel und der »Stern«-Wirt gesellten sich zu der Runde.

»Weißt du, dass Dieter Lohe heute Morgen bei dir im Gasthof war?«, fuhr Freyberg Butterburg an.

Der Wirt schüttelte den Kopf. »Das ist mir neu.« Schnell fügte er hinzu: »Aber in Abrede will ich es nicht stellen. Bei all dem Abreisetrubel ist es schon möglich, dass er da war, ohne dass ich ihn bemerkt habe.«

Ratsherr Freyberg erhob sich wortlos.

»Wo geht Ihr hin?«, fragte Bürgermeister Riecke.

»Ich schaue mir den Pferdestall an«, erwiderte Freyberg.

Da es wieder wie aus Eimern zu schütten begonnen hatte, folgte ihm niemand außer Krögerhannes nach draußen.

Sie traten unter das vorkragende Dach des Stalls. Ein niedriger zweirädriger Karren lehnte hochkant gegen die Stallwand.

Da stieß Krögerhannes einen verhaltenen Schrei aus und bückte sich. »Seht!«, rief er aufgeregt und streckte dem Schmied die Hand entgegen. In seiner vom Regen feuchten Handfläche kullerte etwas hin und her, ein bunt schillerndes Zierstück.

Ratsherr Freybergs Augen verengten sich zu Schlitzen. »Eine Glasperle?«

»Der Südländer, der kleinere der beiden, die Braumeister Lohe des Falschspiels bezichtigt hat, trug eine grüne Samtweste mit Knöpfen aus geschliffenen Glasperlen. Daran erinnere ich mich genau. Die Knöpfe haben so gefunkelt im Schein der Kerze auf dem Spieltisch.«

Bartholomäus Freyberg nahm die Perle zwischen Daumen und Zeigefinger. Sie wies am Rand eine Bohrung auf, durch die man Nadel und Faden stecken konnte. »Ja«, brummte er leise vor sich hin, »so könnte es sich abgespielt haben: Der Braumeister lauert dem Südländer auf, fängt an, ihn wieder zu beschimpfen, wird handgreiflich und zieht dann vielleicht sogar das Messer. Der Kumpan des Fremden, den er nicht bemerkt hat, wirft ihm von hinten die Drahtschlinge über den Kopf. Dieter Lohe bäumt sich auf und bekommt dabei irgendwie die Weste zu packen, bevor der Südländer wie ein Rasender auf ihn einsticht. Und alles geht völlig stumm vonstatten, denn dem Braumeister ist ja die Kehle zugeschnürt. Aber wo, zum Teufel, ist Lohes Messer?« Er wandte sich um. »Hannes?«, sagte er laut.

Der Marktbüttel, der weiterhin gebückt den Boden absuchte, richtete sich auf. »Ja, Meister?«

»Diese Südländer aus dem Tross der Oberdeutschen, woher kamen die genau? Der Wirt hat von Italienern gesprochen.«

Krögerhannes zuckte mit den Achseln. »Keine Ahnung. Ich hab nur von dem Nürnberger gehört, dass sie sich ihrem Tross in Fulda angeschlossen haben und mit ihnen nach Goslar ziehen wollten. Aber Butterburg wird vermutlich mehr über sie wissen.«

»Und wie haben sie ausgesehen, diese Fremden?«

Der Marktbüttel machte ein langes Gesicht. »Na, wie Südländer eben so aussehen. Schwarzhaarig, dunkle Gesichtshaut und so weiter.«

»Könntest du sie mir gefälligst etwas eingehender beschreiben?«

Krögerhannes schüttelte den Kopf. »Ich muss bedauern, Meister, aber für mich gleichen sich die Fremden aus dem Süden alle wie ein Ei dem anderen.«

Der »Stern«-Wirt konnte dem Landwehrkommandeur ebenfalls nicht weiterhelfen. »Aus Italien waren sie, Herr Rat. Aber von woher dort, ist mir unbekannt. Und mir geht es wie Hannes. Ich kann die dunkelhaarigen Fremden auch nicht so recht auseinander halten. Weshalb fragt Ihr?«

Freyberg teilte Lothar Riecke und Bruder Johannes seine Mutmaßung mit. »... eine sinnlose, feige Tat war es, im Schatten der Nacht, und zwei gegen einen.«

»Wir müssen die Mordbuben unbedingt fassen.« Der Bürgermeister wurde laut.

»Ganz meine Meinung«, sagte Freyberg und ballte die Fäuste. »Es ist zwar gleich dunkel, aber ich werde ihnen einen Trupp Landwehrknechte auf den schnellsten Pferden hinterherhetzen. Hannes!«

»Ja, Meister?«

»Du reitest mit ihnen!« Freyberg nannte Krögerhannes die Namen der Landwehrreiter und auch die der Pferde, die sie für die Verfolgung nehmen sollten.

An der verdrießlichen Miene des Marktbüttels war deutlich abzulesen, wie wenig erpicht er darauf war, sich bei einem nächtlichen Ritt über Stock und Stein – zudem bei strömendem Regen – den Hals zu brechen. Er wollte protestieren, aber als er das grimmige Gesicht des Schmieds sah, fügte er sich grummelnd und verließ den »Stern«, um den Männern in der Wache am Marktplatz den Befehl zu überbringen.

»Und sag auch dem Totengräber Bescheid«, rief ihm Bürgermeister Riecke hinterher. »Er ist mir vorhin vor der Stadtwaage über den Weg gelaufen.«

Der Fromme Klaus, der auch das Amt des Henkers versah, betrat beim letzten Licht des Tages den Gasthof.

»Er liegt hinten im Hof«, bedeutete ihm Freyberg mit ausgestrecktem Zeigefinger. »Butterburg hilft dir, ihn zur Friedhofskapelle zu schaffen.«

»Ich spanne rasch den Esel vor den Karren«, sagte der Wirt, offensichtlich froh darüber, dass bislang sein Versäumnis, die Jauchegrube zu verlegen, nicht zur Sprache gekommen war. Er eilte mit dem Frommen Klaus davon.

Wenig später betrat er rasch den Gastraum und gestikulierte aufgeregt. »Ich habe unter dem Karren ein Messer gefunden.«

»Zeig her!« Der Schmied nickte befriedigt. »Das ist Dieter Lohes Messer, ohne Zweifel.« Er zeigte Bruder Johannes und dem Bürgermeister das eingeschnitzte »DL« im Holzgriff. »Und wenn mich nicht alles täuscht, hat er es auch benutzt.«

Das Messer hatte unter dem Karren weitgehend geschützt vom Regen gelegen, und an der Schneide waren deutlich Blutspuren zu erkennen.

Butterburg schlug sich gegen die Stirn. »Jetzt fällt es mir wieder ein, Herr Rat. Als die Italiener heute Morgen fortgeritten sind, da hat einer von ihnen, der kleinere meine ich, den linken Arm in einer Schlinge getragen.«

Das oberste Knopfloch der Seidenweste erforderte die ganze Aufmerksamkeit von Maria Freyberg. Sie schaute nur kurz hoch, als ihr Mann in die Küche trat, dann widmete sie sich wieder Nadel und Faden. »Nun, was hat Hannes zu erzählen gewusst?«

»Unsere Männer haben in Goslar ihr Bestes getan. Sie haben mit Hilfe der dortigen Stadtwächter die oberdeutschen Kaufleute gefunden und befragt.« Er zog die Schultern hoch. »Die beiden Italiener konnten sie indes nicht dingfest machen.«

»So?« Die Schmiedin biss den Faden ab. »Wie das?«

Freyberg schöpfte sich einen Krug Dünnbier aus dem Hausbrauzuber und hockte sich auf einen Schemel neben den Herd. »Die Südländer sind mit dem Tross nur bis Seesen gereist. Dort haben sie sich von den Oberdeutschen getrennt und sind in Richtung Norden nach Bockenem weitergezogen.«

»Hat Hannes wenigstens in Erfahrung bringen können, woher aus Italien die Mörder kamen?«

Der Schmied strich sich nachdenklich über seinen imposanten Vollbart. »Ja, und das ist etwas, das mich ins Grübeln bringt. Der Nürnberger«, er deutete auf die gelbe Weste, »der den Stoff an Hannes beim Würfeln verloren hatte, meint, sie hätten ihm erzählt, dass sie aus Genua stammen. Aber ein anderer Kaufmann hat ihm widersprochen. Er hat den beiden nämlich in Fulda ein Packpferd verkauft und dafür eine fremdländische Silbermünze mit einem geflügelten Löwen erhalten.«

Maria hob die Augenbrauen.

»Nur die Venezianer prägen solche Münzen«, erklärte der Schmied. »Aber ob die Mordbuben nun aus Genua oder Venedig stammen, ist einerlei. Sie sind uns eh entkommen.«

Die Schmiedin schlug das Kreuzzeichen über der Brust und murmelte: »Heilige Jungfrau, bewahre uns hinfort vor allem Übel!« Dann begann sie die Ärmel für Krögerhannes' Festtagshemd zuzuschneiden.

4. KAPITEL

Eine einträgliche Allianz

Der Kaufherr Balthasar Vennerskamp saß, mit sich und der Welt im Reinen, am Schreibtisch seines Hamburger Kontors. Durch die geöffneten Fenster schaute er hin und wieder auf das rege Treiben des Rödingsmarkts. Sogar die Sonne, die sich wochenlang nicht gezeigt hatte, tauchte gelegentlich in einer Wolkenlücke auf. Vennerskamp gähnte herzhaft, denn die letzten Festgäste hatten sein Haus erst in den frühen Morgenstunden verlassen.

Ein zufriedenes Lächeln lag auf den Lippen des Kaufherrn, als er die dicke Kladde aus der Hand legte, in der sein Schreiber tagtäglich Soll und Haben verzeichnete. Mehrere Ratsmitglieder hatten ihm gestern Abend die Ehre gegeben. Mit Sicherheit war das Gelage bereits Stadtgespräch, und das war gut so.

Balthasar Vennerskamp hatte nicht umsonst drei Jahre in Venedig gelebt, er wusste, wie man den Abgesandten und Vertrauten seines Freundes und Schwagers Andrea Cornetti einen würdigen Empfang bereitete. Keine Mühe und Kosten waren gescheut worden, die weit gereisten Gäste nicht nur mit einem Festmahl zu begrüßen, bei dem sich die Tische unter den erlesensten Schmausereien bogen und die besten Südweine in Strömen flossen. Handelsherr Vennerskamp hatte auch Sorge getragen, dass Bernardo Mattezze und dessen Begleiter Paolo Bellentene mehrere der einflussreichsten Fernkaufleute Hamburgs als Tischgenossen bekamen.

Das Gelage im Festsaal des neu erworbenen großen Steinhauses am Rödingsmarkt war unbestritten in jeglicher Hinsicht ein Erfolg gewesen. Allein wie Lucretia es verstanden hatte, Gutfried Klaasen, den griesgrämigen Gildenoberen der Seilerzunft, zu bezirzen!

Balthasar Vennerskamps Miene verdüsterte sich. Wenn er

an die Zeit zurückdachte, als ihm die Honoratioren der Stadt, ja, selbst seine so genannten guten Freunde die kalte Schulter gezeigt hatten, weil sie ihn für bankrott hielten, überkam ihn immer noch die blanke Wut.

Gleich drei Schiffe, deren Mehrheitsanteilseigner er war, hatte er in einem Sturm vor England verloren, und dann war kurz darauf auch noch sein großes Tuchwarenlager in Holland in Flammen aufgegangen. Es war zum Verzweifeln gewesen. Obwohl er alle möglichen Wertsachen verpfändet und den umfangreichen Landbesitz in der Stadtmark veräußert hatte, hätte ihm spätestens zum Jahresende die totale Zahlungsunfähigkeit gedroht. Aber aus dieser schier ausweglosen Situation rettete ihn glücklicherweise die Heirat mit Lucretia Cornetti, der Schwester von Andrea Cornetti.

Balthasar Vennerskamp kannte die venezianische Patrizierin bereits von einem längeren Venedig-Aufenthalt. Obgleich damals noch mit einem reichen alten Adligen verheiratet, der gut und gerne ihr Großvater hätte sein können, sorgten ihre zahlreichen Liebschaften selbst in der skandalgewöhnten *Serenissima* für außergewöhnlich intensiven Tratsch und Klatsch. Als Lucretias Gatte starb, verstummten die Gerüchte nicht, dass seinem Ableben nachgeholfen worden sei. Unter nie zufrieden stellend geklärten Umständen war er nach einem Sturz von einem Balkon der Casa Cordiale verschieden, dem wohl bekanntesten Kurtisanenhaus der Lagunenstadt.

Wie auch seine Gemahlin war der Alte kein Kostverächter, was das andere Geschlecht betraf. Die Casa Cordiale, am Rio di S. Barnaba, galt besonders bei den bejahrten Patriziern wegen ihrer willigen Liebesdienerinnen als ein alle Wünsche der Lust erfüllender Ort der Zerstreuung. Der Fischer, der Lucretias leblosen Gatten gleich nach dessen Sturz aus dem Kanal gezogen hatte, ertrank am Tag darauf bei einer Kollision mit einer Barke in der Lagune. Einer Barke, gesteuert von einem gewissen Paolo Bellentene.

Und noch ein weiteres tragisches Unglück hatte sich im Zusammenhang mit dem Tod des früheren Gatten Lucretias ereignet. Die Witwe Fallotta, eine ehemalige Köchin der Cornettis, die am Rio di S. Barnaba über einem Brückenbogen mit Blick auf das Hurenhaus wohnte, war einem mysteriösen Mord zum Opfer gefallen. Bernardo Mattezze, der im Auftrag seines Herrn der Witwe ein Almosen überbringen wollte, hatte die Leiche gefunden. Die alte Frau war mit einem Kupferdraht erdrosselt worden.

Balthasar Vennerskamp glitt ein Lächeln über die Züge, dann erhob er sich von seinem Schreibtisch, schloss die Fenster und schlüpfte in ein mit einer breiten Goldborte gefasstes Samtwams.

Noch ganz genau erinnerte er sich daran, wie nach der Beerdigung von Lucretias Gatten sein jetziger Schwager auch der Witwe Fallotta ein prachtvolles Begräbnis ausgerichtet hatte. So war es im edlen Clan der Cornettis schließlich Usus, selbst wenn nur eine arme Bedienstete das Zeitliche segnete.

Mit dem Tod des alten Patriziers fiel – nach langem Rechtsstreit mit einigen entfernten Verwandten – dessen gesamtes Vermögen an Lucretia Cornetti. Sie war nun zu einer der reichsten Frauen der *Serenissima* geworden, was natürlich die Gerüchte über den Tod des Alten wieder anfachte. Der Familienrat der Cornettis kam überein, dass es klüger wäre, wenn Lucretia Venedig zumindest für ein paar Jahre verlassen würde.

Andrea Cornetti schickte Bernardo Mattezze zu einem klärenden Gespräch nach Hamburg zu seinem alten Freund Vennerskamp. Schnell wurde man sich einig. Lucretia bedingte sich völlige Freiheit aus, was eventuelle Liebschaften betraf. Balthasar Vennerskamp willigte, ohne zu zögern, ein. Wenn er durch die Scheinehe die Schulden loswurde, konnte es Andreas Schwester sogar vor seinen Augen mit den Hausknechten treiben.

Mit Lucretias Geld und der Einheirat in die besten Kreise der Hansestadt taten sich für Andrea Cornetti Handelskontakte auf, über die kein anderer Fernkaufmann der *Serenissima* verfügte, Kontakte, die schon bald nach der Eheschließung klingende Münze in den Truhen der Cornettis anhäuften, während Vennerskamp endlich seine zahlreichen Gläubiger befriedigen konnte. Nicht nur das. Dank des Cornetti'schen Geldsegens investierte er großzügig in etliche Gewinn bringende Geschäfte, erwarb Anteile an dem ein oder anderen Brauhaus und an etlichen florierenden Handwerksbetrieben sowie am Geschäft des Böttchermeisters Brammer. Auch den Gutshof vor den Stadttoren konnte er wieder zurückkaufen.

Balthasar Vennerskamp zog ein Nürnberger Ei aus seiner Wamsinnentasche und klappte den Deckel auf. Der Stundenzeiger des vergoldeten Zifferblatts stand auf der Zehn. Vennerskamp ließ den Deckel wieder zuschnappen, unterdrückte ein Gähnen und stieg hinunter in die Diele. Er öffnete die Haustür und schüttelte den Kopf. Das Steinpflaster auf dem Rödingsmarkt war erst vor einem Monat von Unrat gesäubert worden, aber schon wieder war die Straße über und über mit glitschigem Abraum bedeckt, in den die Karren und Wagen der Markthändler tiefe Furchen gezogen hatten. Direkt vor der Haustür lag ein Haufen dampfender Pferdeäpfel.

Vennerskamp trat in die Diele zurück und schnallte sich ein paar hölzerne Tritten unter die Schuhe.

5. KAPITEL

Ein Arbeitsgespräch bei Bier und Badefreuden

Die Badestube, die Bernardo Mattezze bei seinen wiederholten Hamburg-Besuchen zu schätzen gelernt hatte, lag in Hafennähe zwischen zwei Kornspeichern direkt an der Kaimauer. Besonders nach einer durchfeierten Nacht konnte man sich dort in mit wohltemperiertem Wasser gefüllten Eichenzubern trefflich entspannen. Der Kurzweil der Gäste dienten ansehnliche Bademägde. Die jungen Frauen und Mädel schafften nicht nur wieselflink das beliebte Hamburger Rotbier und die gewünschten Speisen herbei, sondern leisteten auch freudig – selbstredend nur für ein entsprechendes, dem Wirt zu entrichtendes Entgelt – der Kundschaft in den Zubern Gesellschaft.

Als Bartholomäus Vennerskamp den Badesaal betrat, wurden Bernardo Mattezze und Paolo Bellentene gerade von zwei feschen Dirnen in einer großen ovalen Wanne auf höchst ungewöhnliche Art und Weise mit Kuchen verwöhnt.

Während sanfte Hände dem Kaufherrn aus den Kleidern halfen, delektierten Mattezze und sein Begleiter Bellentene sich an Kuchenbrocken, die die Nixen ihnen auf ihren üppigen Busen servierten. Da kein weiterer Gast mehr in die Wanne gepasst hätte, stieg Vennerskamp in den benachbarten Zuber. Erst jetzt bemerkten ihn die Venezianer.

Der geschmeidige Mattezze hob grüßend seinen Bierkrug. Er trank Vennerskamp zu, gab aber sorgsam Acht, dass sein in ein Verbandstuch gewickelter linker Unterarm dabei nicht mit dem Badewasser in Berührung kam.

Paolo Bellentene leckte den letzten Krümel von der Brust seiner blonden Gespielin, bekam ihn in die falsche Kehle und sagte halb hustend, halb lachend: »Fürwahr, Herr Vennerskamp, als

Bernardo davon erzählte, wie vergnüglich man in Hamburg zu baden pflegt, wollte ich es erst nicht so recht glauben.« Er wischte sich Kuchenkrümel aus dem schmalen blauschwarz schimmernden Oberlippenbart.

»Er denkt schon daran, eine teutsche Badestube in Venedig zu eröffnen«, meinte Mattezze.

Bellentene nickte heftig. »Mit blonden Bademägden aus den Nordlanden natürlich. Könntet Ihr da nicht bei der Beschaffung behilflich sein? Das wäre eine Goldgrube!«

Balthasar Vennerskamp räkelte sich im Wasser. »Nur zu, meine Herren! Im Gegenzug schickt Ihr uns dann ein paar Eurer feurigen Schönheiten nach Hamburg. – Aber ich freue mich zu sehen, dass Ihr vom Zechen keine schweren Köpfe mehr habt, denn es gibt bestimmt einiges zu besprechen. Gestern während des Festes bot sich ja leider keine Gelegenheit, ausführlich und vertraut miteinander zu reden.«

Von der Stirnwand des Saales führte eine schmale Stiege ins Obergeschoss zu den Bettkammern der Bademägde. Bernardo Mattezze flüsterte den beiden jungen Frauen etwas ins Ohr. Kichernd stiegen sie aus der Wanne, verhüllten ihre Blößen spärlich mit Leinentüchern und entfernten sich in Richtung Stiege.

Mattezze schaute sich um. Die Zuber in der unmittelbaren Nähe waren leer, nur in den Wannen am Eingang der Badestube saßen ein paar Gäste. Dennoch senkte er die Stimme. »Berichtet. Wie ist es um unsere Angelegenheiten bestellt?«

Balthasar Vennerskamp lehnte sich gemütlich gegen die Zuberwand. »Lucretia hat übermorgen nach Einbruch der Dunkelheit eine ...«, der Kaufherr grinste breit, »... eine heimliche Verabredung mit dem ehrenwerten Gutfried Klaasen auf unserem Landgut. Ich zweifele nicht daran, dass nach diesem Treffen die Lieferungen an die Kriegsflotte der *Serenissima* zu einem sehr akzeptablen Preis erfolgen werden.«

Mattezze nickte. »Diese Nachricht wird meinem Herrn gewisslich zur Freude gereichen.«

»Und auch die diversen stillen Beteiligungen haben sich als

äußerst Gewinn bringend erwiesen«, fuhr der Handelsherr fort. »Nachher zeige ich Euch die Bücher. Besonders das Biergeschäft und der Großhandel mit leeren Transportfässern laufen gut.«

»Vortrefflich! Auch aus Venedig gibt es erfreuliche Kunde. Der Warenverkehr mit den Türken entwickelt sich von Monat zu Monat besser.«

»O ja, das hat sich selbst bis zu uns nach Hamburg herumgesprochen«, sagte der Kaufherr und lachte leise vor sich hin. »Wie Ihr Euch vermutlich vorstellen könnt, verdrießt es viele Leute in der Stadt gewaltig, dass sie die von den Türken so begehrten nordischen Handelsgüter nicht selbst nach Konstantinopel schaffen dürfen, sondern ausnahmslos in der *Serenissima* veräußern müssen. Der eine oder andere hansische Fernkaufmann wird bestimmt nach Möglichkeiten suchen, wie er den venezianischen Zwischenhandel umgehen kann.«

Bernardo Mattezze hob abrupt den Kopf und nahm den Handelsherrn mit seinen tiefschwarzen Augen ins Visier.

»Was ist?«, fragte Vennerskamp, dem unter dem durchdringenden Blick des Venezianers etwas unwohl wurde.

»Herr Vennerskamp, ist Euch zufällig der Name Kämmerer geläufig?«, fragte Mattezze leise.

»Kämmerer? Es gibt einige Familien in Hamburg, die diesen Namen tragen. Der Seifensieder Kämmerer zum Beispiel. Und ich kenne einen Kapitän und einen Gerbermeister, die so heißen.«

Mattezze schüttelte den Kopf. »Der Mann, den ich meine, handelt mit Bernstein. Sein Vorname ist Dietrich.«

»Dietrich Kämmerer?«, murmelte Vennerskamp. »Der Name sagt mir nichts, aber das hat nicht viel zu bedeuten. Hamburg ist groß, und mit dem Bernsteinhandel habe ich mich bisher noch nicht befasst.« Er winkte eine der Bademägde herbei, die den Gästen in den Wannen am anderen Ende des Raumes Bier ausschenkten. »Hol uns den Wirt herbei, mein Kind, ich will ihn etwas fragen.«

43

Die Frau ging ohne Eile davon, wohl darauf bedacht, dass man den Anblick ihrer wiegenden Hüften gebührend würdigen konnte. Bellentenes Blick blieb auf dem armdicken blonden Zopf haften, der ihr lang über den Rücken fiel.

»Wenn sich jemand in der Bürgerschaft auskennt, dann ist es der Badewirt«, erklärte der Kaufherr den venezianischen Gesandten.

Und richtig: Zwei Brüder namens Kämmerer betreiben in der Johannisstraße einen Bernsteinhandel, so wusste der schwitzende Badewirt zu berichten. Dietrich, der ältere, war derzeit noch auf Reisen, aber Georg, der jüngere, hatte gerade erst gestern mit dem Danziger Fernkaufmann Hans Bartels, einem alten Freund und Lieferanten der Kämmerers, die Badestube aufgesucht.

»Wenn Ihr mit ihm zu sprechen wünscht, dann findet Ihr ihn am frühen Nachmittag stets im Einbecker Haus. Meistens beim Kartenspiel mit dem Schuhmachermeister Heinsohn und dem Hutwalker Sterdt.«

»Wie sieht er denn aus?«, fragte Balthasar Vennerskamp.

»Ihr werdet ihn leicht an seinem Schmuckbarett erkennen, Herr. Es ist denen der Spielleute ähnlich, nur dass es nicht mit Glöckchen, sondern rundum mit polierten Bernsteinperlen verziert ist. Aber eigentlich verwundert es mich schon, dass Ihr ihn nicht kennt.«

»Wieso?«

»Na, er ist doch der Tochter von Schmiedemeister Henning Braake versprochen, und der wohnt ja ganz in Eurer Nähe. Sowie Georg Kämmerers älterer Bruder von der Fernreise zurück ist, will man Hochzeit halten.« Der Wirt warf einen besorgten Blick auf die leeren Bierkrüge seiner Gäste. »Soll ich Euch jetzt noch drei Biere bringen lassen?«

»Nur zu«, erwiderte Vennerskamp. »Es sieht ganz so aus, als würden wir hier noch eine Weile weiterplaudern.« Neugierig geworden, beugte sich Vennerskamp über den Wannenrand zum Zuber der Venezianer hin. »Sagt, Bernardo, weshalb interessiert Euch dieser Dietrich Kämmerer?«

Mattezze wartete, bis der Wirt davongeschlurft war, dann sagte er: »Nun, ich traf auf ihn vor gar nicht langer Zeit in Konstantinopel.«

Vor Verblüffung vergaß Vennerskamp, dass er in einem Badezuber hockte. Der steinerne Bierkrug glitt ihm aus der Hand und versank in der Wanne, glücklicherweise nachdem er den letzten Schluck des Gerstensafts geleert hatte. »Was erzählt Ihr da? Bei den Türken?«

Mattezze nickte. Dann berichtete er dem Kaufherrn von der Bernstein-Passion des Sultans Bayezid. »... Ihr versteht also, guter Freund, weshalb mein Herr das allergrößte Interesse daran hat, Hoflieferant des Padischahs zu werden.«

Vennerskamp angelte den Bierkrug mit den Zehen vom Zuberboden und stellte ihn vorsichtig auf den breiten Wannenrand. »Ich gehe wohl nicht fehl in der Annahme«, sagte er, »dass mein Schwager umsichtig genug war und Maßnahmen ergriffen hat, um potenzielle Konkurrenten vom Sultanshof fern zu halten?«

Mattezze und Bellentene warfen sich einen kurzen Blick zu, dann verzogen sich ihre Gesichter zu einem leichten Grinsen.

»Seid beruhigt, Herr«, antwortete Bellentene. »Ungestraft umgeht niemand den Zwischenhandel der venezianischen Kaufherren.« Er setzte sich aufrecht, so dass das Wasser über den Wannenrand schwappte. Mit gespielt betrübter Miene sagte er: »Den Bernsteinhändler hat wohl ein tragisches Schicksal ereilt. Im Werftenviertel von Konstantinopel munkelt man, dass Dietrich Kämmerer raubgierigen Orientalen in die Hände gefallen ist und erschlagen wurde.«

»Verstehe ...« Vennerskamp nickte mit einem wissenden Grinsen. Weitere Erklärungen zum Schicksal des Hamburger Bernsteinhändlers erübrigten sich. Er kannte die ruppigen Methoden der Familie Cornetti und wusste, wie sie mit missliebigen Widersachern zu verfahren pflegte. »Nun denn«, sagte er dann. »Langsam glaube ich zu begreifen, was der eigentliche Anlass Eures Besuchs ist. Auf welche Art und Weise kann ich also meinem verehrten Schwager hier in Hamburg von Nutzen sein?«

»Bislang hat mein Herr nur unscheinbares Material nach Konstantinopel ausführen können. Gelänge es, in den Besitz ansehnlicher Steine zu gelangen ...«

Die Bademagd mit dem prächtigen Zopf trat zu ihnen und servierte drei frisch gezapfte Biere auf einem Zinktablett. Vennerskamp und Mattezze setzten augenblicklich ihr Gespräch auf Italienisch fort. Ausnahmsweise hatten sie keine Augen für die Frau, die sich beim Austeilen der Krüge so weit vorbeugte, dass man ihren üppigen Busen hinter dem Brusttuch nicht bloß erahnte. Bellentene warf ihr kurz einen bewundernden Blick zu, dann mischte er sich, ebenfalls in seiner Muttersprache, in das Gespräch seiner Kompagnons ein. Enttäuscht, dass man sie derart mit Ignoranz bedachte, zog die blonde Schönheit wieder ab.

6. KAPITEL

Im Einbecker Haus

Balthasar Vennerskamp machte einen kleinen Umweg, bevor er sich zum Einbecker Haus begab. Er war um die zweite Mittagsstunde vom Badehaus an den Rödingsmarkt zurückgekehrt und hatte Lucretia immer noch schlafend vorgefunden. Der Kaufherr ließ ihr ausrichten, dass er wegen einer dringenden Angelegenheit erst gegen Abend wieder daheim sein würde, sie aber Wichtiges zu besprechen hätten. Nun ging Vennerskamp in die Johannisstraße und besah sich aus einiger Entfernung die Bernsteinhandlung der Gebrüder Kämmerer. Vor einem anscheinend unbewohnten Nachbarhaus auf der gleichen Straßenseite wurde soeben Bauholz abgeladen.

Das rot geklinkerte doppelstöckige Steingebäude der Kämmerer war nicht gerade ein großes, prunkvolles Patrizierhaus, zeugte aber doch von einigem Wohlstand der Besitzer. Es hatte selbst für die Gesindekammern unter dem Dach bleigefasste Glasfenster und eine mit reichem Schnitzwerk versehene Haustür aus Eichenholz, zu der vier niedrige Stufen hinaufführten. Über dem Eingang hing an einer Kette eine Messingplatte. *Fluvum Aurum de Profundis Maris*, besagte die Inschrift.

Die Glocke der Sankt-Nikolai-Kirche schlug die dritte Mittagsstunde. Der Kaufherr machte noch einen kurzen Abstecher zur Bäckerstraße. Dort lag das Brauhaus von Peter Rogge, dessen Geschäftspartner er dank des venezianischen Geldsegens geworden war.

Vor dem imposanten Braudielentor wurde gerade ein Wagen mit Rotbierfässern beladen. Rogge selbst überwachte die Fuhrknechte. Als der breitschultrige Endfünfziger Vennerskamp bemerkte, trat er aus dem Schatten der Toröffnung und begrüßte ihn. Er machte eine Geste zu dem Bierwagen. »Eine Ladung für die Stadtmark. Ein reicher Bauer richtet eine Hochzeit aus.«

Vennerskamp nickte. »Und? Wie laufen die Geschäfte sonst?«

»Gründe zum Klagen finden sich immer, aber im Moment können wir durchaus zufrieden sein.« Peter Rogge trat dichter an den Kaufherrn heran und flüsterte: »Mein Wort drauf, in zwei, drei Wochen haben wir es geschafft!«

»Deine Leute müssen vorsichtig zu Werke gehen, Peter. Gestern erfuhr ich von einem Mitglied des Rates, dass man einen Emissär aus Einbeck erwartet, den man wegen der Verschlechterung der Bierqualität befragen will.«

Rogge fuhr sich mit der Hand durch sein volles schwarzes Haar, in dem sich keine Spur von Grau zeigte. »Meinetwegen«, meinte der Braumeister. »Uns kommt man nicht auf die Schliche. Unser Vertrauter im Einbecker Haus ist viel zu tief in unsere Pläne verstrickt, als dass er noch die Seite wechseln könnte, falls es wider Erwarten doch einmal brenzlig werden sollte. Und im Ernstfall habe ich mich noch immer auf Fuchs und Qualle verlassen können.« Er hüstelte. »Der erste neue Brau aus Einbeck trifft auch in Kürze ein, habe ich gehört. Weißt du Genaueres?«

»Ich werde mich erkundigen. Ich bin eh auf dem Weg zum Einbecker Haus.«

Der Kaufherr verabschiedete sich von Peter Rogge und bog in die Straße ein, die zum Einbecker Haus führte. Wieder sah er sich genötigt, durch knöcheltiefen Pferdemist zu stapfen.

Die Hamburger Ratstrinkstube war ein eindrucksvolles mehrstöckiges Gebäude mit drei hohen spitzen Giebeln und etlichen Eingängen. Balthasar Vennerskamp reinigte sorgsam seine Tritten mit einem Reisigbesen, der neben der Schankraumtür bereitstand. Dann schnallte er sie ab und trat in den Schankraum.

Lautes Stimmengewirr schlug ihm entgegen. Besonders an Markttagen glich das Einbecker Haus einem Taubenschlag. Der Kaufherr schätzte die Anzahl der Zecher auf über hundert. Sie saßen auf langen Bänken an den blank gescheuerten Eichenholztischen. Mehrere Schankknechte waren ständig damit beschäftigt, die geleerten Krüge nachzufüllen. Dutzende von dicken Wachskerzen erhellten die hohe Halle, an deren Stirnwand die Bierfässer standen.

Balthasar Vennerskamp schaute sich um, sah aber kein bekanntes Gesicht. Bei dem Blick in die Runde entdeckte er aber einen schlanken Mann jüngeren Alters, der ein mit Bernsteinperlen besetztes Barett trug. Das war also Georg Kämmerer.

Balthasar Vennerskamp kämpfte sich die voll besetzten Bänke entlang in die Nähe des Bernsteinhändlers. Georg Kämmerer saß, gegen einen Pfeiler gelehnt, auf einer Holzbank direkt vor den Fässern an der Stirnwand und unterhielt sich mit einem dicken Mann. Der trug eine mit Zobelpelz verbrämte Kappe, wie sie in den wendischen Städten Mode war. Vennerskamp setzte sich mit dem Rücken zu den beiden an einen Tisch neben eine Gruppe auswärtiger Weizenkaufleute, die ihre Rückreise nach Oberdeutschland besprachen. Sie hatten in Hamburg offenbar ein paar vergnügliche Tage erlebt und priesen besonders die Badestube am Hafenkai und deren willige Mägde.

Vennerskamp musste schmunzeln, als er sich vorstellte, wie Bernardo Mattezze und Paolo Bellentene vermutlich just in diesem Augenblick von den besagten Dirnen verwöhnt wurden. Ein Schankbursche fragte ihn nach seinen Wünschen.

»Einen Krug Einbecker für mich«, sagte der Kaufherr, wohl wissend, dass das Vorjahresbier schon seit geraumer Zeit aufgebraucht war.

Der Jüngling schüttelte bedauernd den Kopf. »Der neue Brau ist noch nicht eingetroffen, Herr.«

»Weißt du, wann er kommt?«

Der Jüngling zuckte mit den Achseln. »Ein, zwei Wochen kann es noch dauern.«

»Dann bring mir ein Hamburger Rotbier.«

Die Weizenhändler schlossen sich lautstark seiner Bestellung an. »Für uns auch noch eine Runde!«

Die Oberdeutschen hatten bereits tüchtig gebechert, und Vennerskamp hatte Mühe, dem Gespräch zu lauschen, das der

Bernsteinhändler hinter ihm mit dem Dicken mit der Zobelkappe führte. Nach einiger Zeit intensiven Zuhörens erfuhr Vennerskamp immerhin, dass es sich um Kämmerers Bernsteinlieferanten aus Danzig handelte, der mit einer außerordentlich wertvollen Warensendung nach Hamburg gekommen war. Er lehnte sich unauffällig weiter nach hinten, denn Kämmerer und der Danziger sprachen jetzt fast im Flüsterton miteinander.

Dann brachte der Schankbursche das Bier und verteilte es an Vennerskamps feiernde Tischnachbarn, die sich allesamt durstig den vollen Krügen widmeten. Ein kurzer Moment der Stille trat an seinem Tisch ein, in der deutlich zu hören war, was hinter ihm gesprochen wurde

»So groß wie Kinderfäuste?«, fragte Kämmerer den Dicken gerade. »Wie viele Stücke davon habt Ihr mitgebracht?«

»Ausreichend, das versichere ich Euch. Und in einem der Steine ist sogar eine Eidechse eingeschlossen«, hörte Vennerskamp den Danziger antworten. »Vor dem Bankett komme ich noch zu Euch in die Johannisstraße. Dann könnt Ihr meine Ware begutachten. Ich bin sicher, dass wir uns schnell über den Preis einig werden, wenn Ihr sie erst einmal gesehen habt.«

In diesem Moment hießen die Weizenhändler zwei Hamburger Getreidemakler willkommen, und in dem lautstarken Begrüßungstrubel konnte Balthasar Vennerskamp kein einziges Wort von dem Gespräch der beiden Bernsteinhändler in seinem Rücken mehr aufschnappen.

In aller Ruhe trank er sein Bier aus. Zum Abschied nickte er den Kaufleuten kurz zu und warf beim Verlassen des Einbecker Hauses einen letzten Blick auf die Bernsteinhändler, die noch immer die Köpfe zusammensteckten. Vennerskamp hatte genug erfahren. Jetzt hieß es zügig handeln.

7. KAPITEL

Lucretias Plan

Bernardo Mattezze und Paolo Bellentene hatten es sich vor dem offenen Kamin in der guten Stube am Rödingsmarkt bequem gemacht und plauderten mit der Herrin des Hauses.

Lucretia Vennerskamp thronte, in ein türkisches Gewand gehüllt, auf einem Sessel mit Blick auf eine geöffnete Truhe. Sie enthielt Geschenke ihrer venezianischen Freunde und die Kostbarkeiten, um die sie ihren Bruder gebeten hatte. Es waren dies wohlriechende Schönheitssalben, Schminke und Lippenrot aus Ägypten, bestes Henna aus Konstantinopel und weitere Luxusgüter, die die venezianische Patrizierin in Hamburg schmerzlich vermisste. Zwar bot auch die Hansestadt allerlei Kurzweil, aber trotz des spürbaren Reichtums ihrer Bürger fehlte es hier nach Lucretias Geschmack an der Raffinesse und exotischen Farbigkeit ihrer Heimat, der Lagunenstadt.

Sie nippte an einem Glas Rotwein, einem erlesenen Tropfen von den heimatlichen Brenta-Gütern, den die Vertrauten ihres Bruders mitgebracht hatten. Voller Heimweh dachte sie an die Bälle und Festivitäten, die zu Beginn des Herbstes überall in Venedig stattfanden. Den Vergnügungen im Norden der deutschen Lande fehlte es wahrlich nicht an Ausgelassenheit, und einige der Männer waren durchaus stattlich zu nennen und nicht zu verachtende Galane. Nur ...

Lucretia seufzte. Keiner der Deutschen war zu vergleichen mit dem toskanischen Baron, mit dem sie vor ihrer Abreise nach Hamburg die letzten Nächte in der Cornetti'schen Villa verbracht hatte. Bei Mondschein unter duftendem Jasmin ...

Dicke Regentropfen klatschten gegen die Scheiben. Was sich Sommer und Herbst an Elbe und Alster nannte, glich mehr den deprimierenden Monaten, wenn die Winterstürme durch Venedig peitschten.

Lucretia leerte das Glas. Mit Gewissheit würde sie ihr Leben nicht in dieser rauen Weltgegend beschließen. Zwei, drei Jahre noch, dann war daheim Gras über die leidigen Angelegenheiten gewachsen, die ihr Exil notwendig gemacht hatten. Zwei, drei Jahre, die sich immerhin äußerst sinnvoll nutzen ließen.

Den Oberen der Seilerzunft jedenfalls hatte sie fest in ihren Händen. Bei dem gestrigen Gelage, als die meisten Gäste sich bereits bis in die Bewusstlosigkeit gesoffen hatten, war Gutfried Klaasen ihr wie zufällig aus dem Festsaal gefolgt. Der Gildemeister besaß zwar nicht den Charme ihrer heimatlichen Verehrer, aber er war ein ansehnlicher Mann in den besten Jahren. Lucretia hatte sich ihm mit Vergnügen in der Wäschekammer im hinteren Teil des Hauses hingegeben.

Wenn Balthasar nun bei ihm wegen der Taulieferungen für die Kriegsflotte der *Serenissima* vorstellig wurde, würde er einen äußerst vorteilhaften Preis für die Waren herausschlagen können, daran hatte Lucretia nicht den geringsten Zweifel. Und sie wusste auch schon, wie sie sich den Seilermeister auch in Zukunft gefügig halten würde. Nach der hastigen Umarmung zwischen rauen Leinenballen und kratzigen Wolltuchstapeln in der engen Kammer hatte sie ihm eine etwas ausgiebigere Liebesnacht auf dem Vennerskamp'schen Landgut in Aussicht gestellt. Gutfried Klaasen würde Stillschweigen bewahren und sich nicht öffentlich mit seiner Eroberung brüsten können. Die Frau des Seilergildenoberen war eine stadtbekannte Frömmlerin, die Zeter und Mordio schreien würde, wenn sie von dem Abenteuer ihres Gatten erführe.

Der gute Gutfried würde ihr willig aus der Hand fressen. Lucretia überschlug in Gedanken ihren Anteil an der Provision, den das Taugeschäft für den Cornetti-Clan abwerfen würde.

Offiziell teilte Lucretia Cornetti mit Balthasar Vennerskamp Tisch und Bett, doch schon während dessen Venedig-Aufenthalts hatten beide herausgefunden, dass ihre Neigungen, was einen Bettgespielen betraf, kaum harmonierten. Dem Kaufherrn konnte ein Weib nicht füllig genug sein. Einmal hatte er ihr seine

Lieblingshure Rosalinde, eine Bademagd aus dem Hafenviertel, gezeigt, als die auf dem Markt einkaufen ging: eine rothaarige Dirne mit melonengroßen Brüsten und Schenkeln wie die einer kräftigen Stute. Lucretia hingegen war, wenn auch nicht unbedingt dürr, so doch von zierlicher Gestalt. Auch bevorzugte sie Männer, die sie mindestens um Haupteslänge überragten, und gerne durften sie jünger sein als ihr etwas kurz geratener Gemahl.

Sie ließ den Blick zu den beiden Venezianern schweifen, die vor dem knisternden Kaminfeuer an einem Tischchen saßen und eine Partie Schach spielten. An der ansehnlichen Gestalt Bellentenes blieben ihre Augen hängen, und als dieser sich zu ihr umdrehte, zwinkerte sie ihm kurz zu. Doch bevor sie auf den begehrlichen Gesichtsausdruck Bellentenes reagieren konnte, klopfte es an der Tür, und Balthasar Vennerskamp betrat die gute Stube, ohne auf ein Herein zu warten.

Die Vertrauten von Andrea Cornetti erhoben sich und begrüßten den Fernhandelskaufmann.

»Die beiden haben mich schon über die neusten Pläne meines Bruders ins Bilde gesetzt«, sagte Lucretia zu ihrem Gatten und lud ihn mit einer Handbewegung ein, sich zu ihnen ans Feuer zu setzen. »Ich hoffe nur, dass die beiden dir heute Vormittag deine Rosalinde nicht streitig gemacht haben«, fügte sie mit einem amüsierten Lächeln hinzu.

Die beiden Venezianer, die sich wieder ihrer Partie zugewandt hatten, blickten neugierig hoch, und Lucretia beschrieb ihnen Vennerskamps Favoritin.

»Ich kann die Kunstfertigkeiten der Dirnen von vorhin nur loben«, wandte Bellentene sich an den Hausherrn, »aber offenbar habt Ihr das Prachtweib dieser Badestube verheimlicht.«

Balthasar Vennerskamp lachte. »Keineswegs, mein Freund. Es ist nur so, dass Rosalinde nicht immer dort aufwartet. Ich habe den Wirt sogar nach ihr gefragt, als ich Euch verlassen habe. Sie ist heute und morgen Vormittag ausschließlich einem schonischen Kapitän zu Diensten. Falls es Euch demnächst nach einem solchen feurigen Weib gelüsten sollte, müsst Ihr Euch bloß rechtzeitig mit dem Badewirt absprechen.«

Mattezze schob die Schachfiguren zusammen. »Lass uns das Spiel beenden, Paolo, es geht eh an dich. Wo wir nun alle zusammensitzen, sollten wir beratschlagen, wie wir vorgehen wollen.«

Balthasar Vennerskamp nickte. »Ich denke, die Zeiten sind für uns günstig.« Er schenkte sich ein Glas Brenta-Wein ein, setzte sich neben Lucretia und berichtete dann von dem Gespräch der beiden Bernsteinhändler, das er im Einbecker Haus belauscht hatte.

»Kinderfaustgroße Bernsteinklumpen«, murmelte Lucretia. Sie schaute Mattezze scharf an. »Und Ihr seid Euch sicher, dass man mit diesen Preziosen den türkischen Kaiser gnädig stimmen kann?«

Der Venezianer nahm den weißen König vom Schachbrett und hielt ihn hoch. »Wem es gelingt, den Padischah regelmäßig mit dem Gold des Nordens zu versorgen, der kann sich seiner Gunst gewiss sein. Aber Eile ist geboten. In Konstantinopel weiß in Hofkreisen jeder von der Steinschnitzpassion des Sultans. Auch die Genuesen werden nicht untätig bleiben.«

Lucretia griff in die Truhe, nahm einen in Goldblech gefassten Handspiegel heraus und betrachtete ihr Spiegelbild. »Wäre es womöglich sinnvoll, wenn ich Georg Kämmerer …?«

Vennerskamp schüttelte den Kopf. »Das erscheint mir in diesem Fall zu riskant. Der junge Kämmerer gilt als so gut wie verehelicht.«

»Na und?« Lucretia sah ihn herausfordernd an. »Das besagt nun wahrlich nicht viel.«

Balthasar Vennerskamp grinste. »Ich wollte mit meiner Bemerkung keineswegs deine vielen Vorzüge und Kunstfertigkeiten schmähen, meine Liebe. Aber allein der Seilergildenobere wird dich demnächst zur Genüge beschäftigen, oder hat Klaasen bei den Festlichkeiten gestern dir nicht nachgestellt?«

Die Hausherrin schmunzelte. »In der Tat mag es momentan klüger sein, wenn ich nicht gleich zwei Buhler auf einmal umgarne. Dennoch müssen schnelle Entscheidungen getroffen werden, wie wir *vor* der Konkurrenz in den Besitz dieser einzigartigen Steine gelangen.«

»Und warum kaufen wir sie Georg Kämmerer nicht einfach ab? Ihm oder gleich seinem Danziger Händler?«

Bernardo Mattezze räusperte sich. »Ihr vergesst, dass Georg Kämmerer mit Dietrich in Venedig war. Auch er weiß um den Wert des Bernsteins und was man mit derartigen Preziosen im Reich des Padischahs bewirken kann. Er wird die Steine kaum veräußern, bevor sein Bruder wieder zurück ist.« Mattezze hüstelte. »Und das wird, wie wir wissen, nie der Fall sein.« Er zuckte mit den Schultern. »Und so mir nichts, dir nichts werden wir uns nicht in das Geschäft zwischen ihm und den Danziger drängeln können. So etwas ist immer schwierig, wenn es sich um altetablierte Handelskontakte handelt.«

Paolo Bellentene hatte die ganze Zeit schweigend zugehört. Jetzt griff er zum Dolchgehänge an seinem Leibgurt und zog einen schlichten Dolch. Mit der Spitze der Waffe warf er zwei schwarze Bauern auf dem Spielbrett um.

Lucretia blickte auf das zerstörte Schachspiel, dann erhob sie sich, füllte ihr Glas aus der Weinkaraffe und trat an den Schachtisch. Behutsam, fast zärtlich, richtete sie nacheinander erst den König, dann die beiden Bauern wieder auf.

»Nein, es geht auch anders«, sagte sie bestimmt. »Als die Kämmerers in Venedig waren, haben sie Euch da zu Gesicht bekommen?«

»Mich bestimmt nicht«, sagte Paolo. »Ich war zu dieser Zeit auf Reisen.«

Bernardo Mattezze überlegte einen Augenblick. »Ich war in Venedig. Aber bei dem ständigen Kommen und Gehen im Palazzo Eures Bruders werde ich ihnen nicht sonderlich aufgefallen sein. Als ich mit Dietrich Kämmerer am Hafen aneinander geraten bin, wusste er erst gar nicht, weshalb ich ihn beschimpfte.«

Lucretia nickte befriedigt und nippte an dem Wein. »Wenn das so ist, meine Herren, dann hätte ich einen Plan…«

8. KAPITEL

Nürnberger Waldsamen und andere Merkwürdigkeiten in den Ländern der Ungläubigen

»Bei Allah, diese verdammten Ungläubigen!« war mit Abstand der häufigste Fluch, den Mustafa Pascha und sein getreuer Diener Nedschmeddin ausstießen, wenn sich keine der derart Verfluchten in Hörweite befanden. Diese Vorsicht tat Not, denn auf der Reise hatte sie doch tatsächlich – einmal zwar nur – ein Italiener, dem sie in einem Gasthof begegnet waren, in ihrer Sprache angeredet.

Nedschmeddin hatte noch eine weitere Verwünschung parat, besonders seitdem sie in die Länder im Norden des gewaltigen Gebirges gelangt waren, wo auch im Sommer schneebedeckte Gipfel donnernde Lawinen zu Tal schickten und sie nur noch selten bei Moses' Glaubensbrüdern Unterkunft fanden. Musste der Diener des »Blitzes« wieder einmal einen der stinkenden Abtritte aufsuchen, die Hoch und Niedrig ohne den geringsten Ekel allerorts benutzten, natürlich ohne sich nach Verrichtung der Notdurft mit fließendem Wasser zu reinigen, rief er jedes Mal aus: »O, Herr, die Gottlosen essen nicht nur Schweine, sie leben auch wie sie!« Selbst Moses, der sich mit herabwürdigenden Äußerungen über die Christen zurückhielt, pflichtete ihm dann bei.

»Sogar auf den Heerzügen unseres tapferen Sultans – *Allah der Erhabene halte seine schützende Hand über ihn!* – waren die Feldlatrinen reinlicher«, pflegte Nedschmeddin dann noch zu ergänzen.

Yildirim-Mustafa hatte sich spätestens nach der Gebirgsüberquerung stoisch in sein Schicksal gefügt. Bot Gottes Wort, wie es auf den Propheten Mohammed gekommen war – *Ge-*

heiligt sei sein Name! –, nicht Trost auch für solche widrigen Situationen, mit denen sie sich tagtäglich herumzuschlagen hatten? Tobte Nedschmeddin lauthals los, rezitierte der Janitscharenoberst stumm die Suren, in denen vom Reisen in der Ferne und vom Krieg die Rede war. Dort hieß es, dass die wahrhaft Gläubigen entschuldigt waren, konnten sie zwingender Umstände halber die Gesetze der Religion nicht befolgen, die Allah – *der Eine und Einzige* – den Menschen in seiner übergroßen Gnade als Richtschnur für ein rechtschaffenes Leben gegeben hatte.

Dennoch kostete es Überwindung, in den Dörfern und Städten durch Straßen und Gassen zu reiten, in denen die Franken ihre Schweine unbeaufsichtigt herumlaufen ließen, wie man es daheim allenfalls mit den Ziegen hielt. Es war schier unmöglich, nicht von dem Kot und ihrer Pisse bespritzt zu werden, so sorgsam man auch das Pferd durch den Unrat lenkte, der besonders gepflasterte Wege dann in tückische Rutschbahnen verwandelte.

Eines Tages war der Pascha zum Pferdestall des Gasthofs geschlendert, um nachzuschauen, ob man ihre Reittiere gut versorgt hatte. Unvermittelt stand ihm eine riesige Sau gegenüber und wollte nicht von der Stelle weichen. Auch von seinem donnerartigen Gebrüll ließ sie sich nicht von der Stalltür vertreiben. Der »Blitz« hatte die Ungläubigen in Scharen mit dem Säbel niedergemäht, sollte er sich nun von einem ihrer verfluchten Schweine den Weg streitig machen lassen? Kurz entschlossen hatte er der Sau einen kräftigen Fußtritt verpasst. Sie suchte quiekend das Weite, aber der wackere Streiter aus dem Morgenland hatte dennoch das Nachsehen. Seit dem Tritt schmerzte dem Janitscharenoberst ständig der Rücken, wenn er sich in der Früh erhob oder hastig bückte, und auch häufiges Befingern des Glück bringenden Edelsteins im Bart brachte keine Besserung. Dass, wer als gläubiger Muslim Schweinefleisch aß, den göttliche Zorn zu spüren bekam, sah der Pascha noch ein. Aber dass der Allerhabene – *Ihm sei alleinig Anbetung und Verehrung zuteil!* – selbst den strafte, der unreine Tiere wegtrat, erschien ihm doch ein wenig ungerecht.

Und überall die herumstreunenden Hunde! Yildirim-Mustafa teilte beileibe nicht die Furcht seiner Landsleute vor Hunden. Er hatte die Tiere als Spür- und tapfere Wachhunde auf den Feldzügen gegen die Perser schätzen gelernt. Aber stand im Heiligen Koran nicht geschrieben: »Die Engel werden ein Haus nicht betreten, in dem ein Bild oder ein Hund ist«? Die Christen, immerhin auch ein Volk mit von Gott verkündeten Schriften wie die Juden, erlaubten es den Hunden nicht nur, sich in ihren Wohnstätten breit zu machen, ja selbst in ihren Moscheen waren sie geduldet!

Es gab Tage, da fühlte sich der »Blitz« wie ein *Gazi*, ein heldenhafter Glaubensstreiter, derart waren die Widrigkeiten, die er und seine Reisegefährten zu überwinden hatten. In dem mächtigen Gebirge, das man die Alpen nannte, war urplötzlich dichter Nebel aufgekommen und das Maultier mit ihrem gesamten Reiseproviant in einen reißenden Fluss gestürzt. Wegen des unwegsamen Geländes mussten sogar die trittsicheren, ausdauernden Bergpferde, die sie vor dem Gebirgsaufstieg erworben hatten, am Zaum geführt werden. Dann hatte sich ihr Führer verirrt. Nach zwei anstrengenden Tagesmärschen war der Hunger übermächtig gewesen. Die oberdeutschen Kaufleute, mit denen sie die Pässe überquerten, hatten ihnen einen Teil ihrer Reiseverpflegung überlassen, immerhin ohne ihre Notlage beim Verkauf der Lebensmittel auszunutzen.

Allah allein wusste, was sie da verzehrt hatten. Moses, der am meisten litt, wenn er sich nicht regelmäßig den Magen voll schlagen konnte, hatte ihnen nach einigem Zögern erklärt, dass es wahrscheinlich im Rauch getrockneter Rehschinken sei, den man erworben hatte. Wie zur Bekräftigung seiner Worte hatte er gierig eine dicke Scheibe von der Keule abgeschnitten.

Den Oberdeutschen hatten sich die drei Reisenden bereits in Genua angeschlossen. Ihre Nordlandmission über Venedig anzutreten, war wegen der vielen Agenten der *Serenissima* in Konstantinopel zu riskant gewesen. Vor der Abfahrt waren sie in den großherrlichen Kleiderkammern des Sarays mit Beutegewändern aus den Heerzügen gegen die Österreicher ausgestattet worden. Sie hatten die Passage nach Italien wie betuchte christliche Fernhändler gekleidet angetreten, reichlich mit gemünztem und ungeprägtem Edelmetall aus der Palastschatzkammer versehen. Nur ihre vertrauten Waffen hatten sie behalten. Sie würden bei den Christen kein sonderliches Aufsehen erregen, ließ Moses sie wissen, schließlich wäre das Kriegsglück den Osmanen auch nicht immer hold gewesen. Besonders bei wohlhabenden Christen galten die rasiermesserscharfen türkischen Krummschwerter und die kostbar gearbeiteten Streitkolben der Janitscharenoffiziere als Symbole von Reichtum.

Der »Blitz« hatte den Juden in eine Kammer seines Pavillons geführt. Dort befand sich eine beeindruckende Sammlung kostbarer fränkischer Sturmhauben, Schwerter und Lanzen.

»Sieh dir das genau an, Moses!«, hatte er dem staunenden Tuchhändler erklärt. »Die Ungläubigen haben Recht, wenn sie unsere Waffen höher schätzen als ihre eigenen.«

Zu jedem Stück hätte Yildirim-Mustafa etwas erzählen können, Geschichten, die für die Besitzer der erbeuteten Waffen damit geendet waren, dass sie unter dem Säbel oder dem Streitkolben des Paschas das Leben ausgehaucht hatten.

In Italien war dem Janitscharenoberst die Verständigung noch einigermaßen leicht gefallen, und die Quartiere, in denen sie Obdach fanden, waren erträglich gewesen. Verteilte sich der Händlerzug der Oberdeutschen vor dem Alpenanstieg zur Übernachtung auf die Herbergen einer Stadt, so gelang es Moses fast immer, dass auch Yildirim-Mustafa und Nedschmeddin bei seinen Glaubensbrüdern Unterkunft erhielten.

Bereitwillig überließen die Juden ihnen einen Raum für die vorgeschriebenen Gebete gen Mekka, wenn Moses ihnen versicherte, dass im Reich des Padischahs ein jeder, ob er nun Jude oder Christ sei, ohne Anfeindung seine Religion ausüben konnte, so er denn pünktlich und korrekt die Kopfsteuern für Nichtmuselmanen, die *Sizye*, entrichtete.

Die Kunde, dass Sultan Bayezid der Heilige die aus Spanien und Portugal vertriebenen Juden in sein Reich einlud und ihnen Schutz versprach, war bis in die kleinste mosaische Gemeinde gedrungen. Und natürlich war ein leibhaftiger Glaubensbruder, der Genaueres zu berichten wusste, überall die Attraktion des Abends.

Für die oberdeutschen Kaufleute waren die drei Emissäre des Großwesirs Fernhändler aus den mittelmeerischen Besitztümern der Johanniterritter von Rhodos. Als ihre Heimat nannten sie die Insel Megiste, Castello Rosso, im Norden Zyperns. Es müsste schon mit dem Scheitan zugehen, wenn sie jemandem begegneten, der ihre Tarnung durchschaute, zumal alle drei das Griechische fließend beherrschten, das man in Megiste sprach. Moses reiste unter seinem wirklichen Namen, aber Mustafa Pascha nannte sich nun Menelaos, und Nedschmeddin hatte den Namen Nestor angenommen.

Bei den Juden in Italien gab es erfreulicherweise in den Badehäusern fließendes Wasser wie daheim in den Brunnenhöfen der Moscheen. Und wenn einige Gerichte, die man ihnen vorsetzte, fremdartig schmeckten, so handelte es sich doch immer um Nahrung, die ein rechtgläubiger Muslim bedenkenlos zu sich nehmen konnte. Angenehm war in Italien ebenfalls der Wein, der nie trunken machte, soviel man davon auch genoss.

Selten nur, falls bei einem besonders üppigen Mahl der Becher von den freundlichen Juden wieder und wieder gefüllt wurde, wachte der »Blitz« am nächsten Morgen mit einer gewissen Schwere in den Gliedern auf. Aber am Wein hatte es dann bestimmt nicht gelegen. Wer genötigt wurde, Berge von fetttriefenden Honigkrapfen, gefolgt von Schüsseln mit dem Besten von Lamm oder Ochs, zu vertilgen, der durfte natürlich nicht erwarten, sich in aller Früh leichtfüßig wie ein Reh von seiner Schlafstatt zu erheben.

Doch je weiter die Türken nach Norden kamen, desto unangenehmer empfanden sie die Reisebedingungen. Nach dem Abstieg von den Alpenhöhen gebot es die Vorsicht, nicht mehr in den Wohnvierteln der Juden abzusteigen. In einigen Landstrichen führten Moses' Glaubensbrüder in der Tat ein erbärmliches Leben. Von Steuern bis aufs Blut ausgepresst, erging es ihnen schlechter als jedem Arbeitssklaven in Anatolien. Schon sich freundlich mit einem Juden zu unterhalten, hätte mancherorts Argwohn erregt.

Auf den Handelsstraßen gen Norden war ein beständiges Kommen und Gehen in beide Richtungen. Häufig begegneten ihnen hansische Kaufleute, sogar welche aus dem fernen *Hamburk*. Wollten Mustafa Pascha alias Menelaos, Nedschmeddin alias Nestor und Moses also ihre Rolle als griechische Kaufleute glaubhaft spielen, mussten sie es nun halten wie ihre Weggenossen und in den üblichen Herbergen für Fernkaufleute logieren.

Sogar ihre reich gefüllte Reisekasse ermöglichte es nicht überall, eine separate Kammer zu mieten. Dann hieß es den Landesgepflogenheiten entsprechend, mit der übrigen Reisegesellschaft zusammen auf einer großen, häufig verlausten und verwanzten Bettstatt zu lagern.

Mit Wehmut dachte der Janitscharenoberst an sein komfortables Kommandeurszelt mit den reinlichen Teppichen und Decken, das Nedschmeddin ihm, ob in den verschneiten Taurusbergen oder in einer arabischen Sandwüste, immer aufschlug.

»Bei Allah«, flüsterte der Diener dem »Blitz« zu. »Schau nur, Herr! Schamlos ohne Grenzen sind sie, die ungläubigen Barbaren! Nackt schlafen sie dicht an dicht unter ihren ausgebreiteten Reisekleidern, egal ob Fremde und Freunde, Herr oder Diener, Mann oder Weib!« Nedschmeddins Entrüstung ging jedoch nicht so weit, dass er die Augen abwandte, wann immer eine der Frauen ihr Nachtlager aufsuchte.

Aber je länger die drei Reisenden in den Frankenlanden unterwegs waren, umso mehr musste der Pascha sich eingestehen, dass es auch viel Löbliches bei den Gottlosen zu entdecken gab.

61

Fast alle ihre Städte waren vorbildlich mit dicken, festen Mauern und hohen Türmen bewehrt, und einige der Gotteshäuser waren imposante Meisterwerke der Steinbaukunst, wie man sie sonst nur in Konstantinopel oder Bursa und Edirne fand.

Abend für Abend schrieb Yildirim-Mustafa vor dem Schlafengehen in ein Büchlein, was ihm an Merkwürdigem und Berichtenswertem festzuhalten wert erschien. Viele Waren und Güter, die er zu sehen bekam, konnten es ohne weiteres mit den kunstfertigsten Produkten von daheim aufnehmen. Besonders die Geräte, mit denen man die Zeit maß, faszinierten den »Blitz«. An den Moscheen zeigten sie nicht nur Stunden und Minuten an, sondern ließen auch zur Viertel-, halben und vollen Stunde Glockenschläge ertönen. Mit diesen Glocken wurden auch die Christen zum Gebet gerufen.

In einer Stadt namens *Nürünberk* gab es sogar ein Geschäft, das »Waldsamen« verkaufte! Es handelte sich um Samen von schnell wachsenden Bäumen, um den Holzbedarf der Stadt in der Zukunft sicherzustellen. Bei Allah und dem Propheten, welche Umsicht diese Franken bisweilen obwalten ließen! Allein für die unzähligen Flottenwerften Konstantinopels musste aus dem fernen Libanon und anderen Gegenden des Reiches mühsam das Bauholz herantransportiert werden.

Und dann gab es in vielen Frankenstädten noch die so genannten Wasserkünste, kompliziert konstruierte riesige Pump- und Hebewerke, um die Städter mit dem benötigten Wasser zu versorgen. Langsam, sehr langsam auch gewöhnte sich das Ohr des Paschas an die Zungen dieser Giaurs. Einen einfachen Gruß konnte er bereits, ohne zu stottern, entbieten, dennoch wäre er ohne Moses' Hilfe sprachlos geblieben wie der ermordete Hamburger Bernsteinhändler in Konstantinopel.

Das wenige Gold des Nordens, das gelegentlich unterwegs feilgeboten wurde, ähnelte in Größe und Qualität dem von den Venezianern ins Osmanische Reich verkauften. Mit diesen kleinen Steinen war der Padischah nicht zu beeindrucken.

»Wann endlich sind wir in *Hamburk*?« Diese Frage stellte

Yildirim-Mustafa dem Juden beinahe täglich, nachdem sie das mächtige Alpengebirge schon weit hinter sich gebracht hatten.

Moses zuckte dann mit den Achseln und blickte nachdenklich zum Himmel, der sich seit Wochen grau über ihnen wölbte. »Das ist schwer vorauszusagen. Die Leute erzählen, dass sie sich an einen derart regenreichen Sommer wie den diesjährigen nicht erinnern können.«

Wege und Straßen waren aufgeweicht und das Vorwärtskommen mühsam. Trost gab es, wo es Yildirim-Mustafa und Nedschmeddin am wenigsten vermutet hätten: Der vergorene Gerstensaft, den man in den oberdeutschen Wirtschaften neben dem Wein ausschenkte, mundete ihnen trefflich! Es existierten verschiedene Sorten von diesem »Bier«, die alle wohl bekömmlich und kräftigend waren, besonders nach einem langen Ritt in strömendem Regen.

Wenn der Pascha sich in einer Wirtschaft mit seinen Reisegefährten beim zweiten oder dritten Krug von den Strapazen des Weges erholte, kamen sie regelmäßig auf ihre Mission zu sprechen.

»Wird der Hamburger Bernsteinhändler uns wohl Glauben schenken, wenn wir ihm von den Umständen berichten, unter denen sein Bruder in Konstantinopel das Leben verlor?«, fragte der Janitscharenoberst und tastete nach dem Edelstein in seiner Bartspitze.

»Ich wäre da zuversichtlich, mein Pascha«, antwortet ihm der Jude. »Schließlich war auch er in Venedig und weiß, dass man dort nicht zimperlich mit Leuten umspringt, wenn es gilt, die Handelsvorteile der *Serenissima* zu verteidigen.«

»Meinst du, dass man durch ihn zu den Hanseoberen vordringen kann, um ihnen den Wunsch unseres Padischahs – *Allah schütze ihn!* – nach direktem Warenaustausch zu unterbreiten?«

Moses wiegte den Kopf. »Unmöglich sollte das nicht sein. Besonders wenn der Bruder des Ermordeten unsere Geschichte nicht anzweifelt, wird er uns bestimmt behilflich sein.« Der Jude ließ sich ein weiteres Bier bringen. »Die Hamburger Fernkaufleute werden so viel anders als die Venezianer nicht sein, wenn es darum geht, dass man sie aus dem Handel drängen will. Einer der ihren ist schließlich ermordet worden, weil er versucht hatte, den Profit zehrenden Zwischenhandel mit dem Osmanischen Reich zu umgehen.« Moses setzte den Krug an.

Yildirim-Mustafa nickte. »Hoffen wir also, dass die hansischen Händler den venezianischen Hunden an Geldgier nicht nachstehen.« Auch er bestellte sich noch ein Bier. Das bittere Gerstengebräu brachte dem Körper eine wohltuende Müdigkeit, die vergessen machte, dass man wieder einmal genötigt war, in einer großen Bettstatt mit fremdem, verlaustem Volk zu nächtigen.

Als sie später die Stiege zu ihrer Kammer hinaufkletterten, meinte Moses: »Das Bier war gut, aber ein wenig zu dünn.«

Der Pascha schaute ihn verwundert an. »Wie meinst du das? Ich fand es würzig und erlabend.«

Die Augen des Juden verklärten sich. »Dann wartet ab, mein Pascha, bis Ihr das erste Mal vom berühmten Einbecker Fernbier getrunken habt!«

In *Nürünberk* tauschten sie ihre stämmigen, aber langsamen Gebirgspferde gegen drei prächtige Rappen ein. Auf ein zusätzliches Packpferd verzichteten sie. Sie führten nur wenig Gepäck mit sich, und ein Lastpferd hinderte am zügigen Vorankommen. Yildirim-Mustafa musste zwar einige Goldstücke drauflegen, aber dank der großherrlichen Güte machte sich der Handel, was ihre Barschaft betraf, in ihrer wohlgefüllten Reiseschatulle kaum bemerkbar.

Zufrieden, endlich über schnellere Reitpferde zu verfügen, sagte der »Blitz« zu dem Juden: »Jetzt geht es hoffentlich etwas hurtiger voran.«

Moses deutete stumm auf die schweren schwarzen Wolken über ihnen.

Die schlechten Wegverhältnisse allein waren nicht schuld, dass sich die Reisegeschwindigkeit der drei Männer kaum erhöhte. Nässe und Kälte forderten ihren Tribut. Zuerst spürte Yildirim-Mustafa ein Kratzen im Hals, außerdem hatte das Stechen im Rücken wieder begonnen. Es zog sich jetzt bei bestimmten Bewegungen schon bis in die linke Wade hinunter. Dann begann Nedschmeddin die Nase zu laufen. Bald auch klagte Moses über Gliederschwere und wurde fortwährend von Hustenanfällen geschüttelt.

»In Konstantinopel huscht man jetzt von einem schattigen Plätzchen zum anderen und labt sich an einem geeisten Scherbett«, knurrte Nedschmeddin und ließ seinen Worten einen kräftigen Nieser folgen. »Diese verdammten Ungläubigen müssen wirklich den Zorn des Allbarmherzigen – *Gelobt sei sein Name!* – über alle Maßen erregt haben, dass Er sie zur Sommerszeit mit einem solchen Mistwetter straft.«

»Und in den Weinschenken von Galata und Pera sitzen die Kameraden jetzt in ihren leichten Sommergewändern unter den Platanen und erfreuen sich an den Tänzen der tscherkessischen Sklavinnen«, sagte der Janitscharenoberst wehmütig.

Was Moses dem hinzufügen wollte, erfuhren Yildirim-Mustafa und sein Diener an diesem Abend nicht mehr. Der Jude hatte kaum den Mund geöffnet, da wurde er wieder von einem bösen Hustenanfall geschüttelt und begab sich mit finsterer Miene in die Schlafkammer.

9. KAPITEL

Maria Freyberg geht auf Nummer sicher

Wer von Norden durch die Hubeturm-Warte in die Stadtmark kam und auf dem Großen Hofe-Weg die Hube-Hänge hinunterritt, wurde bald gewahr, dass Gesetzesübertreter in Einbeck keinerlei Milde zu erwarten hatten: Der Weg führte linker Hand am Richtplatz vorbei. Rabenstein wurde der Ort genannt, weil die schwarzen Vögel mit ihren kräftigen Schnäbeln dort stets reichlich Nahrung fanden. Wenn der städtische Henker, der Fromme Klaus, seines Amtes gewaltet hatte, baumelten dort die Leichen der Missetäter, Wind, Regen und den gefräßigen Vögeln ausgesetzt, bis ihre Skelette zu den hohen Feiertagen abgenommen und unterhalb des Rabensteins verscharrt wurden.

Wenn der Fromme Klaus aus seiner Hüttentür schaute, hatte er die Stätte seines Wirkens oben am Hang gut im Blick. Seine Wohnstatt lag in der Stadtmark vor dem Oster Tor. An der Hüttenwand klebte ein geräumiger Hühnerstall. Böse Zungen behaupteten, dass das Federvieh bei ihm nur so prächtig gedieh, weil das auf dem Richtplatz vergossene Blut der Unglückseligen die Gräser in der Umgebung fruchtbar sprießen ließ.

An diesem grauen Septembermorgen betrachtete der Einbecker Scharfrichter kurz die dichte Wolkendecke und widmete sich dann wieder hingebungsvoll einer einträglichen Nebentätigkeit. Der Fromme Klaus verstand sich darauf, bedächtig und kunstvoll Schlingen zu knüpfen und aufs Rad Geflochtene kundig und ohne Zittern mit Prügel und Peitsche so zu bearbeiten, dass sie immer wieder aus der Ohnmacht erwachten. Auch besaß er eine ruhige, sichere Hand, wenn er einem Missetäter die Tortur verabreichte. Oder aber wenn er aus den Knochen der Hingerichteten Ringe, Herzen, Kreuze oder sonstige Amulette anfertigte. Da viele Reisende durch Einbeck kamen, hatte er sich seit geraumer Zeit darauf verlegt, neben den Amuletten, die dem Träger die Gunst der oder des Liebsten gewannen, auch Schutzmedaillons für Reisende zu schnitzen.

Der Fromme Klaus summte an seiner Werkbank einen lustigen Gassenhauer und ritzte die Konturen der Heiligen Jungfrau mit dem Jesuskind in ein spielkartengroßes Plättchen, das er aus einem Beckenknochen gefräst und vorher sorgsam poliert hatte. Da klopfte jemand an die Hüttentür.

Er steckte den Kopf aus dem Fenster und sah eine schlanke Frauengestalt in einem gewachsten Kapuzenmantel, der nur Augen und Nase freigab, dennoch erkannte der Henker seine Besucherin sogleich.

»Welche Ehre, Frau Rätin! Womit darf ich Euch zu Diensten sein?«

»Ich brauche ein Schutzmedaillon«, sagte Maria Freyberg und streifte die Kapuze ab. »Eins für jemanden, der auf eine weite Reise geht.«

»Bitte tretet doch ein, gute Frau!« Der Fromme Klaus öffnete behände die Tür. »Handelt es sich um eine Reise über Land oder über ein Meer? Oder geht es in die Fremde – gar in Länder, wo man die teutsche Zunge nicht mehr versteht?«

»Macht das denn einen Unterschied aus?«

»O ja, Frau Rätin. Einen sehr großen, bedeutenden Unterschied.«

»Nun, der, dem ich das Amulett schenken will, reist nur in teutschen Landen umher.«

Schnell eilte der Henker zu seiner Werkbank. »Ich hätte da zufällig etwas Passendes.«

Maria Freyberg besah sich das Plättchen. »Die Muttergottes – nun, die rufe ich auch immer an.«

Der Fromme Klaus murmelte salbungsvoll wie ein Pfaffe. »Ihr Schutz und ihre Fürsorge ist den Schwachen und Armen in der Not gewiss.«

»Gut, ich nehme das Plättchen.« Sie gab ihm ein Silberstück. »Reicht dir das?«

»Ei, sicher!«, erwiderte der Henker. Normalerweise hätte er die doppelte Summe verlangt, aber es konnte nichts schaden, sich mit der Schmiedin gut zu stellen. »Sagt mir bloß, wo am Körper das Amulett getragen werden soll.«

Maria blickte ihn erstaunt an »Gibt es denn da günstige und weniger günstige Stellen?«

Der Fromme Klaus nickte ernst. »Am besten ist, das Plättchen befindet sich direkt über dem Herzen.«

Kaum hatte Maria die Hütte verlassen, öffnete sich die Tür, die zum Hühnerstall führte, und die alte Vettel Margarete schlurfte in die Stube. Sie betrieb mit Achim Plattnase das von Hoch und Niedrig verstohlen aufgesuchte Einbecker Hurenhaus in der Petersiliengasse.

»Schau einer her, die hochwohlgeborene Frau Rätin. Sie ist wohl in Sorge, dass ihr Bettschatz ihr in Hamburg abtrünnig werden könnte. Einen Liebeszauber wird sie von dir gewollt haben.«

Der Fromme Klaus schüttelte den Kopf und grinste. »Nein, sie hat mir ein Schutzmedaillon für die Reise abgenommen. Krögerhannes war gestern auch schon hier. Und der trägt jetzt an einem Halskettchen eine ganz besonders wundersame Knochenperle, die ihn bei den Weibern unwiderstehlich macht.«

Der schnitzkundige Henker sagte das im Brustton der Überzeugung, stammte die Perle doch aus der Ferse eines gevierteilten Frauenschänders.

Der Tag der Abreise war gekommen. Maria Freyberg hatte Krögerhannes' Kleider rechtzeitig fertig gestellt, und auch der Schmiedemeister hatte ein neues Reisewams erhalten. Immerhin war es seine erste Reise in die große Hafenstadt.

Ein regenreicher Sommer machte derweil einem nicht minder nassen Herbst Platz. So manche ängstliche Christenseele schlug regelmäßig in der Bibel nach, ob das Versprechen des Herrn, die

Menschheit nie wieder mit einer Sintflut zu strafen, noch galt. Es galt, aber die Skepsis blieb.

Schmale Bäche waren zu reißenden Flüssen angeschwollen. Die Leine und andere Wasserwege, auf denen das Einbecker Bier abtransportiert werden konnte, waren wegen entwurzelter Bäume und tückischer Strudel unschiffbar geworden. Reisende aus nördlicher Richtung berichteten, dass zum Glück die meisten wichtigen Brücken noch befahrbar wären und man in Lüneburg immer noch Salzkähne und Frachtschiffe nach Hamburg schicken würde.

Die Fuhrknechte hatten drei schwere doppelachsige Wagen mit den Tonnen, in denen sich das neue Fernbier befand, beladen. In die Tonnen war wie stets das Einbecker Wappen, ein verschlungenes »E«, gebrannt worden. Zusätzlich hatte auf Ratsbeschluss jeder Brauer in diesem Jahr innen auf dem Fassboden ein persönliches Siegelzeichen einzuschlagen. Freybergs Marke war ein »F« auf der Spitze eines flachen Dreiecks. Der Knochenhauergildenobere, der ebenfalls seinen ersten Brau nach Hamburg schickte, hatte als Zeichen zwei gekreuzte Äxte.

Unter den Kutscherbänken lagen in mit Stroh ausgepolsterten Kisten große Tonkrüge. Sie enthielten den Biervorrat für die Reisenden. Diese überprüften sorgsam das Geschirr der Zugpferde. Der Transport versprach keine Spazierfahrt zu werden.

Jeweils vier massige Kaltblüter wurden vor die Bierwagen gespannt. Das Gepäck von Ratsherr Freybergs und Krögerhannes war einem Lastgaul aufgebürdet worden. Er stand neben den beiden Reittieren der Männer angepflockt vor dem Freyberg'schen Haus in der Altendorfer Straße.

Der Schmied steckte eine Nadel zwischen die zweite und dritte Kachel des Kaminsimses in der Wohnstube. Damit betätigte er eine Feder, und beide Kacheln stellten sich auf. Sie gaben den Blick auf eine mit Gold- und Silberstücken gefüllte Vertiefung frei. Freyberg entnahm ihr eine Hand voll Münzen, die er in seinem Geldbeutel verstaute, danach schloss er das Versteck wieder. Dann kleidete der Landwehrkommandeur sich für die Reise um. Er war gerade dabei, seine Waffen anzulegen, als er plötzlich eine harte Stelle auf der Brust bemerkte. Irgendein flacher, rechteckiger Gegenstand befand sich zwischen der rauen Oberfläche seines Reisewamses und dem wollenen Innenfutter.

»Maria?«

»Ja?«

»Was ist da drin?« Er betastete die Stelle sorgfältig.

»Dort habe ich ein wundertätiges Bildnis der Heiligen Muttergottes eingenäht.«

Freyberg sah seine Frau scharf an. »Du warst also beim Frommen Klaus?«

Sie wich seinem Blick nicht aus. »Ja, und ich meine, ich habe wohl getan. Als im Frühjahr die Leine-Fähre gekentert ist, hat nur der Böttchermeister Rautenstrauch überlebt, und der besaß auch ein Schutzamulett vom Frommen Klaus.«

Bartholomäus Freyberg brummte etwas Unverständliches und widmete sich wieder seinen Waffen. Das Schwert, den Dolch und seine Lieblingswaffe, den Streitkolben mit dem Widderkopf, befestigte er am Leibgurt. Die schwere Hellebarde mit der hellgrünen Quaste der Einbecker Landwehrtruppe steckte er in ein Lederfutteral am Sattelknauf.

Krögerhannes führte außer Schwert und Messer noch einen eisenbeschlagenen Eichenstock mit sich. Auch ihn zierte die hellgrüne Einbecker Quaste. Die sechs Fuhrleute, die die Wagen begleiteten, waren mit Spießen, Äxten und derben Knüppeln bewaffnet.

Zwei der Männer hätte der Landwehrkommandeur lieber nicht auf die Reise mitgenommen. Ulf Buntvogel und Krummwasser-Till waren überaus tüchtige Wagenlenker, wenn es gelang, sie von Schenken und Bierkrügen fernzuhalten. Aber nun, wo in Einbeck jede freie Hand für die Brausaison gefragt war, hatte Freyberg die beiden Trunkenbolde als Begleiter akzeptieren müssen. Der Schmied nahm sich vor, stets ein wachsames Auge auf die beiden zu halten.

Mit dem Biertransport reiste eine größere Gruppe fuldensischer Händler mit gemischten Waren. Es herrschte zwar Frieden im Land, und auch von Wegelagerern war der Handelsverkehr in letzter Zeit verschont geblieben, dennoch bedeutete eine große Reiseschar immer einen Gewinn an zusätzlicher Sicherheit.

Als der Landwehrkommandeur zum Abschied seine Frau und die Kinder umarmte, sagte Maria: »Du vergisst bestimmt nicht, dich nach einem Bernsteingeschmeide umzusehen?«

»Wie könnte ich, meine Liebste!«

»Ich erinnere mich jetzt, dass Mutter immer erzählt hat, Vater hätte den Stein für sie bei einem Kaufmann nahe der Sankt-Nikolai-Kirche erstanden.«

»Sei unbesorgt. Der Schmiedemeister Braake wird schon wissen, wo ich wohlfeiles Gold des Nordens für dich bekommen kann.«

Bürgermeister Riecke und die Stadtherren hatten sich vor dem Rathaus eingefunden, um dem ersten Fernbier das Geleit bis zur Stadtmarkgrenze zu geben. Überreichlich mit guten Ratschlägen versehen, wie er am besten den Bierpanschern auf die Schliche kommen könnte, ritt Bartholomäus Freyberg an der Spitze des Zuges durch das Tor der Landwehrwarte vom Hube-Turm. Eine Reise, selbst bei diesem miesen Wetter, verhieß nicht nur Anstrengung, sondern gewiss auch mannigfaltig Kurzweil. Zweifelsohne würde Riecke in seiner Abwesenheit so manche Intrige spinnen, doch das verdross den Schmied momentan nicht sonderlich. Er war mit Maria übereingekommen, dass sie ihm durch einen Landwehrknecht seines Vertrauens einen Brief nach Hamburg ins Einbecker Haus schicken sollte, wenn es die Situation erforderte.

Für ihren Aufbruch hatte der Himmel entschieden, kurz ein paar Sonnenstrahlen durch die grauen Wolken zu senden. Dem Landwehrkommandeur schien dies ein gutes Omen für ihre Reise, auf das er mehr Vertrauen setzte als auf alle Amulette des Frommen Klaus.

10. KAPITEL

Regen, Regen, Regen

Doch auf der Reise lief nichts nach Plan. Oft wurde Bartholomäus Freyberg an den frommen Spruch gemahnt, der den Balken über einem Braudielentor seines Nachbarn in der Altenburger Straße schmückte: *Der Mensch denkt, und Gott lenkt.*

Gleich zu Anfang brach sich ein Zugpferd in einem Schlammloch die Fessel und musste notgeschlachtet werden. Ansonsten kam der Transport zuerst einigermaßen zügig voran. Aber ab Lüneburg war kein vernünftiges Weiterkommen mehr. Erst recht nicht per Schiff. Es schüttete ohne Unterlass. Wo sonst wenige Tümpel das Landschaftsbild bestimmten, erstreckten sich uferlose Wasserflächen. Selbst für Geld und gute Worte fand sich kein lünischer Bootsmann bereit, die Bierfracht nach Hamburg überzusetzen. Das würde sich auch kaum bei sinkendem Pegelstand ändern, wurde ihnen schroff mitgeteilt. Zuerst waren die verzögerten Salztransporte der Stadt an der Reihe.

Die fuldensischen Kaufleute fügten sich in ihr Schicksal. Sie wollten in Lüneburg abwarten, bis das Wetter umschlug. Rat Freyberg und seinen Männern verbot sich diese Möglichkeit. Ihr erstes neues Bier musste spätestens zu Herbstanfang im Einbecker Haus zum Ausschank verfügbar sein, sonst bestand die Gefahr, dass andere Fernbrauer dort ihren Platz einnahmen. Wohl oder übel setzten sie also die Reise Zeit raubend und kostspielig mit den Wagen auf der einzigen einigermaßen befahrbaren Straße nach Norden fort. Der Verkehr glich einem endlosen, sich im Schneckentempo dahinschleppenden Heerwurm. Nur wer hoch zu Ross unterwegs war, allenfalls durch ein Packpferd belastet, hatte es leichter.

Eines Nachmittags überholen drei Reiter auf prächtigen Rappen den Wagentross – dem Aussehen nach südländische Kaufleute mit gekrümmten Schwertern am Gurt. Der Landwehrkommandeur sandte ihnen einen neidischen Blick hinterher. Einen Moment überlegte er, ob er sich nicht mit Krögerhannes vor den anderen nach Hamburg begeben sollte, aber er verwarf die Idee augenblicklich, als er an Ulf Buntvogels und Krummwasser-Tills notorische Unzuverlässigkeit dachte.

Wie so oft im Leben ist des einen Leid des anderen Freud. Von den vielen Menschen, die fluchend hier und da ein Gefährt aus dem Schlamm zerrten oder bis zur Brust im Morast watend eine noch gangbare Furt durchquerten, profitierten allemal die zahllosen Huren, angelockt von den ungewohnten Menschenmassen wie Motten vom Licht. Es herrschte Hochbetrieb in den Wirtshäusern am Wegesrand. Hochbetrieb und viel handfester Streit, denn die geforderten Preise für Trank und Speis waren kaum noch christlich zu nennen.

Zwei Nächte lang weigerte sich Freyberg, in einer dieser Räuberhöhlen Nachtquartier zu nehmen, am dritten Abend indes rebellierten die Männer. Ihre Stimmung war auf dem Tiefpunkt angelangt. Sie waren es leid, unter durchweichten Planen auf den Bierwagen zu schlafen. Niemand mehr besaß ein trockenes Stück Stoff auf dem Leib. Auch der Landwehrkommandeur wünschte sich nichts sehnsüchtiger als ein Dach über dem Kopf, eine heiße Suppe und ein trockenes Lager, das keiner Schlammkuhle glich.

Bei Einbruch der Dunkelheit hielten sie vor einer großen Dorfschenke. Sie war wie überall hoffnungslos überfüllt. Der Wirt trat den Neuankömmlingen an der Tür entgegen und wies sie mit freundlichen, aber bestimmten Worten ab.

Jetzt war es an der Zeit für Bartholomäus Freyberg, zwei der bauchigen Tonkrüge ihres Reisebiervorrats zu opfern. Als sie die Krüge kreisen ließen, stießen ein paar einheimische Kerle zu ihnen, denen Krummwasser-Till sogleich anbot, doch vom guten Einbecker Bier zu kosten. Und so kam eins zum anderen, und am Ende fand sich doch noch ein Nachtlager in einer Herberge, die etwas abseits vom Wege lag. Den Einbeckern wurde eine zugige Kammer über einem Holzschuppen zugewiesen. Die Pferde hatten die Fuhrknechte zuvor gefüttert, so gut es ging trocken gerieben und auf einer nassen Koppel untergestellt.

Die Schuppenkammer wies kaum Stehhöhe auf und war mit nackten, rissigen Bodenbrettern ausgelegt. Normalerweise wäre sie eine angemessene Behausung für einen Bettler gewesen. Doch als der Schmied und seine Truppe die nassen Kleider gegen trockene getauscht hatten, dünkte ihnen der kahle Bodenverschlag wie eine heimelige Bleibe. Der Regen trommelte ohne Unterlass auf das Dach, aber es hielt wundersamerweise dicht.

Dem Vorschlag von Krögerhannes, sich in der Wirtsstube einen Schoppen zu genehmigen, widersprach keiner. Das Los entschied, wer als erster Wache bei den Pferden und Wagen schieben musste – es traf Krummwasser-Till. Die anderen begaben sich in die Wirtsstube.

Dort empfing sie ein Gedränge und Stimmengewirr wie auf einem Jahrmarkt. Fahrendes Volk, gestrandete Händler und Spielleute belegten buchstäblich jeden freien Platz. Zwischen ihnen saßen etliche aufgeputzte Frauenzimmer. Von Zeit zu Zeit verschwand eine der Dirnen, gefolgt von ihrem Sitznachbarn, aus dem Gastraum. Der Wirt geleitete soeben eine schwankende Truppe lünischer Fuhrleute ins Obergeschoss zu ihrer Schlafstatt. So fanden die Einbecker zu guter Letzt doch noch Platz an einem großen Ecktisch.

Das Bier erwies sich als genießbar, war aber natürlich nicht mit dem heimischen zu vergleichen. Suppe gab es auch, eine dünne Rübenbrühe, in der Fitzelchen von knorpeligem Räucherspeck herumschwammen. Trotzdem schlangen sie alle die heiße Brühe hungrig hinunter. Immerhin war es ihre erste warme Mahlzeit seit drei Tagen. Als der Wirt sich nach weiteren Wünschen erkundigte, bestellten die Männer einen Krug Branntwein. Bartholomäus Freyberg achtete mit Argusaugen darauf, dass Ulf Buntvogel bloß den ihm zustehenden Anteil trank.

Schnell kamen die Einbecker mit den anderen Gästen ins Gespräch. Der Landwehrkommandeur unterhielt sich mit einem gesetzten Erzkaufmann aus Goslar namens Karl Fechternheim, der auch auf dem Weg nach Hamburg war. Fechternheim, dessen scharf geschnittene Gesichtszüge eine wahre Habichtsnase zierte, führte derzeit keine Waren mit sich. Er hoffte, die Hansestadt schon am nächsten Abend zu erreichen. Von dem Mord an dem Einbecker Stadtbraumeister Lohe hatte er selbstverständlich erfahren. »Wir hatten in Goslar vor ein paar Monaten auch eine Messerstecherei mit tödlichem Ausgang. Allerdings waren keine Südländer daran beteiligt, sondern zwei finnische Pelzhändler. Wenn es zu Streit kommt, sitzt der Dolch bei vielen Leuten nur allzu locker, wenn Ihr mich fragt.«

»Ganz meine Meinung«, erwiderte der Landwehrkommandeur. »Wenn es nach mir ginge, würde ich das Tragen von langen Messern und Dolchen innerhalb der Stadtmauern unter Strafe stellen, wie es in einigen oberdeutschen Städten bereits Usus ist. Aber ...«

»Aber was?«

Freyberg zuckte mit den Achseln. »Bei einer Ratssitzung habe ich einen solchen Antrag vorgebracht, nur wurde er von den meisten abgelehnt. Die Einbecker vertrauen ihren eigenen Waffen eben immer noch mehr als den Landwehrknechten. Und ich habe nun den Mord an dem Braumeister aufzuklären.« Er schüttelte den Kopf und nahm einen großen Schluck Branntwein. Dann wandte er sich wieder an den Kaufmann: »Ich möchte Euch gerne noch etwas ganz anderes fragen ... Ihr kennt Euch doch in Hamburg aus?«

»Nun, das ist wohl wahr.«

»Meine Frau wünscht sich Bernsteinperlen. Es soll in der Umgebung der Sankt-Nikolai-Kirche einen guten Händler geben. Wisst Ihr, wer das sein könnte?«

Der Goslarer nickte. »Die Gebrüder Kämmerer betreiben dort in der Johannisstraße ein Geschäft für Bernsteinhandel. Es gilt als das beste in Hamburg.«

»Kämmerer in der Johannisstraße. Dann werde ich mich da einmal hinwenden. Habt Dank für die Auskunft.« Der Landwehrkommandeur gähnte. »Aber bevor ich mich jetzt schlafen lege, möchte ich Euch noch um etwas Weiteres bitten«, sagte der Schmied.

»Nur zu, Herr Rat, was in meiner Macht steht, will ich Euch gerne erfüllen.«

»Könntet Ihr vielleicht im Einbecker Haus Bescheid geben, dass wir, wenn wir nicht noch aufgehalten werden, spätestens übermorgen mit dem Biertransport eintreffen werden?«

»Nichts einfacher als das. Ich nehme dort ja auch Quartier«, versprach der Goslarer.

Die Einbecker Fuhrknechte waren mit einigen anderen Gästen tief in ein Wett- und Knobelspiel verstrickt. Immer wieder rollten die aus Bein geschnitzten Würfel über den blank gescheuerten Eichentisch, gefolgt vom Jubel der einen und dem ungehaltenen Brummen der anderen Spieler.

»Wer von euch hat eigentlich das zweite Wachlos gezogen?«, fragte Bartholomäus Freyberg in die Runde. »Krummwasser-Till sollte jetzt besser abgelöst werden, bevor er sich an unserem letzten Krug Reisebier vergreift.«

»Krögerhannes ist dran«, wurde ihm beschieden.

Aber wo war der Kerl? Der Schmied sah sich in der Gaststube um.

»Vielleicht ist er pissen«, sagte Ulf Buntvogel und fixierte den Branntweinkrug.

»Halt!« Freybergs finstere Miene ließ die bereits nach dem Krug ausgestreckte Hand von Ulf erstarren. »Was noch übrig ist, gehört deinem Freund. Mehr wird heute nicht gesoffen, verstanden?«

Brummelnd wandte der Gescholtene sich wieder seinen Spielkameraden zu.

In diesem Moment betrat Krögerhannes die Gaststube. Falls der Marktbüttel wirklich sein Wasser abgeschlagen hatte, dann musste er sich dafür eine Stelle ausgesucht haben, wo ihn der Regen bis auf die Haut hatte durchweichen können.

»Du bist ja krebsrot«, bemerkte Freyberg und ließ den Blick

auf die nur notdürftig geschlossenen Beinkleider des Marktbüttels fallen.

»Äh? Nun ja, ich bin ... ich bin zu unserem Schuppen gerannt, Meister«, stotterte Krögerhannes und fingerte eilig an seiner Gürtelschnalle. »Ich ... weil ... nun, ich ...«

»Erspar dir die Ausrede, du elender Hurenbock!« Der Landwehrkommandeur grinste, denn er ahnte bereits, weshalb Krögerhannes, ein fleißiger Besucher von Achim Plattnases Frauenhaus in der Einbecker Petersiliengasse, sich freiwillig den widrigen Elementen ausgesetzt hatte. Und richtig! In diesem Augenblick erschien eine der Dirnen in der Türöffnung und hängte ihren Regenumhang an einen Wandhaken.

»Mach jetzt, dass du davonkommst. Wenn du Krummwasser-Till noch länger warten lässt, bringt er dich um.«

Krögerhannes schnappte sich seinen vorher in der Eile vergessenen Mantel und trollte sich fröhlich pfeifend.

Noch vor dem ersten Hahnenschrei erwachte Bartholomäus Freyberg am nächsten Morgen schweißgebadet aus einem Albtraum: Bürgermeister Lothar Riecke hatte ihn öffentlich bezichtigt, dass er selbst, der Ratsherr und Landwehrkommandeur, das Einbecker Bier panschen würde. Daraufhin hatte man ihn als Missetäter dem Frommen Klaus überantwortet. Der hatte ihn allerdings weder aufs Rad geflochten noch in die Streckbank gespannt, sondern ihm nur das Amulettplättchen aus seinem Wams gerissen und ein langes, blitzendes Messer gezückt.

Träume sind Schäume, beruhigte sich der Schmied, obwohl ihm die schadenfrohe Miene von Bürgermeister Riecke sehr wahrhaftig vorgekommen war. Er reckte die steifen Glieder und lugte durch einen Spalt in der Schuppenwand nach draußen. Der ungewohnte Anblick eines wolkenlosen Himmels begrüßte ihn. Über einem Wäldchen hinter der Pferdekoppel zeigte sich das erste zarte Morgenlicht. »Hoch mit euch!«, weckte er die Schläfer. »Es hat aufgehört zu regnen.«

Bis auf Krummwasser-Till und Ulf Buntvogel rappelten sich

alle hoch, aber nach ein paar aufmunternden Knüffen waren auch sie bald auf den Beinen. »Ihr verdammten Suffköpfe habt euch sicher noch einen genehmigt, nachdem ich mich schlafen gelegt habe«, fuhr Freyberg sie an.

Die Männer grinsten. »Nur noch einen ganz kleinen Schluck wegen der Kälte, Herr Rat.«

Sie schienen die Wahrheit zu sagen. Nach ihrem frugalen Frühstück, bestehend aus einem Brotkanten und einem Becher Dünnbier, erledigten sie die Anspannarbeiten flink wie die übrigen Fuhrknechte. Kaufmann Fechternheim mit der Habichtsnase, so erfuhr Freyberg vom Wirt, war bereits vor dem Morgengrauen Richtung Hamburg losgeritten.

Die schweren Bierwagen kamen nur geringfügig schneller voran als an den anderen Tagen. Die Straße glich immer noch mehr einer Matschtrasse als einem Fernhandelsweg. Dennoch besserte sich die Stimmung der Männer von Stunde zu Stunde.

Auch am nächsten Tag schien die Sonne ohne Unterbrechung. Die Reisenden breiteten ihre nassen Decken und Kleider auf den Tonnen aus, wo sie schnell trockneten.

»Bald haben wir es geschafft, Meister«, sagte Krögerhannes und berichtete von den vielen Gesprächen, die er mit Hamburger Reisenden unterwegs geführt hatte. »Nach allem, was ich gehört habe, muss Einbeck ein langweiliges Dorf sein, wenn man es mit Hamburg vergleicht. Und erst der Hafen!«

Rat Freyberg nickte nur stumm. Beschäftigten sich die Gedanken des Marktbüttels mit der zu erwartenden Kurzweil, so sinnierte der Schmied mit jeder Meile, die sie ihrem Ziel näher brachte, über die Probleme, die ihn erwarten würden und die zu lösen er versprochen hatte.

Bei einer Rast in einem Gasthof dicht vor der Hamburger Landwehrgrenze erblickte Bartholomäus Freyberg plötzlich die prachtvollen Rappen der Südländer, die ihren Tross hinter Lüneburg überholt hatten. Sie grasten in einem Gatter und ließen sich die Sonne aufs gleißende Fell scheinen.

Neugierig besah Freyberg sich die Tiere. Solch edle Renner konnten sich nur wirklich reiche Reisende leisten.

»Weißt du, wem die Pferde gehören?«, fragte er einen Knaben, der mit nacktem Oberkörper auf der Koppelumzäunung hockte und ein Sonnenbad nahm.

»Drei edlen Fremden aus einem Land ganz weit im Osten der Welt, dessen Namen ich vergessen habe, Herr«, wurde ihm geantwortet.

Krögerhannes hatte vom Wirt bereits mehr in Erfahrung bringen können. »Griechen sind's, Meister. Ihr Anführer liegt schon seit Tagen krank danieder. Die Kälte ist ihm ins Kreuz gefahren.« Er grinste. »Sein Diener muss ihn sogar dabei stützen, wenn er den Abtritt aufsucht. Die Südländer, hörte ich, sollen reichlich verweichlicht sein und machen schnell schlapp, wenn die Sonne mal nicht scheint. Sind eben keine echten Kerle wie wir.«

»Red keinen Blödsinn, Hannes«, schalt ihn der Schmied. »Braumeister Lohe hat vermutlich ähnlich herablassend über die Südländer geurteilt und bitter dafür bezahlen müssen.« Er schnäuzte sich geräuschvoll mit Daumen und Zeigefinger die Nase. »Bei dem Sauwetter ist es reiner Zufall, dass es niemanden von uns ernsthaft erwischt hat.«

»Da ist allerdings was dran«, sagte der Marktbüttel, hustete und spuckte aus.

11. KAPITEL

Der Einbecker Biertransport trifft in Hamburg ein

Für einen normalen Einbecker Bürger galt Krögerhannes als ein weit gereister Mann. In Ratsangelegenheiten, mal als Bote, mal als Begleiter einer hansischen Delegation, hatte er immerhin schon Goslar, Seesen, Göttingen und Hildesheim kennen gelernt. Aber eine Großstadt wie Hamburg verschlug ihm buchstäblich den Atem. Auch Einbeck war an Markttagen geschäftig, nur bedurfte es in Hamburg keines besonderen Anlasses, damit es in den Straßen und Gassen von Menschen nur so wimmelte. Besonders auffällig waren die vielen Fremden. Sicher, selbst in Einbeck sah man gelegentlich durchreisendes Volk aus fernen Ländern. Aber hier schienen Fremde in Scharen auf den Plätzen und an den Kanälen herumzustreifen.

Überhaupt die vielen Kanäle! Sie hießen *Fleete* und durchzogen die Stadt wie ein Netz. Musste man daheim die schweren Handelswaren erst aufwändig per Pferd und Wagen zur schiffbaren Leine oder einer anderen Wasserstraße schaffen – was in diesem Jahr mit dem Bier wetterbedingt nicht möglich gewesen war –, so verlud man die Güter in Hamburg meistens direkt von den Kontoren und Speichern auf die Schiffe.

Der Einbecker Marktbüttel kam aus dem Staunen nicht mehr heraus. Häuser aus Stein gab es auch daheim, aber hier erstreckten sich ganze Straßenzüge davon in alle Himmelsrichtungen. Viele waren aus roten Backsteinen gefügt und hatten prunkvolle Fenster aus bleigefasstem buntem Glas.

Die Stadt war überall von gemauerten Rinnen durchzogen, die die Unlust der Bewohner und die Abfälle der Handwerker wegspülten. In Einbeck entleerte man die Dreckkübel einfach in Gruben an den Straßenkreuzungen, und um den Unrat, der bei den Bäckern oder Knochenhauern anfiel, kümmerten sich die Schweine und Hunde. Krögerhannes sah zwar viele Pferde und Esel, nur Säue sah er keine in den Straßen. Nun fragte er sich: Hielten sich die Bewohner der Hansestadt denn keine Schweine?

»Selbstverständlich tun sie das«, klärte Krummwasser-Till ihn auf, der schon mehrmals mit einem Einbecker Biertransport nach Hamburg gereist war. »Sie dürfen die Viecher bloß nicht in den Gassen frei herumlaufen lassen wie bei uns.«

Krögerhannes deutete kopfschüttelnd auf einen niedrigen Verschlag aus lehmbestrichenem Schilfgeflecht am Straßenrand. »Was soll das denn bloß sein?«

Der Fuhrknecht lachte. »Hannes! Ist deine Nase verstopft? Das da ist eine Pinkelbude. Gib bloß Acht, wenn du an eine Mauer pisst, dass kein Gassenaufseher in der Nähe ist, sonst wird ein deftiges Strafgeld fällig.«

Der Marktbüttel schüttelte den Kopf. »Und falls ich mal irgendwann scheißen muss?«

»In dem Fall such besser hurtig ein öffentliches ›Sprachhaus‹ auf. Mit deinen Kollegen hier ist dann erst recht nicht gut Kirschen essen.«

Aber die städtischen Ordnungshüter schienen nicht allgegenwärtig zu sein. Häufig rollte der Biertross durch knöcheltiefen Unrat.

Die anderen fünf Fuhrknechte waren wie Krummwasser-Till schon des Öfteren in Hamburg gewesen und lenkten die Wagen ins Stadtzentrum zum Einbecker Haus, ohne dass sie jemanden nach dem Weg fragen mussten.

An einer Straßenecke umringte eine vielköpfige Menschentraube zwei Possenreißer. Sie führten einen derben Schwank auf, in dem es um einen betrügerischen Gastwirt und einen leichtgläubigen Zecher ging. Der Wirt verkaufte dem Betrunkenen wieder und wieder den gleichen Krug. Natürlich hielten Krummwasser-Till und Ulf Buntvogel an der Spitze des Zuges ihren Wagen an.

Der Landwehrkommandeur befahl ihnen weiterzufahren. »Los, verdammte Trödelbande! Halsabschneiderische Gastwirte habt ihr ja gerade zur Genüge kennen gelernt!«

Krögerhannes trieb sein Pferd neben Rat Freybergs. »Meister, der Speicher, zu dem wir die Tonnen bringen, ist der weit vom Einbecker Haus entfernt?«

Der Landwehrkommandeur lachte. »Du hast es wohl eilig, dich in deinen neuen Kleidern zu zeigen? Nein. Einen der Wagen lädt man erst direkt im Einbecker Haus ab, die Biertonnen von den beiden anderen werden anschließend in ein Lager gleich nebenan geschafft. So jedenfalls haben es mir die Fuhrmänner erklärt.« Auch für Bartholomäus Freyberg war es ja die erste Hamburg-Reise.

Das große Einbecker Haus mit seinen drei hohen spitzen Giebeln war bald erreicht. Kaum hatte Krummwasser-Till den ersten Wagen vor einem Bogentor neben dem Haupteingang zum Stehen gebracht, schwang dieses auf. Ein Mann in einem geflickten, verdreckten Arbeitskittel zog einen mit einer Plane abgedeckten Karren auf die Straße. Als er die Bierwagen sah, ließ er den Karren stehen und trat, ohne zu zögern, auf Freyberg zu. Offenbar war es nicht so sehr die kostbare Kleidung des Schmieds, die ihn als Führer des Transports auszeichnete, sondern seine gebietende Haltung zu Pferde. Der Mann in dem schäbigen Kittel grüßte ihn höflich.

»Auch dir entbiete ich den Gruß«, entgegnete der Landwehrkommandeur. »Wir bringen euch das erste neue Bier aus Einbeck.«

»Man erwartet es bereits ungeduldig, Herr«, sagte der Mann. »Ich hole sofort den Wirt.«

Wenig später schon kam er in Begleitung eines von der Gicht gebeugten Alten zurück. Er stellte sich als der Wirt vor und hieß Heinrich Reepernfleet.

»Und Ihr müsst der Einbecker Ratsherr sein, der mir angekündigt wurde«, begrüßte er den Schmied.

»Der bin ich. Bartholomäus Freyberg, Ratsherr für die unsrige Schmiedegilde und Kommandeur der Landwehr.« Er deutete auf Krögerhannes, der neben ihm stand. »Dies ist Hannes, mein Gehilfe.«

Krögerhannes' Brust straffte sich augenblicklich. Martialisch packte er seinen quastengeschmückten Eichenstab und entbot dem Wirt seinen Gruß.

»Ich bin, wie Ihr wisst, gekommen, um den Klagen über unser Fernbier auf den Grund zu gehen, die uns zugetragen wurden«, fuhr Freyberg fort.

Heinrich Reepernfleet nickte ernst. »Das ist wahrlich vonnöten, Herr Rat. – Aber erst einmal ladet ab wie immer. Wenn Ihr dann damit fertig seid, lasst uns in Ruhe über die anstehenden Probleme reden. Eine Kammer für Euch und Euren Helfer ist im Gang über dem Schanksaal reserviert. Die Fuhrleute können im Heuboden über dem Bierlager nächtigen. Dort mögt Ihr auch die Wagen einstellen. Ole Krückau hier ist mein Hausvogt. Er wird Euch alles zeigen und auch sonst behilflich sein, falls Ihr etwas wünscht.«

Reepernfleets Faktotum verbeugte sich und schob seinen Karren zur Seite, um den Fuhrleuten Platz zu machen. Bald rollten sie die Tonnen durch das Bogentor, aus denen das neue Bier zuerst ausgeschenkt werden sollte.

»Stellt sie vorerst hier ab«, gab er ihnen Anweisung und deutete auf eine Tür. »Die Schankburschen tragen sie später nach drüben in den Saal.«

Durch die Tür drangen laute Stimmen.

»Ist dahinter die berühmte Gaststube?«, fragte Krögerhannes.

Der Alte nickte. »Es trifft sich gut, dass Euer Transport sich nicht weiter verspätet hat. Die edle Gesellschaft der Nordlandfahrer hat heute Abend dort ihr Jahrestreffen. Eure Tonnen werden feierlich in Anwesenheit einiger Ratsmitglieder angezapft.« Er öffnete halb die Tür. »Siehst du die Rotbierfässer an der Stirnwand?«

Krögerhannes nickte.

»Die neuen Einbecker Tonnen stehen dann daneben, gleich vor den Ehrentischen für die geladenen Honoratioren und die wichtigen fremden Fernkaufleute, die derzeit in der Stadt weilen«, beschied der Alte Hannes.

Bartholomäus Freyberg trat neugierig hinter die beiden und blickte in den gut gefüllten Schanksaal. Man aß und trank an langen, blank gescheuerten Eichenholztischen. Mehrere junge Burschen und zwei, drei Schankmägde waren beständig damit beschäftigt, die geleerten Krüge nachzufüllen. Sie eilten geschäftig wie Weberschiffchen durch die Reihen. Armdicke Wachskerzen auf allen Tischen erhellten den Raum.

Der Schmied beobachtete die gebeugte Gestalt des Wirts, der nach links und rechts grüßend durch die Reihen der Gäste ging, hin und wieder mit jemandem ein paar Worte wechselte, um sich danach zu einer Gruppe hünenhafter rotbärtiger Männer mit pelzbesetzten Gewändern zu setzen. Einer von ihnen hob seinen Bierkrug, um dem Wirt zuzutrinken. Sein entblößtes Handgelenk, das ein breiter Silberreif schmückte, hätte selbst die schaufelgroße Pranke des Schmieds nicht umspannen können.

»Wer sind diese Furcht einflößenden Riesen?«, erkundigte sich Freyberg leise.

»Das sind alte Stammgäste, Bieraufkäufer aus Norwegen«, erklärte der Hausvogt. »Ich meine mich zu erinnern, dass sie im letzten Jahr auch ein paar Tonnen Einbecker Bier nach Bergen verschifft haben. Sie sind heute Abend ebenfalls zum Fest geladen.« Er schloss die Tür wieder. »Ich gehe jetzt mit Euch aber erst einmal zum Bierlager. In einer Stunde kommt schon der nächste Fernbiertransport. Da wird es dann mit den Wagen eng.«

Sie fuhren um das Einbecker Haus herum in eine Gasse, die gerade einmal Platz für ein Gefährt bot. Das Bierlager war ein hoher Steinschuppen mit zwei Eingängen. Der linke war so breit, dass auch die großen Hamburger und die wendischen Rotbiertonnen noch hindurchgerollt werden konnten. Ein Pferdewagen konnte den Eingang allerdings nicht passieren.

Der Alte sperrte die Tür mit einem langen doppelbärtigen Schlüssel auf. Er und zwei andere Hausknechte halfen den Einbecker Fuhrleuten, die Wagen schnell zu entladen. Dann schloss er die Lagertür sorgfältig wieder ab. Man spannte nun die Pferde aus und trieb sie zu den Stallungen am Ende der Gasse. Unter vielen Flüchen wurden schließlich die schweren Bierwagen per Hand durch den rechten Schuppeneingang manövriert.

»Zwei, drei Tage könnt Ihr sie hier im Lager unterstellen, Herr Rat«, sagte der Hausvogt.

»Die Fuhrleute kehren übermorgen wieder heim«, erwiderte Freyberg. »Wenn wir schon unplanmäßig den ganzen Weg nach Hamburg mit den Wagen gemacht haben, wäre es indes ein Jammer, sie auch noch leer zurückfahren zu lassen. Oder gibt es viele Rücktonnen für uns?«

Es war Usus, dass die Einbecker Brauer leere und unversehrte Fernbiertonnen wieder zurückkauften, um sie in Einbeck erneut zu befüllen.

»Soweit ich höre, gibt es auch dieses Jahr wieder keine. Aber was Eure Rückfracht betrifft: Im Hafen werden gerade Tuchwaren aus Flandern angelandet, hab ich vernommen.«

»Für Stoffe reicht das Geld nicht, das ich mitführe, wohl aber für Salzhering.« Er steckte dem Hausvogt eine Münze zu. »Meinst du, jemand könnte mir behilflich sein, einen redlichen Verkäufer zu finden?«

»Da fragt Ihr besser meinen Herrn, Herr Rat. Er kennt alle wichtigen Großhändler hier in der Stadt. Aber wenn es bloß Salzhering ist, den Ihr kaufen wollt, das wird sich bestimmt auf die Schnelle bewerkstelligen lassen.«

Ulf Buntvogel und Krummwasser-Till hatten das Gespräch gehört und verzogen die Gesichter, als hätten sie Essig getrunken. Die Aussicht, die lange Heimfahrt mit stinkenden Heringstonnen anzutreten, behagte ihnen augenscheinlich überhaupt nicht.

Während die Fuhrknechte ihre Bündel nach oben auf den Heuboden trugen, schulterten Bartholomäus Freyberg und

Krögerhannes ihre Kleidersäcke und begaben sich mit dem Hausvogt zum Einbecker Haus.

Die Angelegenheit mit der Heringsrückfracht nach Einbeck war im Handumdrehen geregelt. Der Wirt stellte Freyberg einem Kaufmann vor, der versprach, die gewünschte Ladung am nächsten Tag bereitzuhalten.

Die Kammer für den Schmied und seinen Begleiter über dem Schankraum war winzig, besaß aber eine abschließbare Tür. Der Landwehrkommandeur nahm den Schlüssel an sich. Krögerhannes wollte sich vor dem Nordlandfahrerbankett noch ein wenig in der Stadt umsehen.

»Sei pünktlich um acht zum Fassanstich da«, mahnte der Einbecker Ratsherr den Marktbüttel, ehe er sich in die Schreibstube des Wirts begab.

Heinrich Reepernfleet legte den Abakus aus der von Gicht gezeichneten knotigen Hand. Er hatte soeben die Ausgaben für den Bäcker und Metzger anläßlich des Nordlandfahrertreffens addiert. Nun war ihm die Ankunft des Einbecker Ratsgesandten angekündigt worden, und als dieser die Schreibstube betrat, bat Reepernfleet ihn, Platz auf einem Stuhl vor seinem Arbeitstisch zu nehmen.

Bartholomäus Freyberg kam ohne Umschweife auf das leidige Thema zu sprechen. »Waren die Tonnen mit dem beanstandeten Bier denn auch wirklich alle mit dem Einbecker Ratsstempel gezeichnet?«

»Ja, ich habe mich mit eigenen Augen davon überzeugt.« Der Wirt verschränkte die Arme über der Brust. »Die ersten zehn Fässer schmeckten einwandfrei. Im elften befand sich zwar auch ein gutes, trinkbares Bier, nur war es eben kein Einbecker Fernbier, sondern ein leichteres.«

»Ihr kennt doch unser Mittelbier, das wir ausschließlich in Einbeck und der Stadtmark auf den Markt bringen?« An der besorgten Miene des Ratsherrn konnte Reepernfleet erkennen, dass ein böser Verdacht in ihm aufstieg. »Hat womöglich einer unserer Brauer Euch das Mittelbier unterzujubeln versucht?«

Der Wirt schüttelte entschieden den Kopf. Auch ihm war dieser Gedanke schon gekommen, er hatte ihn sogleich wieder verworfen. »Nein. Das Bier in der elften Tonne schmeckte mehr wie das Braunschweiger oder von mir aus auch wie ein paar der Braue hier in Hamburg. Süffig, nur eben nicht ganz so dick und würzig.«

Der Ratsherr schien ein wenig erleichtert. »Wie viele der Tonnen waren insgesamt damit gefüllt?«

»Sechs Fässer von sechzig. Es hatte sich ja im letzten Jahr um eine größere Lieferung gehandelt als heuer. Ärgerlich war nur, dass ich die Hälfte davon bereits weiterveräußert hatte, bevor das elfte Fass geöffnet wurde. Ihr könnt Euch sicherlich vorstellen, dass meine Kunden nicht sonderlich angetan waren, als sie den Unterschied bemerkt haben.«

Bartholomäus Freyberg nickte ernst. »Der Rat der Stadt Einbeck will Euch sehr gerne für den entstandenen Verdruss und Verlust entschädigen. Er hat beschlossen, dem Einbecker Haus Kompensation in voller Höhe zu leisten und fünf Tonnen Fernbier ohne Bezahlung obendrein, falls eindeutig geklärt ist ...« Der Emissär zögerte und blickte sorgenvoll zu Reepernfleet.

»Falls was? Redet bitte weiter!« Dem Wirt des Einbecker Hauses war bewusst, dass die Einbecker den Schuldigen an den Panschereien eher im fernen Hamburg denn in ihrer Heimatstadt suchen würden.

Der Ratsgesandte räusperte sich und fuhr fort. »... falls sich zweifelsfrei herausstellt, dass nicht jemand hier in Hamburg die Fässer vertauscht hat.«

»Ich bitte Euch, Herr Rat!« Heinrich Reepernfleet bemühte sich um ein säuerliches Lächeln. »Ihr habt doch vorhin gesehen, wie gut gesichert unser Bierlager ist. Ohne Schlüssel kommt dort niemand hinein. Schon gar nicht kann jemand unbemerkt die schweren Einbecker Tonnen austauschen.«

»Versteht mich nicht falsch, Meister Reepernfleet«, beschwichtigte der Ratsgesandte. »Ich nehme selbstverständlich jedes Eurer Worte für bare Münze, aber bedenkt: Dass anderes als Einbecker Fernbier in den gesiegelten Tonnen ist, bedeutet für die Bürger und Brauer meiner Heimatstadt mindestens ebenso viel Ungemach wie für Euch. Wer Einbecker kauft, will auch bestes schweres Fernbier trinken und sonst nichts für sein teures Geld, oder er verzichtet in Zukunft darauf. Deshalb müssen wir gemeinsam mit aller Anstrengung klären, wie das falsche Bier in den Ausschank kommen konnte.« Er schien kurz zu überlegen, dann fügte er hinzu: »So das im Nachhinein überhaupt noch machbar ist.«

»Was, wenn nicht?«, sagte der Wirt ein wenig besänftigt. »Was ist, wenn Ihr zu dem Schluss kommt, dass nicht hier, sondern irgendwo sonst die Tonnen verwechselt oder ihre Füllungen ausgetauscht wurden? Und was, wie Ihr selber gerade bemerktet, wenn es sich nicht mehr klären lässt, wie beim letzten Transport die Kuckuckseier im Nest gelandet sind?«

»Wie ich schon sagte, Meister Reepernfleet, Euch soll kein bleibender Schaden treffen. Ihr werdet großzügig entschädigt.«

Der Wirt schob die Holzkugeln des Abakus von der einen auf die andere Seite. Sein Gewinn beim Ausschank von Einbecker Bier war gewaltig. Der Ratsabgesandte hatte Recht, man durfte wirklich nichts unversucht lassen. Es hatte einige heftige Beschwerden gegeben, aber noch war das Kind nicht vollends in den Brunnen gefallen. Sollte sich das neue Fernbier wieder als makellos erweisen, war der schale Geschmack des falschen Einbecker Bieres wohl bald vergessen.

»Gut!«, sagte Reepernfleet schließlich und reichte Freyberg seine knotige Hand. »Ihr könnt auf mich zählen. Bewegt Euch so frei in meinem Haus wie in Eurem eigenen.«

Der Emissär schlug mit freudiger Miene ein. »Ich danke Euch, Meister.« Der Ratsgesandte wollte sich zum Gehen erheben, dann schien ihm noch etwas einzufallen. »Eine Frage hätte ich noch. In den letzten zwei Jahren gab es keine Rücktonnen für Einbeck.«

»Das ist richtig. Ich habe jedes Mal alles Leergut vom Einbecker Haus Gewinn bringend veräußern können. Gut erhaltene Transportfässer sind in Hamburg jederzeit gefragt.«

»Ihr wisst nicht zufällig noch, wem Ihr die leeren Tonnen überlassen habt?«

»Nun, es war immer derselbe Abnehmer, meine ich.« Heinrich Reepernfleet blätterte in einem dicken Kontorbuch. »Hier steht's: Dreißig Einbecker Leertonnen verkauft an den Böttchermeister Bertold Brammer.«

12. KAPITEL

Feierlicher Fassanstich beim Treffen der Nordlandfahrer

Krögerhannes fand sich nicht erst um acht Uhr ein, er kehrte bereits schon Punkt sieben ins Einbecker Haus zurück. Stolz präsentierte er sich dem Schmied in seinen neuen Festtagskleidern. Das neue Barett, das Maria Freyberg passend zur quittegelben Weste aus einem festen dunkelbraunen Tuch geschneidert hatte, saß keck auf seinem Haupt.

»Wenn dich deine Freunde so sähen«, sagte der Landwehrkommandeur, »würden sie glauben, du hättest mindestens eine dicke Erbschaft gemacht.«

Auch der Ratsherr Freyberg hatte die Reisekleider abgelegt. Er trug jetzt über seinem besten Brokatwams die schwere Ratsherrenkette und eine mit Goldborte gefasste Samtkappe. Seine Beinlinge aus grünem, feinstem Seidenstoff steckten in spitz zulaufenden Stiefeletten aus Saffianleder, die von massiven Silberschnallen geschlossen wurden.

Da in Hamburg wie auch in Einbeck das Tragen von scharfen und spitzen Langwaffen verboten war, hingen nur der Dolch des Schmieds und der unterarmlange schlanke Streitkolben an Freybergs Leibgurt. Beide Waffen hatte der Schmied selbst angefertigt. Besonders der Kolben war sein ganzer Stolz. Silberintarsien schmückten den Griff, und der Kopf war in der Form eines gehörnten Widderhauptes gearbeitet.

Als sie den Schanksaal betraten, war der brechend voll.

»Na, Meister«, raunte Krögerhannes dem Schmied zu, »da hatte ich doch den richtigen Riecher, dass sich hier keiner in Alltagsgewändern zu zeigen wagt.«

In der Tat! Selbst Ole Krückau, der Hausvogt, war in einer flecken- und flickenlosen blauen Leinenjacke kaum wiederzuerkennen. Er führte sie zu einem der langen Tische an der Stirnwand, wo die Honoratioren platziert waren. Wie der Zufall es wollte, saß dort auch der Goslarer Kaufmann Karl Fechternheim, den die Einbecker hinter Lüneburg in der Dorfherberge getroffen hatten.

Bartholomäus Freyberg erkannte die große Habichtsnase sofort und begrüßte den Kaufmann mit einem freudigen Händedruck. »Meinen ergebensten Dank für das Übermitteln der Nachricht an den Wirt.«

Der Goslarer verneigte sich. »Ich bitte Euch, Herr Rat, das war doch eine selbstverständliche Christenpflicht. Ich freue mich für Euch, dass Ihr wie vorgesehen Hamburg erreichen konntet. Aus purem Eigennutz«, fügte er schmunzelnd hinzu, »denn ich wollte natürlich nicht die Gelegenheit verpassen, vom neuen Einbecker Fernbier zu trinken. Schaut, der Wirt sticht soeben das erste Fass an! Da, an den Tisch der Obmänner der Nordlandfahrer wird es zuerst getragen.«

Der Landwehrkommandeur und Krögerhannes setzten sich zu Karl Fechternheim und beobachteten, wie der Wirt trotz seiner Gicht das erste neue Einbecker mit einem kräftigen Hammerschlag anstach.

Obgleich er in Einbeck beim Abfüllen aller Tonnen dabei gewesen war und während des Transports für die lückenlose Überwachung der Fracht gesorgt hatte, überkam den Schmied ein eigenartiges Gefühl der Beklemmung. Heinrich Reepernfleet schien Freybergs Befürchtung zu teilen. Der Landwehrkommandeur sah die besorgte Miene des Wirts, als der den ersten Probeschluck des heraussprudelnden goldbraunen Gerstensafts kostete. Doch dann entspannte sich der Gesichtsausdruck des Wirts, und er leerte den Krug, ohne abzusetzen. Dem Einbecker Ratsherrn fiel ein Stein vom Herzen. Am Tisch der Nordlandfahrer wurden die leeren Steinkrüge geschwungen und lautstark nach dem Einbecker Fernbier verlangt.

»Na bitte, Meister«, flüsterte Krögerhannes, »alles ist in bester Ordnung.«

Schon kamen zwei Schankknechte mit frisch gezapften Bierkrügen an ihren Tisch geeilt. Karl Fechternheim, der Ratsherr und Krögerhannes prosteten sich zu. Bartholomäus Freyberg ließ den Blick durch den Schanksaal schweifen. In der Nähe des Eingangs beim gemeinen Volk entdeckte er die Einbecker Fuhrknechte, die sich ebenfalls zum Fassanstich eingefunden hatten. Freyberg hob den Bierkrug und prostete ihnen über die vollen Tische hinweg zu. Krummwasser-Till und Ulf Buntvogel erwiderten seinen Gruß mit einem breiten Grinsen.

Am Nebentisch saßen einige Kapitäne und andere Honoratioren, deren prächtige Kleidung die Aufmerksamkeit des Schmieds erregte. Er wandte sich an den Goslarer: »Wer sind denn die Herren, die den Kapitänen gegenübersitzen?«

»Nun, alle von ihnen kenne ich nicht, aber den einen oder anderen schon. Der Schwarzhaarige mit der Pfauenfederkappe ist zum Beispiel der Steuerschreiber des hiesigen Rates.« Es folgte eine Aufzählung vieler Namen, von denen keiner dem Landwehrkommandeur etwas sagte.

Karl Fechternheim zeigte auf einen anderen Tisch. »Aber der Mann, der gerade dem Dicken mit der Zobelpelzkappe zutrinkt, ist der jüngere der Gebrüder Kämmerer. Ihr erinnert Euch? Die Bernsteinhändler, die ich Euch neulich empfahl.«

»Meint Ihr den Mann mit dem steinbesetzten Barett?«

»Ja. Das ist Georg Kämmerer.« Der Goslarer erhob sich halb von seinem Schemel und blickte sich um. »Merkwürdig. Der ältere, Dietrich, ist anscheinend nicht hier.« Er zuckte mit den Schultern und wandte sich wieder an Freyberg. »Wenn Ihr wollt, stelle ich Euch Georg Kämmerer gerne vor.«

»Das hat Zeit.« Bartholomäus Freyberg ließ sich weiterhin das neue Einbecker munden. Sein Blick fiel auf eine fremdländisch wirkende Frau in einem prunkvollen rotsamten Kleid. Falls die schwere, edelsteinbesetzte Halskette am Hals der Frau aus echtem Gold war, dann stellte sie mindestens den Gegenwert eines wohl gebauten Einbecker Brauhauses dar. »Und wer ist diese Frau?«, fragte er Karl Fechternheim.

»Die dunkelhaarige Schönheit? Das ist Lucretia Vennerskamp, die Gattin des hochvermögenden Handelsherrn Balthasar Vennerskamp. Man sagt, sie stammt aus einer der besten Familien Venedigs. Ihr Gatte ist der Mann rechts neben ihr. Wer die anderen Männer an ihrem Tisch sind, weiß ich nicht. Dem südländischen Aussehen nach vielleicht Verwandte aus der *Serenissima* oder Fernhändler aus der Lagunenstadt.« Bewunderung klang in der Stimme des Goslarers mit, als er fortfuhr: »Balthasar Vennerskamp tätigt so manch Gewinn bringendes Geschäft mit seiner angeheirateten Familie.«

Freyberg bemerkte, dass auch Krögerhannes die illustre Festgesellschaft betrachtete. »Na, was geht dir im Kopf herum?«, fragte er den Marktbüttel.

»Nun, hier könnt Ihr es selbst sehen, Herr: Diese Südländer gleichen sich alle mehr oder weniger im Aussehen.« Krögerhannes umfasste seinen Bierkrug mit festem Griff. »Zumindest was die Männer betrifft ...« Sein Blick glitt erneut zu der dunklen Schönheit, die dem hoch gewachsenen Venezianer links neben ihr mit einem bezaubernden Lächeln etwas ins Ohr flüsterte.

Die Sicht des Ratsherrn wurde durch eine Gruppe neu eintreffender Bankettgäste versperrt, die dem Tisch des Bernsteinhändlers zustrebten. Die Gruppe teilte sich.

»Der Mann, der jetzt Vennerskamp und seine Frau begrüßt, ist Gutfried Klaasen, der Obere der hiesigen Seilerzunft«, bemerkte der Goslarer.

Aber der Einbecker Landwehrkommandeur schaute in die andere Richtung. Wenn ihn nicht alles täuschte, befand sich unter den Eingetroffenen sein Freund, der Schmiedemeister Braake, in Begleitung zweier Frauen, die unverkennbar Mutter und Tochter waren. Alle nahmen am Tisch des Bernsteinhändlers Georg Kämmerer Platz.

Karl Fechternheim und auch Krögerhannes war Freybergs Aufregung nicht entgangen.

»Entschuldigt bitte«, erklärte Freyberg. »Ich habe soeben einen Freund gesehen, dem ich meinen Gruß entbieten will.«

13. KAPITEL

Ulf Buntvogel verliert eine Wette

Außer den Schankburschen gab es auch einige Hausmägde, die zumeist die Speisen auftrugen. Eine von ihnen war ein ansehnliches Mädchen, das freizügig mit allen Gästen scherzte. Die schon reichlich angeheiterten Einbecker Fuhrknechte verfolgten sie mit ihren Blicken. Die Magd kam an ihren Tisch, und die Fuhrknechte bestellten eine Platte Gesottenes.

Kaum hatte sie sich entfernt, sagte Ulf Buntvogel: »Hast du gesehen, wie sie mir eben hübsche Augen gemacht hat?«

»Mir hat sie zugelächelt, du Idiot«, widersprach Krummwasser-Till.

»Quatscht doch keinen Scheiß«, mischte sich ein Dritter ein. »Mir hat sie zugeblinzelt.«

Die restlichen Fuhrleute schüttelten sich vor Lachen. »So? Das ist uns aber entgangen.«

Ulf leerte seinen fünften Krug in einem Zug. Was das Anbändeln mit Schankmägden betraf, hatte er schon viele Eroberungen gemacht, und mit jedem weiteren Schluck Bier war er sich seiner Sache, was die Kleine betraf, sicherer. Er wischte sich den Schaum von den Lippen und sagte: »Wenn ihr mir nicht glaubt, dann schlage ich eine Wette vor.«

»Hört, hört!«, prusteten die Kameraden. »Und die wäre?«

Vom hastigen Trinken nun sichtlich bierseliger als seine Gefährten, warf sich Ulf Buntvogel in Pose. »Bringt die Kleine uns das Essen, werde ich ihr eine Münze Belohnung bieten, wenn sie sich auf meinen Schoß setzt. Geht sie darauf ein, begleicht ihr heute gemeinsam meine Zeche.«

»So weit, so gut«, sagte Krummwasser-Till. »Aber was ist, wenn sie es nicht tut?«

Ulf Buntvogel verschränkte siegesgewiss die Arme über der

Brust. »Wenn sie es nicht macht, dann gehen die nächsten drei Runden an mich. Einverstanden?«

»Einverstanden«, wurde ihm beschieden. »Aber wenn du verlierst, wird das Geld sofort auf den Tisch gelegt und nicht erst am Sankt-Nimmerleins-Tag!«

Wenig später war unter den Fuhrknechten ein heftiger Disput entstanden. Ulf Buntvogel hatte, betrunken, wie er war, einen taktischen Fehler begangen. Er hatte der Magd, als sie mit dem Gesottenen kam, voreilig ein Geldstück in die Hand gedrückt und gesagt: »Das ist für dich, hübsches Kind.«

Die Kleine hatte sich artig bedankt und die Münze hurtig in ihrer Schürzentasche verschwinden lassen. Erst daraufhin war Ulf Buntvogel mit seiner Bitte herausgekommen und hatte sie auf den Schoß ziehen wollen. Flink hatte sie sich seinem Arm entzogen und gelacht. »Ei, du bist mir vielleicht ein Schelm, du siehst doch, wie beschäftigt ich bin!«

Wie der Wind war sie auf und davon.

Ulf Buntvogels Worte, sie hätte ja immerhin kurz seinen Schoß berührt, waren eine verständliche, wenn auch allzu durchsichtige Lüge und halfen ihm wenig, dem Wettversprechen zu entgehen. Murrend leerte er den Geldbeutel auf dem Tisch aus. Sein Geld mochte allenfalls für eine Runde Bier reichen, nie und nimmer aber für die versprochenen drei.

Ulf Buntvogels Vorschlag, die Runden am nächsten Tag auszugeben, fand wenig Anklang. Nachdem sogar sein Busenfreund Krummwasser-Till ihm eine gehörige Tracht Prügel angedroht hatte, erhob er sich wankend, um das fehlende Geld zu holen. »Ich habe es auf dem Heuboden an einer sicheren Stelle deponiert«, erklärte er. Das stimmte nicht. Ulf Buntvogels Notgroschen befand sich in einem Versteck unter dem Kutschbock seines Wagens, eine sinnvolle Vorsichtsmaßnahme, denn in Hildesheim war er einmal im Vollrausch seiner ganzen Barschaft verlustig gegangen.

»Untersteh dich und mach die Flatter, sonst setzt es reichlich

Hiebe!«, drohte ihm ein Schrank von einem Kerl, und die anderen nickten ernst. »Und spute dich gefälligst! Wir verdursten, und durstige Männer sind nicht zum Spaßen aufgelegt, wenn man sie allzu lange warten lässt.«

Die frische Nachtluft verscheuchte ein wenig den Biernebel im Kopf von Ulf Buntvogel. Zwar nicht unbedingt sicheren Schritts, aber doch mit weitgehend aufrechtem Gang bog er in die Gasse ein, die zum Bierlager des Einbecker Hauses führte. Vor dem linken Portal, hinter der das Einbeck'sche Fernbier eingestellt war, stand ein mit einer Plane abgedeckter Karren. Ein Bettelweib an der Gasseneinmündung näherte sich ihm mit ausgestreckter Hand. Der Fuhrknecht knurrte die Frau bloß an und stolperte weiter.

Er hatte es bis dahin geschafft, auf dem mit Unrat verschiedenster Beschaffenheit bedeckten Pflaster nicht auszugleiten, aber als er den Karren erreichte, ereilte ihn das Unvermeidliche doch noch. Er stolperte. Instinktiv krallte er sich an der Abdeckplane fest. Zu seinem Pech war sie nicht festgezurrt. Sie gab nach, bremste aber seinen Sturz auf das steinerne Pflaster. Dennoch bewirkte die schmerzhafte Bekanntschaft von Ulf Buntvogels rechtem Knie mit einem Pflasterstein, dass sich sein Rausch augenblicklich verflüchtigte. Fluchend rappelte er sich hoch und starrte verblüfft auf drei Biertonnen, die auf dem Karren standen und von der Plane verdeckt gewesen waren. Das Einbecker Siegel war deutlich zu erkennen. Erst jetzt fiel ihm auf, dass das Tor, durch das sie am späten Nachmittag die Fässer gerollt hatten, einen Spaltbreit offen stand.

Aus dem Lagerraum drangen gedämpfte Stimmen auf die Gasse. Ulf Buntvogel humpelte zur Toröffnung und steckte den Kopf durch den Spalt.

Im flackernden Schein einer Kerze erkannte er drei Männer. Zwei von ihnen machten sich an den Einbecker Fernbiertonnen zu schaffen. Ein rothaariger Schlaks mit einer speckigen Weste kippelte eines der aufrecht stehenden Fässer an. Der andere, ein schmerbäuchiger Glatzkopf, zog mit einem Eisenhaken ein dickes Lederpolster unter die geneigte Tonne, damit sie auf den Sandsteinplatten des Lagerbodens keinen Schaden nahm.

Das Gesicht des dritten Mannes konnte Ulf Buntvogel nicht sehen, weil er ihm den Rücken zuwandte. Er sagte gerade: »Nehmt auch noch eine aus der zweiten Reihe.«

Die Tonne klatschte auf das Lederkissen.

Plötzlich zeigte der Rothaarige zur Tür. »Da ist jemand!«

Der dritte Mann drehte sich um, und der Kerzenschein fiel direkt auf sein Gesicht.

»Ach, gut, dass ich dich treffe«, rief Ulf Buntvogel ihm zu und trat in den Lagerraum. »Komm ich von hier auch zu unseren Wagen?«

»Freilich, ich schließ dir die Verbindungstür auf.« Der Angesprochene wies in eine dunkle Ecke hinter den Einbecker Fernbiertonnen.

Ulf Buntvogel trottete in die angezeigte Richtung, bis er vor der Lagerwand stand. Eine Tür war nirgends zu sehen, und wenn er es recht bedachte, dann konnte hier auch keine Tür sein. Ulf Buntvogel drehte sich um, und dann war da nur noch Finsternis.

14. KAPITEL

Ein verräterischer Fleck

Bartholomäus Freyberg wurde von seinem Freund, dem Schmiedemeister Braake, aufs Freudigste begrüßt und der Gemahlin und Tochter vorgestellt. Auch die anderen Tischgenossen, der Bernsteinhändler Georg Kämmerer und sein dicker Danziger Handelspartner Hans Bartels, forderten den Einbecker auf, bei ihnen Platz zu nehmen.

Der Landwehrkommandeur antwortete, dass er der Bitte gerne für eine Weile folgen würde. »Nur wäre es unhöflich, meine Tischgefährten den ganzen Abend über zu verlassen.« Er erklärte ihnen, um wen es sich handelte.

Henning Braake sagte mit gespielter Entrüstung: »Haben wir Hamburger etwa den Ruf, Fremde nicht gebührend willkommen zu heißen? Deine Freunde sind selbstverständlich auch die unseren. Hole sie unbedingt zu uns an den Tisch.«

»Zumal Karl Fechternheim mir wahrhaftig kein Unbekannter ist«, fügte Georg Kämmerer hinzu. »Ganz im Gegenteil. Schon des Öfteren habe ich das eine oder andere Bernsteinkleinod an ihn verkaufen dürfen.«

»Davon hat er mir berichtet«, sagte Rat Freyberg. »Und auch ich habe vor, demnächst bei Euch ein Geschenk für meine liebe Frau auszusuchen. Karl Fechternheim war von Eurer Ware wirklich äußerst angetan.«

Der Bernsteinhändler deutete eine Verbeugung an. »Unser bescheidenes Haus ist stets bemüht, beste Qualität zu vernünftigen Preisen feilzubieten.«

Krögerhannes und der Goslarer Erzkaufmann zogen also um.

Schon bald nachdem man sich gegenseitig vorgestellt hatte, unterhielten sich alle angeregt miteinander, denn es galt viele Neuigkeiten auszutauschen.

Bartholomäus Freyberg beglückwünschte den Freund zu seinem ansehnlichen zukünftigen Schwiegersohn.

Henning Braakes Gesicht nahm einen betrübten Ausdruck an. Leise sagte er: »Ach, Bartholomäus! Diese Angelegenheit bereitet uns allen Sorgen.«

Der Landwehrkommandeur schaute ihn irritiert an.

»Nein, nicht was du denkst. Georg Kämmerer ist mir und meiner Frau als Eidam wohl gelitten. Nur gibt es da die merkwürdige Sache mit seinem älteren Bruder Dietrich.«

Bartholomäus Freyberg hob fragend die Augenbrauen.

»Es ist so: Unsere Elisabeth und Georg wollten eigentlich schon vor dem August Hochzeit halten, aber Dietrich ist leider noch immer nicht aus Konstantinopel zurückgekehrt.«

Freyberg blickte seinen Freund verständnislos an. Daraufhin klärte Schmiedemeister Braake den Einbecker Landwehrkommandeur über die Türkei-Reise von Georg Kämmerers Bruder auf. »... spätestens Mitte Juli wollte er eigentlich wieder in Hamburg sein. Heuer haben wir bereits Oktober und noch immer keinerlei Nachricht von seinem Ergehen.«

»Eine Reise zu den Türken steckt bestimmt voller Unwägbarkeiten«, gab Rat Freyberg zu bedenken. »Schon unsere Fahrt hierher dauerte fast doppelt so lange wie geplant. Um wie viel mehr kann man sich verschätzen, wenn es weit in die Fremde geht.«

»Das ist wohl richtig«, pflichtete ihm Henning Braake bei. »Dennoch haben wir jetzt so lange nichts von Dietrich gehört, dass wir in Sorge sind. Ohne dass der ältere Bruder nicht wieder wohlbehalten daheim ist, wäre es jedenfalls unschicklich, Hochzeit zu halten.«

Bartholomäus Freyberg nickte.

Der dicke Danziger Bernsteinhändler hatte den beiden zugehört und begann von seiner Reise nach Hamburg zu erzählen. »Selbst zur Sommerszeit auf der viel befahrenen Strecke entlang den wendischen Küsten gibt es manchmal unvorhergesehene Ereignisse, die eine Fahrt unkalkulierbar machen. Vor Rostock zum Beispiel ist unser Schiff bei der Einfahrt in den Hafen während eines Gewittersturms mit einem Schonenfahrer kollidiert. Es ist zwar alles recht glimpflich vonstatten gegangen, trotzdem haben wir eine ganze Woche verloren, bis die Schäden wieder behoben waren.«

Fast jeder am Tisch konnte mit einer ähnlichen Geschichte aufwarten.

Nach etlichen Runden von dem allerseits gelobten Einbecker Fernbier wankte plötzlich Krummwasser-Till an den Tisch. Sein Gesicht war rot, und wie Freyberg gleich bemerkte, nicht nur vom Biergenuss. Till trat zu Krögerhannes, der sich inzwischen zu seinem Meister an den Tisch gesetzt hatte, und raunte ihm etwas ins Ohr, wobei er sich an dessen Schulter festhalten musste, um nicht umzufallen.

»Was gibt es denn da zu flüstern?«, fragte Freyberg den Fuhrknecht etwas ungehalten ob der Störung.

Krummwasser-Till hatte offensichtlich Mühe, die Fassung zu bewahren. Seine Gesichtsfarbe wurde noch röter. Er polterte los: »Der Ulf bescheißt uns, Meister!« Dann berichtete der Fuhrknecht von der verlorenen Wette. »Seit einer geschlagenen Stunde warten wir nun schon auf das Geld.«

Freyberg machte eine unwillige Handbewegung. »Lasst uns um Himmels willen mit euren Streitigkeiten in Ruhe. Vielleicht schläft er ja bloß seinen Rausch auf dem Heuboden aus.«

»Nur, nur – die Schankburschen wollen uns kein weiteres Bier mehr bringen, bevor wir nicht die alten Runden beglichen haben«, stammelte der Fuhrknecht.

»Er wollte mich anpumpen, Meister.« Krögerhannes deutete auf den Stotternden. »Aber bei Gott, bevor ich für den Buntvogel auch bloß einen Pfennig auslege, werfe ich ihn lieber gleich in ein tiefes Sumpfloch.«

Rat Freyberg blickte von dem empörten Hannes zu dem schwankenden Till. Konnten die Einbecker Fuhrknechte ihre Zeche nicht begleichen, würde das einen schlechten Eindruck hinterlassen, dessen Schatten letztlich auf ihn zurückfiel.

»Die Schankburschen drängeln schon«, murmelte Krummwasser-Till, der nun recht kleinlaut geworden war.

»Wenn das so ist, verdammt noch mal, schau sofort auf dem Heuboden nach und lass dir von Ulf das fehlende Geld geben!« Der Landwehrkommandeur wandte sich an den Marktbüttel. »Begleite ihn besser, Hannes. Dieser Suffkopp kann sich ja kaum noch auf den Beinen halten.«

Krögerhannes, der gerade angeregt mit Henning Braakes Gattin geplaudert hatte (sie hatte sein wohl geschnittenes neues Seidenwams und das Hemd in den höchsten Tönen gelobt), erhob sich unwillig, folgte Krummwasser-Till aber dann doch zum Ausgang.

»Ist etwas passiert?«, fragte der Goslarer Erzkaufmann über einen Tisch hinweg.

Bartholomäus Freyberg schüttelte missmutig den Kopf. »Ein paar von meinen Leuten verstehen nicht gesittet zu trinken. Sobald sie einen Krug zu viel geleert haben, werden sie närrisch. Nein, nichts Schlimmes. Hannes wird es hurtig richten können, denke ich.«

In diesem Moment gesellte sich Balthasar Vennerskamp zu der Tischrunde. Er grüßte die Anwesenden und setzte sich dann neben den Bernsteinhändler. »Ich hatte bereits seit langem vor, Eure Bekanntschaft zu machen. Wir haben gerade Reisende aus der Heimatstadt meiner Frau zu Gast in unserem Haus. Sie will ihnen für ihre Nichten ein paar würdige Geschenke mitgeben. Mir ist zu Ohren gekommen, dass Ihr in diesen Tagen in den Besitz von ausgesucht prächtigen Bernsteinstücken gelangt seid.«

Georg Kämmerer, der sich noch allzu gut daran erinnerte, wie ihm und dem Bruder in Venedig die Weiterreise mit ihren Waren nach Konstantinopel verweigert worden war, sah den Fernhandelsherrn neugierig an. Vennerskamp und seine venezianische Gattin waren Stadtgespräch. Es hieß, er hätte sich mit ihrem Geld beim Bierbrauer Peter Rogge, beim Böttcher Bertold Brammer und mehreren anderen Geschäftsleuten und Handwerkern profitabel eingekauft. Auch von den exzellenten

Handelskontakten Vennerskamps zur *Serenissima* hatte der Bernsteinhändler schon viel gehört. »Ja, das stimmt. Wie kann ich Euch zu Diensten sein?«

Balthasar Vennerskamp räusperte sich. »Nun, falls es möglich wäre, würde meine Frau morgen gerne Eure Kostbarkeiten anschauen.«

»Sie ist jederzeit dazu eingeladen«, erwiderte Georg Kämmerer mit einer knappen Verbeugung.

Vennerskamp verneigte sich ebenfalls leicht. »Mir ist es wegen einer dringlichen Geschäftsangelegenheit leider nicht vergönnt, sie zu begleiten, aber einer der Herren aus Venedig wird mit ihr zu Euch kommen. Er ist ein enger Vertrauter meines Schwagers und ein weit gereister Mann.«

»Euren Herrn Schwager, den Bankier Cornetti, kenne ich von meiner diesjährigen Venedig-Reise recht gut«, sagte der Bernsteinhändler so beiläufig, wie es ihm möglich war.

Dem Fernhandelskaufherrn entging anscheinend der scharfe Unterton, den Kämmerer nicht ganz unterdrücken konnte. »Ach wirklich? Dann seid Ihr womöglich auch dem Herrn Mattezze begegnet? Oder seinem Begleiter, dem Herrn Bellentene?«

»Die Namen wollen mir leider nichts sagen«, erwiderte Georg Kämmerer.

Der Handelsherr zeigte auf die beiden Südländer neben seiner Frau Lucretia.

Der Bernsteinhändler schüttelte den Kopf. Im Palazzo der Cornettis hatte es von morgens bis abends von Menschen gewimmelt wie in einem Ameisenhaufen. Unmöglich war es gewesen, sich all die Gesichter dort zu merken. Er dachte mit Verbitterung an den Tag, als sie gezwungen waren, Andrea Cornetti ihre Waren – bis auf die größeren Steine, die der Bruder nach Konstantinopel bringen wollte – zu dem von ihm geforderten Preis zu veräußern. Ihre Reiseschatulle hatte sich in der teuren Lagunenstadt bedenklich zu leeren begonnen.

Mit einer gewissen Schadenfreude genoss Georg Kämmerer nun den Gedanken, dass dieses Mal er es war, der die Konditionen zu diktieren vermochte. Für die Prachtstücke, die ihm Hans Bartels aus Danzig verkauft hatte, gab es mit Sicherheit mehr zahlungsbereite Interessenten, als er befriedigen konnte. »Um welche Zeit gedenkt Eure Gattin zu kommen?«

Balthasar Vennerskamp erhob sich zum Gehen. »Passt Euch die Mittagsstunde?«

»Gewiss.«

Der Fernkaufmann grüßte in die Runde und kehrte an seinen Tisch zurück. Freyberg bemerkte, wie Lucretia ihrem Gatten einen fragenden Blick zuwarf, den dieser mit einem Nicken beantwortete.

»Wenn es Euch recht ist«, sagte Freyberg zu Georg Kämmerer, »schaue ich morgen ebenfalls bei Euch vorbei. Wäre es Euch am Vormittag genehm?«

»Freilich, Herr Rat.«

»Ich begleite Euch dann gerne, falls Ihr es gestattet«, bot der Goslarer an und begann von den Kuriositäten zu schwärmen, die die Gebrüder Kämmerer im Laufe der Jahre zusammengetragen hatten. Sie waren unveräußerlich, aber, so betonte Karl Fechternheim, es allemal wert, einmal betrachtet zu werden. Besonders ein Stück hatte es ihm angetan: eine in den Stein eingeschlossene Biene. »Doch ganz gleich, wie viel ich den Gebrüdern dafür geboten habe, sie wollen mir den Stein einfach nicht verkaufen«, fügte er hinzu.

Ihr Gespräch wurde abrupt durch Krögerhannes unterbrochen. Er hatte sich Freyberg von hinten genähert und flüsterte ihm aufgeregt ins Ohr: »Meister, kommt schnell! Da liegt irgendetwas ganz im Argen mit Ulf Buntvogel.«

Der Einbecker Landwehrkommandeur drehte sich um und sah in das verstörte Gesicht des Marktbüttels. »Was redest du da für wirres Zeug?«

Mit einem Blick auf die Tischrunde raunte Krögerhannes: »Ich erkläre es Euch besser nicht hier, Meister. Kommt!«

Seine Stimme klang derart eindringlich, dass Freyberg, ohne zu zögern, aufstand.

»Entschuldigt mich bitte«, sagte er zu den verdutzten Tischgenossen und verschwand eilig mit seinem Begleiter in Richtung Ausgang.

Noch während sie sich durch die Feiernden schlängelten, begann der Marktbüttel auf den Rat einzureden: »Ulf Buntvogel, Meister, mit dem ist sicher was passiert!«

»Wie kommst du denn bloß darauf?«

»Ich hab's so im Gefühl.«

Sie traten vor das Einbecker Haus. Krögerhannes griff nach einer Sturmlaterne, die neben der Tür abgestellt war. »Als ich vorhin mit Krummwasser-Till zum Bierlager gegangen bin, hat am Eingang der Gasse ein Bettelweib gestanden. Ich hatte wenig Lust, in meinen Festtagskleidern nächtens aufs Ungewisse diesem Suffkopf nachzuspüren, also hab ich ihr ein Kupferstück in die Hand gedrückt und gefragt, ob sie Ulf Buntvogel gesehen hat. Als ich ihn ihr beschrieben habe, meint sie, ja, so einer wäre zum Bierlager getorkelt und auch noch nicht wieder dort herausgekommen.« Krögerhannes schwenkte den Arm. »Ich hab mir von einer Hausmagd diese Laterne geben lassen und bin dem Krummwasser-Till zum Lager hinterher. Beide Tore waren verschlossen. Zwei Schankknechte vom Einbecker Haus sind just dann mit Handkarren gekommen, um Biernachschub zu holen. Sie haben uns gleich das rechte Tor aufgeschlossen, weil unsere Männer ja auf dem Heuboden untergekommen sind. Ich bin nach oben geklettert: von Ulf keine Spur! Krummwasser-Till hat sich derweil in der Gasse ausgekotzt.«

Jetzt bemerkte Freyberg das Bettelweib, das noch immer an der Gasse zum Bierlager stand. Sie hasteten an ihr vorbei zu den Schankknechten, die immer noch damit beschäftigt waren, die Handkarren zu beladen. Krummwasser-Till, grün im Gesicht wie ein unreifer Apfel, sah ihnen bei der Arbeit zu. Der Landwehrkommandeur warf ihm einen kurzen Blick zu, dann überprüfte er Krögerhannes' Angaben. Ulf Buntvogel befand sich tatsächlich weder auf dem Heuboden noch in dem großen Raum darunter, wo sie ihre Bierwagen abgestellt hatten.

Rat Freyberg kehrte auf die Gasse zurück. Konnte es sein, dass die Bettlerin sich geirrt hatte? Gleich hinter dem Lagerhaus führte ein schmaler Durchgang zu einer Parallelgasse. Der Landwehrkommandeur beschloss, sich Klarheit zu verschaffen.

»Ihr rührt euch nicht von der Stelle!«, befahl er den beiden Einbeckern. Dann eilte er zu dem Bettelweib. Zuerst gab er der erstaunten Alten eine kleine Silbermünze, dann sagte er zu ihr: »Hör gut zu, denn es ist wichtig! Mein Begleiter eben hat mir erzählt, dass du gesehen haben willst, wie ein Mann vorhin im Bierlager verschwunden ist. Bist du dir völlig sicher, dass er nicht in den Durchgang dahinter getreten ist?«

Die Alte, die verblüfft auf das großzügige Almosen starrte, schüttelte wild den Kopf. »Ei, gnädiger Herr, ich schwör, es verhält sich, wie ich es dem Herrn im gelben Festtagswams gesagt hab. Ich bin zwar lahm und gebrechlich, aber meinen Augen kann ich noch einigermaßen trauen. Der, den ihr sucht, ist durch das erste – das linke – Tor ins Lagerhaus geschlüpft und seither nicht wieder herausgekommen.«

»Seit wann stehst du schon hier?«

»Noch nicht allzu lange. Ich hab von dem Nordlandfahrerfest im Einbecker Haus gehört. Nach so einem Bankett könnt sicher der eine oder andere Gast Mitleid mit mir haben, hab ich mir gedacht. Wie ich kam, haben gerade zwei Männer einen Planwagen mit Bier beladen. Und gleich darauf ist der Bursche aufgetaucht, nach dem Ihr und Euer Begleiter mich gefragt habt.« Sie spuckte aus. »Ein garstiger Kerl. Anstatt mir eine milde Gabe zukommen zu lassen, beschimpfte er mich übel.«

»Zwei Männer haben einen Planwagen beladen, sagst du?« Irgendetwas daran wollte dem Ratsherrn nicht ganz richtig erscheinen. »Waren es die Schankknechte aus dem Einbecker Haus?« Er deutete auf die Männer, die gerade das letzte Fass Einbecker auf den Handkarren wuchteten.

»Nein, nein.« Die Alte schüttelte den Kopf. »Es waren andere. Sie sind mit dem Wagen weggefahren.«

Bartholomäus Freyberg ließ nochmals ein Silberstück in die

ausgestreckte Hand der Alten fallen und ging nachdenklich zum Bierlager zurück.

»Ulf Buntvogel ist offenbar hier hinein«, sagte er zu Krögerhannes und zeigte auf das Tor zum Fasslager.

»Aber das Tor ist doch immer versperrt, Meister«, gab der Marktbüttel zu bedenken.

»Als Ulf Buntvogel sein Geld holen wollte, war es offen, sagt die Alte. Anscheinend hat vor kurzem jemand schon Fässer aus dem Lager abtransportiert.« Bartholomäus Freyberg trat zu einem der Schankknechte, die gerade den Handkarren zurück zum Einbecker Haus schieben wollten. Der Bursche hatte zuvor im Festsaal bedient und erkannte den Landwehrkommandeur sofort. Er grüßte ihn höflich.

Freyberg erwiderte den Gruß. »Eine Frage. Wir vermissen einen von unseren Leuten. Der Kerl war reichlich besoffen, und man will gesehen haben, dass er hier im Bierlager verschwand. War denn schon jemand vor euch Nachschub holen und hat ihn womöglich eingelassen?«

»Nein, Herr Rat. Vor uns war heute Abend meines Wissens noch niemand hier.«

»Und falls doch? Könnte unser Fuhrknecht nicht irgendwo hinter den Fässern liegen und seinen Rausch ausschlafen?«

Der Schankknecht lachte auf. »Das hätten wir gewisslich bemerkt.«

»Gibt es noch einen anderen Zugang zum Lager?«, wollte Freyberg wissen.

»Nein, nur diesen einen hier, Herr Rat. Aber bitte, überzeugt Euch gerne selbst.«

Die Kerze, die die Schankknechte am Eingang angezündet hatten, erhellte den Raum nur spärlich. Der Landwehrkommandeur ließ sich von Krögerhannes die Laterne geben. Sorgsam machte er die Runde. Bierfässer unterschiedlichster Herkunft und Größe standen in Reih und Glied an den Lagerwänden. Als Freyberg in die Ecke leuchtete, wo sie am Nachmittag die Einbecker Fernbiertonnen abgestellt hatten, fiel der Schein der

Laterne auf einen daumennagelgroßen Fleck mitten auf den hellen Kalksteinplatten des Lagerhausbodens.

Bartholomäus Freyberg ging in die Hocke. Der Fleck war von einem dunklen Rot und schimmerte feucht. Er fragte sich, ob Heinrich Reepernfleet hier wohl auch seinen Wein lagerte, und schaute sich um. Doch überall erblickte er nur Bierfässer. Langsam schwenkte er die Laterne und entdeckte noch drei, vier weitere rote Stellen auf dem Boden. Direkt in der Ecke glänzte die größte Lache. Sie war etwa handtellergroß.

Mit einer bösen Vorahnung berührte Bartholomäus Freyberg den Fleck mit der Spitze des Zeigefingers. Augenblicklich presste er die Lippen aufeinander. Wenn ihn nicht alles täuschte, waren die feuchten Tropfen keine Wein-, sondern Blutspuren.

»Hannes!«, rief er.

Der Marktbüttel eilte zu seinem Meister.

»Hannes, renn zum Wirt und schaff ihn umgehend herbei! Und lass keine Entschuldigung gelten!«

Krögerhannes, normalerweise nicht der schnellste Denker, musste nur einen Blick auf den angestrahlten Fleck werfen. »Oh, gütiger Herr im Himmel!«, murmelte er und stürzte davon.

Die Schankknechte blickten Krögerhannes verwundert nach und näherten sich dann, sichtlich erschrocken, dem Landwehrkommandeur. »Was habt Ihr, Herr Rat?«

Freyberg schüttelte wortlos den Kopf. Dann fragte er: »Sagt mir lieber, ob das Tor abgeschlossen war, als ihr kamt.«

»Selbstverständlich war es das. Aber weshalb seid Ihr bloß so erregt?«

Zur Antwort ließ Bartholomäus Freyberg den Lichtkegel der Laterne von Fleck zu Fleck gleiten, und da begriffen auch sie.

15. KAPITEL

Die Leiche im Fleet

Heinrich Reepernfleet und der alte Hausvogt betrachteten nachdenklich die Blutspur.

»Ich stehe vor einem Rätsel«, sagte der Wirt. »Den Flecken nach zu urteilen, scheint es sich um eine nicht unerhebliche Wunde zu handeln. Aber jemand von meinen Leuten hat sich hier jedenfalls nicht verletzt, das wäre mir bestimmt gleich berichtet worden.«

»Ich begreife das alles nicht«, meinte der Hausvogt kopfschüttelnd. »Als vorhin das Einbecker Bier im Festsaal langsam zur Neige gegangen ist, haben mich die Schankknechte um den Lagerschlüssel gebeten. Ich habe ihn mir von meinem Herrn geben lassen und ihn den Knechten ausgehändigt.«

»Davor begehrte wirklich niemand den Schlüssel von Euch, Meister Reepernfleet?«, fragte Freyberg.

»Nein«, entgegnete der Wirt. »Nachdem Euer Einbecker Fernbier am Nachmittag hier eingestellt worden war, hatte keiner mehr Zugang zum Lager.«

»Ihr tragt den Schlüssel immer bei Euch?«, hakte der Landwehrkommandeur nach.

»Eher selten. Zumeist hängt er hinter meinem Schreibpult. Heute Abend aber war klar, dass man ihn benötigen würde, deshalb habe ich ihn in den Festsaal mitgenommen.«

»Wer hat in Eurer Abwesenheit denn Zugang zu dem Arbeitszimmer?«

»Wenn ich nicht dort bin, niemand. Ich sperre es dann stets sorgsam zu – falls Eure Frage darauf abzielt!« Der Wirt zeigte dem Landwehrkommandeur einen einfachen Schlüssel, den er mit einem langen Lederband an seinem Leibgurt befestigt hatte.

Rat Freyberg nickte. Der Schlüssel allerdings überzeugte ihn nicht. Jeder nur einigermaßen geschickte Handwerker konnte das dazugehörige Schloss im Handumdrehen mit einem dicken, gebogenen Draht öffnen. Und so hatte jeder die Möglichkeit, heimlich einen Wachsabdruck vom Lagerhausschlüssel zu nehmen und eine Kopie anzufertigen.

»Ulf Buntvogel hat das Lager betreten, das ist verbürgt. Aber wie hat er es wieder verlassen?«, fragte er sich laut.

»Verbürgt von wem?«, fragte der Wirt.

»Das Bettelweib an der Ecke hat ihn gesehen«, sagte Freyberg.

Heinrich Reepernfleet schnäuzte sich. »Ach, die alte Berta! Die ist doch ständig besoffen.«

»Den Eindruck hatte ich nicht«, widersprach der Landwehrkommandeur. »Im Gegenteil. Sie will sogar gesehen haben, wie zu der besagten Zeit zwei Männer einen Planwagen mit Bierfässern aus Eurem Lager beladen haben.«

»Was es mit den Blutlachen auf sich hat, vermag ich nicht zu deuten, Herr Rat. Aber Fässer sind aus dem Lager jedenfalls keine verschwunden. Ich habe schon genau nachgezählt.« Der Wirt wandte sich an den Hausvogt. »Ole, frag du die Berta, ob sie die Männer mit dem Planwagen genauer beschreiben kann. Vielleicht hat sie einen erkannt.«

»Jawohl.« Der Alte begab sich sofort zur Gassenmündung.

»Wir sind jetzt mit dem Beladen fertig«, riefen die beiden Schankknechte.

Der Wirt verschloss das Tor. »Lasst uns wieder in den Festsaal gehen, Herr Rat. Vielleicht ist Euer Mann ja unterdessen dort wieder wohlbehalten bei seinen Kumpanen.«

Bartholomäus Freyberg lachte heiser. »Und was ist mit den Blutspuren?«

Der Wirt murmelte bloß etwas Unverständliches.

Derweil verließ die Bettlerin ihren Platz an der Gasseneinmündung. Die alte Berta vermochte ihr Glück kaum zu begreifen: Einmal Kupfer und nun sogar ein drittes Silberstück hatte der

Abend ihr eingebracht! Das war mehr Geld, als selbst sie an einem Tag an Branntwein hinunterspülen konnte.

Ole Krückau kam indes zum Bierlager zurück. »Außer dass es zwei Männer waren, konnte Berta mir auch nichts erzählen.«

Krummwasser-Till und Krögerhannes blieben im Lagerschuppen, falls der Vermisste dort wider Erwarten doch noch auftauchen sollte. Bartholomäus Freyberg, der Wirt und Ole Krückau kehrten mit den Knechten und dem Biernachschub zum Einbecker Haus zurück.

Dort stand eine Schankmagd am Eingang, die offensichtlich ungeduldig auf den Wirt gewartet hatte. Eilig trat sie zu Heinrich Reepernfleet, zog ihn von seinen Begleitern weg und redete aufgeregt auf ihn ein.

Der Wirt lauschte ihr stumm, nickte nur mehrmals und drehte sich dann zu dem Landwehrkommandeur um.

»Soeben erfahre ich, dass die Nachtwächter eine männliche Leiche aus dem Kammerfleet nicht weit vom Bierlager gefischt haben. Sie haben den Toten zur Stadtwache schaffen lassen und dort aufgebahrt. Ole kann Euch hinführen, wenn Ihr wollt.«

Ein verschnupfter Nachtwächter führte Freyberg und den Hausvogt zu einem Schuppen neben dem Wachhaus. Ein schmutzig graues Tuch bedeckte Kopf und Oberkörper einer reglosen Gestalt auf einer Art Lattenrost.

»Im Kammerfleet angeln wir immer wieder jemanden raus«, erklärte der Nachtwächter. »Mal leben sie noch, mal nicht. Der hier war jedenfalls hinüber.« Er nieste herzhaft. »Übles Volk lungert dort manchmal herum, deshalb schaut unsere Patrouille auch regelmäßig nach dem Rechten.« Er zog das Sacktuch von der Leiche. Es war ein Männerkörper, den man bäuchlings abgelegt hatte. »Dem hat's wenig geholfen.«

Wegen der vom Schlamm des Brackwassers verschmutzten Kleidung konnte Freyberg nicht recht erkennen, ob es sich wirklich um Ulf Buntvogel handelte. Die Größe des Mannes stimmte allerdings mit der des Fuhrknechts überein. Der Hinterkopf des Toten war zertrümmert

»Es muss ihn erwischt haben, kurz bevor wir vorbeigekommen sind«, sagte der Nachtwächter mit einem Achselzucken.

Der Landwehrkommandeur beugte sich über die Kopfwunde. Mit einem stumpfen Gegenstand war die Tat nicht verübt worden. Die Schädeldecke wies drei große Löcher auf, die von einem spitzen Mordwerkzeug, etwa einem Steinmetzpickel, herrühren mochten. Kurz entschlossen drehte er den Toten auf den Rücken. Rat Freyberg starrte in das noch von Schrecken und Schmerz verzerrte Gesicht Ulf Buntvogels.

Derweil ließ Heinrich Reepernfleet im Festsaal eine der soeben herbeigeschafften Fernbiertonnen mit neuem Einbecker anstechen. Wie schon bei den Fässern zuvor genehmigte er sich vorsichtshalber einen Probeschluck.

»Was habt Ihr, Herr?«, fragte Ole Krückau. Der Wirt hatte den Bierkrug abrupt abgesetzt, und sein Gesicht hatte sich zu einer Grimasse verzogen.

»Verdammt!«, knurrte Reepernfleet. »Was immer auch diese Tonne enthält: Einbecker Fernbier ist es nicht!« Er packte den Hausvogt am Arm. »Hör jetzt gut zu, Ole! Niemand, wirklich niemand im Saal darf davon etwas erfahren. Bring die Fässer sofort unauffällig von hier weg. Von dem Zeug geht mir kein einziger Tropfen in den Ausschank! Hast du verstanden?«

16. KAPITEL

Ein nächtlicher Brief an Maria

Bartholomäus Freyberg saß bei Kerzenschein in der kleinen Kammer über dem Schankraum des Einbecker Hauses und versiegelte den Brief an seine Frau. Bis spät in die Nacht hinein hatte man über den Mord an Ulf Buntvogel und das gepanschte Bier geredet und gerätselt. Außer Heinrich Reepernfleet waren im Arbeitszimmer des Wirts Krögerhannes, Karl Fechternheim, Georg Kämmerer und der Schmiedemeister Braake zugegen gewesen. Um seiner vielen wirren Gedanken Herr zu werden, hatte der Landwehrkommandeur nach dem Gespräch schließlich noch zur Feder gegriffen, als der Marktbüttel bereits fest schlief.

Meine liebe Maria,
soeben schlägt eine Glocke die dritte Morgenstunde. Dennoch drängt es mich, Dir in Kürze mitzuteilen, was uns seit der Ankunft in Hamburg an Unheil widerfahren ist. Ein Goslarer Kaufmann, der übermorgen früh in seine Heimatstadt zurückkehren wird, hat versprochen, Dir den Brief von dort aus durch einen vertrauenswürdigen Boten übermitteln zu lassen.
Meine Liebste, über unserer Reise lag von Anbeginn an ein dunkler Schatten. Gleich zu Beginn verloren wir ein Zugpferd, und dann erlaubte es das Wetter, nur im Kriechtempo voranzukommen. Endlich in Lüneburg angelangt, war es schier unmöglich, ein Lastschiff zu mieten, deshalb sind wir also mit den Wagen bis nach Hamburg gezogen, was weiterhin viel Verdruss bedeutete. Jedoch sollte alles noch viel schlimmer kommen! Ulf Buntvogel ist heute ermordet worden, und das hat zweifelsfrei mit der Bierpanscherei zu tun, weswegen ich hierher gereist bin! Aber ich sollte Dir besser der Reihe nach von den schlimmen Ereignissen berichten.

Wir trafen trotz aller Verzögerungen noch rechtzeitig mit unserem neuen Bier zum Jahresbankett der hiesigen Nordlandfahrer im Einbecker Haus ein. Als das Fest bereits einige Zeit im Gange war, wurde plötzlich Ulf Buntvogel vermisst. Ich will mich nicht mit Nebensächlichkeiten aufhalten, wie es dazu kam, jedenfalls machten sich Krögerhannes und Krummwasser-Till auf die Suche. Ein Bettelweib hatte Ulf zuletzt in einen Lagerraum gehen sehen, in dem die Einbecker Fernbiertonnen untergestellt waren.

Ulf Buntvogel fanden wir nicht, wohl aber etliche Blutlachen. Das war rätselhaft, weil der Wirt vom Einbecker Haus mir versicherte, außer ihm würde niemand einen Schlüssel dieses Lagerraums besitzen. Mit anderen Worten, Ulf hätte den Lagerraum in der besagten Zeit überhaupt nicht betreten können. Dabei hatte die Bettlerin ganz genau beobachtet, dass Ulf Buntvogel dort verschwand, als ein paar Männer Fässer aus dem Lager auf einen Planwagen verladen hatten.

Bei der Untersuchung des Schlosses vom Bierlager habe ich keine Anzeichen eines gewaltsamen Öffnens feststellen können. Doch der Ort, wo der Schlüssel normalerweise aufbewahrt wird, ist ohne große Anstrengung für wohl fast jedermann im Einbecker Haus zugänglich. Deshalb nehme ich an, dass ein Nachschlüssel angefertigt wurde. Wer das getan haben mag, weiß ich noch nicht. Fest steht nur, dass die Männer mit dem Planwagen ein Duplikat des Schlüssels besessen haben mussten. Ulf Buntvogel überraschte sie wohl, als sie die Tonnen mit dem guten Fernbier gegen acht Fässer gepanschtes vertauschten. Das war sein Verhängnis, denn sie erschlugen ihn und warfen die Leiche in einen Graben, wo ihn die Nachtwächter bald darauf fanden.

Die Mörder hatten einige unserer Fässer durch ein leichteres Bier ersetzt. Der Schwindel flog zum Glück rechtzeitig auf. Der Wirt des Einbecker Hauses kostete wegen der vergangenen Vorkommnisse jedes Mal erst von unserem Bier, wenn man ein neues Fass anstach, bevor man es an die Gäste ausschenkte. Er hatte mir zuvor nämlich mehr oder minder zu verstehen gegeben, die Einbecker Brauer hätten ihm im Vorjahr minderwertige Ware untergejubelt. Zur Ehre unserer Bürger und Brauer kann ich indes sagen, dass es nicht an dem war: Der Betrug fand und findet hier in Hamburg statt!

Wir entnahmen also sogleich allen im Lager abgestellten Tonnen Proben. Das war Zeit raubend, aber notwendig, denn nach den vielen Beschwerden musste unverzüglich sichergestellt werden, dass ab jetzt wirklich nur noch original Einbecker Fernbier in den Handel gelangt und der Name unseres guten Bieres nicht erneut ungerechtfertigt in Verruf gerät.

In acht Fässern befand sich ein anderes Bier. Die Tonnen waren zwar echte Einbecker Fässer und mit dem Ratssiegel gekennzeichnet, nur fehlten, als wir sie leerten, innen die neuen, vom Rat verordneten Brauerkennzeichen. Acht Tonnen Schwund sind ein herber Verlust, aber allemal noch besser als eine weitere Rufschädigung. Wenigstens die übrigen Fässer kann man im Einbecker Haus jetzt unbedenklich verkaufen.

Maria, ich ahne, dass meine Aufgabe hier keine leichte sein wird, jedoch bin ich fest entschlossen herauszufinden, wer Ulf Buntvogel umgebracht hat und wer hinter dem gut organisierten Bierschwindel steckt. Der Wirt schwört Stein und Bein, dass er mit der Sache nichts zu schaffen hat. Ich bin geneigt, seinen Worten Glauben zu schenken, denn auch er hat einen großen Schaden durch das schlechte Bier gehabt.

Du siehst, mein Liebe, es kommen Zeiten harter Arbeit auf mich und Krögerhannes zu, aber mit Gottes Hilfe werden wir die Schurken schon ihrer gerechten Strafe zuführen.

Die Fuhrknechte schaffen morgen schon die Wagen mit einer Ladung Salzhering nach Hause zurück. Sie werden auch Ulf Buntvogels Leiche überführen, damit er in heimatlicher Erde seine letzte Ruhestatt findet. Ich gebe ihnen einen knappen Bericht an den Rat mit, der naturgemäß später in Einbeck eintreffen wird als dieser Brief. Deshalb bitte ich Dich, vorerst Stillschweigen zu bewahren über das, was ich Dir jetzt schreibe.

Ich hoffe nur, dass Bürgermeister Riecke und seine Fraktion während meiner Abwesenheit nicht allzu viele Intrigen gegen mich spinnen. Doch vorerst habe ich den Kopf mit wichtigeren Problemen voll.

Abschließend noch eine erfreuliche Nachricht. Morgen Vormittag werde ich einen Bernsteinhändler aufsuchen, der mir wärmstens empfohlen wurde. Zufällig ist er auch der zukünftige Schwiegersohn meines Freundes Henning Braake. Ich bin überzeugt, dass ich bei ihm ein paar wohlfeile Steine für Dich finden werde.

Bartholomäus Freyberg fügte dem Schreiben einen innigen Abschiedsgruß hinzu und versiegelte den Brief. Dann prüfte er, ob der Kammertürriegel vorgeschoben war, entkleidete sich und blies die Kerze aus.

17. KAPITEL

Betuchte Gäste aus östlicher Ferne im Einbecker Haus

Am nächsten Morgen besprach Bartholomäus Freyberg mit dem Wirt die Überführung des ermordeten Fuhrknechts. Heinrich Reepernfleet versprach, alles zu tun, um auf die Schnelle einen Sarg aufzutreiben. Der Heringsmakler fand sich auch ein. Die Fischladung für Einbeck stand bereit. Die Fuhrknechte würden zuerst die Leiche aus der Stadtwache holen und dann die Salzheringstonnen.

Als der Landwehrkommandeur, Krögerhannes und der Goslarer Karl Fechternheim nach dem Frühstück das Einbecker Haus verließen, um zum Geschäft von Georg Kämmerer zu gehen, führten die Hausknechte gerade drei prachtvolle Rappen zu den Stallungen. Freyberg und der Marktbüttel erkannten sie sofort. Es waren die Reittiere des hüftlahmen Griechen.

»Der hohe Herr ist anscheinend wieder genesen«, sagte Krögerhannes.

Bartholomäus Freyberg schickte den Pferden einen bewundernden Blick hinterher. »Da er auch hier Quartier genommen hat, werden wir vermutlich bald seine Bekanntschaft machen.«

In der Tat handelte es sich bei den Reisenden, die derweil mit Heinrich Reepernfleet in dessen Schreibzimmer über eine standesgemäße Unterkunft verhandelten, um den Janitscharenoberst und Großwesirsgesandten Mustafa Pascha nebst Begleitern. Wortführer der drei war der Jude Moses. Er selbst war bei seinen Glaubensbrüdern im Hafenviertel untergekommen. Der »Blitz« hatte ihn beauftragt, auf jeden Fall einen von den anderen Gästen separaten Raum anzumieten. Yildirim-Mustafa war es endgültig leid, sich die Schlafstatt während des vermutlich länger andauernden Hamburg-Aufenthalts Nacht für Nacht mit stinkenden, verlausten und laut schnarchenden Schweinefleischfressern zu teilen.

Als Moses das Anliegen des Paschas vorbrachte und dabei mit einigen blitzenden Silbermünzen klimperte, schaute der Wirt fragend zu seinem Hausvogt hinüber.

»Und noch etwas«, fügte Moses hinzu. »Mein Herr besteht darauf, dass es kein fensterloser Raum ist.«

Heinrich Reepernfleets Faktotum kratzte sich am Kopf. »Eigentlich sind wir ja voll belegt, aber mir kommt da gerade ein vortrefflicher Gedanke. Allerdings wird es eine Weile dauern, bis wir das in Frage kommende Zimmer einigermaßen hergerichtet haben.«

»An welches Zimmer denkst du, Ole?«

Der Hausvogt grinste verschmitzt. »An das neben der Kammer von den Einbeckern.«

»Aber dort befinden sich die Truhen und Kisten mit dem Festtagsgeschirr.«

Ole Krückau deutete auf eine Tür neben den abgestellten Satteltaschen der Reisenden. »Das Geschirr können wir vorübergehend in der Kammer da unterbringen.«

Der Wirt schaute skeptisch zur Tür.

»Lasst mich nur machen, Herr. Sollten nicht alle Truhen hineinpassen, wird sich bestimmt ein weiterer sicherer Platz irgendwo im Haus finden«, beteuerte der Hausvogt.

»Na gut, einen Versuch ist es immerhin wert«, meinte Heinrich Reepernfleet. »Aber billig kann ich Euch das Zimmer nicht überlassen«, sagte er zu Moses gewandt. Als der Jude seinem prallen Geldbeutel die Münzen entnommen hatte, waren auch etliche Goldstücke zu sehen gewesen.

»So das Zimmer meinem Herrn behagt, ist er gerne bereit, einen angemessenen Preis dafür zu entrichten. Seid da unbesorgt, Herr Wirt.«

Daraufhin rief Reepernfleet zwei Hausknechte und eine Magd

zu sich und trug ihnen auf, nach Oles Vorschlag zu verfahren. »Und schafft eines von den Bettgestellen und Strohsäcke vom Speicher in das Zimmer!«

»Strohsäcke werden nicht benötigt«, mischte Moses sich ein. »Mein Herr wird sein eigenes Bettzeug benutzen.«

Der Hausvogt schaute den Juden verblüfft an. »Aber Ihr hattet doch außer den Satteltaschen kein Gepäck.«

»Das lasst nur unsere Sorge sein. Richtet bloß alles sauber her, um den Rest kümmern wir uns dann schon selbst.«

Achselzuckend verließ der Alte das Schreibzimmer und folgte den Bediensteten.

Heinrich Reepernfleet musterte die Südländer wohlwollend. Als ihre Heimat war ihm eine Insel namens Megiste an der Grenze zum Reich des Türkensultans genannt worden. Dort florierte der Handel nicht nur mit den Türken, sondern auch mit den Ägyptern und anderen Völkern im Osten des mittelländischen Meeres. Sogar Waren aus dem fernen Indien und China wurden laut Aussage des Juden dort umgeschlagen. In der Tat musste dort immenser Wohlstand herrschen. Welch kostbare Gewänder die drei Reisenden trugen! Sogar die Beinlinge des Dolmetschers waren aus feinster Seide, und der kahlköpfige Diener des vornehmen Griechen besaß einen mit dicken Silberornamenten verzierten Gürtel. Im Geiste rieb der Wirt sich bereits die Hände.

Er machte eine Geste hin zu dem »Blitz« und seinem Leibdiener. »Wie lange gedenken sie im Einbecker Haus zu bleiben?«

Moses lächelte. »Zwei, drei Wochen könnten es schon werden, wenn das Zimmer ihren Ansprüchen genügt.«

»Darf ich fragen, warum Euer Herr die weite Reise von seiner Heimat nach Hamburg unternimmt?«

Der Jude wechselte mit dem Pascha erst ein paar Sätze in dessen Sprache, bevor er Reepernfleet Antwort gab. »Es ist sein Begehr, mit hansischen Kaufherren Handelskontakte zu knüpfen. Solltet Ihr ihm dabei behilflich sein können, würde es Euch gewisslich nicht zum Schaden gereichen.«

»Wo ich von Nutzen sein kann, bin ich es gerne«, sagte der Wirt. »Sind es bestimmte Güter, an denen Interesse besteht?«

Wieder fragte der Jude nach, bevor er antwortete. »Falls Ihr redliche Händler in Sachen Bernstein und Pelze wüsstet, wäre mein Herr sehr erfreut.«

»Sagt ihm, dass ich mich in seinem Sinne bei vertrauenswürdigen Leuten umhören werde.«

Moses übersetzte, und der »Blitz« nahm das Angebot des Wirts mit einem gnädigen Nicken zur Kenntnis.

»Noch eine Sache, edle Herren«, meinte Reepernfleet. »Euch ist sicher bekannt, dass Ihr in der Stadt keine langen Waffen führen dürft.«

Der Jude nickte. »Ja. Könnt Ihr die Waffen sicher für uns verwahren?«

»Selbstverständlich.«

In diesem Moment betrat Ole Krückau wieder die Schreibstube. Er verbeugte sich vor Yildirim-Mustafa. »Es ist alles nach Euren Wünschen gerichtet.«

Zu fünft begab man sich ins Stockwerk über dem großen Schanksaal. Das Zimmer war sauber, geräumig und bis auf eine Truhe und zwei einfache Bettgestelle leer. Die Bodenplanken glänzten noch feucht vom Wischwasser. Zwei Butzenscheibenfenster gingen auf den Platz vor der Herberge.

Nedschmeddin unterzog das Türschloss einer gewissenhaften Prüfung und nickte befriedigt. Auch der massive Innenriegel wirkte Vertrauen erweckend.

»Nun?« Heinrich Reepernfleet schaute Yildirim-Mustafa an.

Zu seinem Erstaunen antwortete der Südländer, ohne dass der Jude übersetzen musste. »Ja, gut!«

»Oh, Ihr versteht unsere Sprache?«

»Ein wenig«, entgegnete der »Blitz«.

Mustafa Pascha und sein Leibdiener waren auf der Reise in die Nordlande nicht müßig gewesen. Immer wieder hatten sie sich mit Moses' Hilfe die eine oder andere nützliche Redewendung eingeprägt. Wenn sie die Wörter der Frankenzunge benutzten, hatten sie zwar immer noch das Gefühl, als würden sie bellen und knurren wie ein gereizter Hund, aber die merkwürdigen Laute der Ungläubigen kamen ihnen durch das beständige Üben schon recht geläufig über die Lippen. Zudem hatten beide durch die Aufenthalte in den Gasthäusern und Herbergen der Nordlande gelernt, einigermaßen zu verstehen, was man auf ihre Fragen erwiderte, zumindest dann, wenn die Antworten kurz ausfielen.

Nedschmeddins Fähigkeit, sich mit den Giaurs zu unterhalten, war noch etwas besser als die seines Herrn. Der Pascha hatte sich, seit ihm der Schmerz in den Rücken gefahren war, meistens schon früh zur Ruhe begeben, während der Glatzkopf und Moses dann noch beim Bier in den Schankstuben gesessen hatten.

Der Preis, den Heinrich Reepernfleet für das Zimmer forderte, fand der Jude völlig überteuert, aber der Janitscharenoberst bedeutete ihm, nicht zu handeln. Seit sie die Gastlichkeit der Juden nicht mehr genießen durften, war es der erste Raum, in dem Yildirim-Mustafa das Gefühl hatte, es für einige Zeit ohne Beklemmung und Widerwillen aushalten zu können.

Der Hausvogt befahl, die Satteltaschen der Gäste aus dem Schreibzimmer herbeizuschaffen, während Nedschmeddin mit einem Knecht zu den Ställen ging, um zu sehen, wie die Pferde untergebracht waren. Als die Taschen da waren, verschloss der »Blitz« das Zimmer und steckte den Schlüssel ein. Mit Moses und dem Wirt stieg er dann hinunter in den Schanksaal, und man begoss den Einzug mit einem Einbecker Bier.

Mustafa Pascha, der von dem Juden schon so viel Löbliches über diesen Trunk vernommen hatte, konnte das Urteil seines Dolmetschers nur bestätigen.

»Ihr habt Glück«, sagte der Wirt. »Erst gestern traf der neue Brau aus Einbeck hier ein.«

Weshalb Heinrich Reepernfleet daraufhin minutenlang in

grüblerisches Schweigen verfiel, konnten sich die Reisenden indes nicht erklären.

»Dann werde ich jetzt bei meinen Glaubensbrüdern die benötigten Teppiche und Decken für Euch besorgen, mein Pascha«, sagte der Jude und erhob sich. »Es kann allerdings einige Zeit dauern, bis ich wieder zurück bin.«

»Sollte ich ausgehen, bleibt Nedschmeddin auf jeden Fall im Haus, damit du die Sachen ins Zimmer bringen kannst. Aber bevor du gehst, frag, was sie zum Essen haben.«

Moses sprach mit dem Wirt.

»Gestern fand ein großes Bankett statt«, sagte Reepernfleet. »Von Spanferkel und Kapaun gibt es noch Reste.«

Der Jude übersetzte es seinem Pascha.

»Schweinefleisch, immer nur Schweinefleisch«, knurrte Yildirim-Mustafa. »Aber Kapaun? Was ist denn das? Auch Schweinskram?«

»Nein, ein Kapaun ist ein gemästeter Hahn, mein Pascha.«

»Kapaun!«, verkündete der »Blitz« mit Entschiedenheit und unterstrich die Bestellung, indem er mit dem Zeigefinger gegen seine Brust tippte.

»Sehr wohl, der Herr!«

»Und noch ein Bier!«

Heinrich Reepernfleet stand auf. »Wird umgehend erledigt. Entschuldigt mich nun bitte. Im Schreibzimmer wartet viel Arbeit auf mich.«

Als der Jude und der Wirt gegangen waren, wechselte der Janitscharenoberst den Platz, so dass er sich mit dem Rücken an einen der Pfeiler anlehnen konnte. Nach dem Ritt in die Stadt waren die Schmerzen wieder da, erträglich zwar, aber doch recht lästig. Ein heißes Bad würde ihm vermutlich gut tun. Eine hübsche junge Schankmagd brachte ihm einen Bierkrug, knickste und lächelte ihn an.

Yildirim-Mustafa vergaß das Ziehen im Rücken und lächelte zurück. Wehmütig erinnerte er sich an die üppigen tscherkessischen Gespielinnen, die ihm sein Gönner, der Großwesir, von

Zeit zu Zeit geschickt hatte. Dann verscheuchte er die müßigen Gedanken an eine Bettgenossin. Zuerst galt es, den Bruder des ermordeten Bernsteinhändlers ausfindig zu machen. Wie mochte er die Nachricht von dessen Ermordung aufnehmen? Würde er Vertrauen zu ihnen fassen und ihrem Bericht Glauben schenken? Falls ja, könnte man mit ihm ins Geschäft kommen? Fragen über Fragen, die schleunigst geklärt werden mussten. Der »Blitz« sah sich im Schanksaal um. Einfaches Volk schien hier kaum zu verkehren. Vor der Fassreihe an der Stirnwand saß eine Gruppe Männer und unterhielt sich angeregt. Pelzbesetzt waren ihre Jacken und aus feinstem Tuch.

Mustafa Pascha verzehrte genüsslich die Kapaunenbrust mit der in Butter geschwenkten Möhrenbeilage, die ihm die hübsche Schankmagd in einer flachen Schüssel gebracht hatte. Dabei stellte er diverse Überlegungen über seine Mitgäste an. Bei den Franken galt es offenbar nicht als unschicklich, dass sie gemeinsam mit ihren Frauen in Gasthäuser oder zu Festen gingen. So viel hatte er schon gelernt. Sonderbar mutete es dennoch an, wie freizügig sich die Weiber in der Öffentlichkeit gaben. Die Matrone am Eingang begann sogar lauthals mit ihrem Begleiter zu streiten. *Bei Allah dem Gerechten und Fürsorglichen!* Wie umsichtig es doch die dem Propheten offenbarten göttlichen Gebote regelten, dass die Frauen zu schweigen hatten, wenn ein Mann seine Stimme erhob. Der »Blitz« seufzte. Rätsel über Rätsel boten die Sitten und Gepflogenheiten der Ungläubigen. Wie lange würde es wohl dauern, bis man sie alle verstand?

Yildirim-Mustafa erinnerte sich, wie Nedschmeddin einmal einer Schankmagd ziemlich unverblümt zu verstehen gegeben hatte, dass er gerne mit ihr das Lager teilen würde. Entrüstet hatte sie ihm geantwortet: »Was denkst du denn, bin doch kein käuflich Dirn!« Dabei hatte die Magd mehr von ihren prallen Brüsten gezeigt als die armenischen und griechischen Hurenweiber in den verruchtesten Pera-Schenken!

Als dem Janitscharenoberst der dritte Krug des wohlschmeckenden Bieres gebracht wurde, kam Nedschmeddin mit dem Alten in dem geflickten Mantel von den Stallungen zurück.

»Die Pferde sind gut eingestellt, Herr.«

»So? Und was ist mit dem Futter?«

»Bester Hafer, Herr.«

»Gut.«

Nedschmeddin druckste herum.

»Was ist?«

»Äh, ich habe mich bei ihm«, er zeigte auf den Hausvogt, »nach einer der Badestuben erkundigt, von denen Moses so viel Löbliches erzählt hat.«

»Und?«

»Wenn ich ihn nicht falsch verstanden habe, gibt es deren viele in der Stadt. Er hat mir eine am Hafen empfohlen, die die Paschas aus *Hamburk* gerne besuchen.«

Der »Blitz« betastete seinen Rücken. Ein heißes Bad wäre jetzt genau das, was er brauchte. Er suchte nach den richtigen Worten, dann sagte er zu dem Alten: »Das Wasser in Badestube ist sauber, ja?«

Der Hausvogt lachte und wies auf die gut gekleideten Gäste an der Stirnwand. »Aber natürlich! Alle hohen Herrschaften gehen dort zum Baden. Die Stube am Kai ist ein sehr reinliches Haus.«

»Was redet er da so schnell?«, fragte der Pascha in seiner Sprache.

Nedschmeddin zuckte mit den Achseln. »Ich glaube, er will dir sagen, Herr, dass das Wasser gut ist.«

»Wir warten besser auf Moses und hören, was er über diese Badestube zu berichten weiß. Hast du Hunger?«

»Ja, Herr.«

Yildirim-Mustafa tippte auf die flache Schüssel vor sich. »Er auch Kapaun!«

»Und Bier«, fügte der Leibdiener hinzu. »Aus *Ainbek*.«

Der Hausvogt gab die Bestellungen an die Schankmagd weiter, grüßte die edlen Herren und verließ den Schanksaal.

Nedschmeddin beugte sich verschwörerisch zu seinem Pascha über den Tisch. »Ich weiß nicht, ob ich alles richtig verstanden habe, Herr, aber in der besagten Badestube sollen ein paar ansehnliche Weiber aufwarten.« Er grinste. »Sie sind offenbar alle für ein paar Münzen bereit, das Lager mit einem zu teilen.«

»Wie, bei Allah, hast du denn das mit deinen paar Brocken Fränkisch herausgefunden?«

»Oh, das war nicht sonderlich schwer. Mit Zeichensprache kann man sich überall verständlich machen.« Beide Hände Nedschmeddins machten eine in der Tat unmissverständliche Geste.

Kaum hatte der Diener sein Essen verzehrt, erschien auch schon Moses. »Teppiche, Decken und was Ihr sonst noch benötigt werden am Nachmittag gebracht.« Er stöhnte. »Meine Glaubensbrüder hier sind sehr harte Geschäftspartner. Die Angelegenheit wird nicht billig werden, aber sie haben mir versprochen, die Sachen zurückzukaufen, wenn wir wieder abreisen. Ich fürchte allerdings, zu einem deutlich minderen Preis.«

Yildirim-Mustafa verdrehte die Augen, äußerte sich aber nicht weiter. Auf ein Goldstück mehr oder weniger kam es nicht an, so nur ihre Mission in den Frankenlanden am Ende von Erfolg gekrönt war.

Nedschmeddin rutschte ungeduldig auf seinem Sitz hin und her. »Moses«, sagte er schließlich, »kennst du die Badestube am Hafen?«

»Ja, obwohl ich nie drinnen war. Ich habe aber nur Gutes darüber vernommen.«

Mustafa Pascha wurde hellhörig. »Warst du nie dort, weil es Juden verwehrt ist, sie zu benutzen?«

»Ob das so ist, weiß ich nicht. Wir mosaischen Glaubens gehen nie in ein Bad, wo das Wasser nicht fließt, Herr.«

»Ob es fließt oder nicht, ist mir einerlei. Ich jedenfalls brauche ein heißes Bad«, knurrte der »Blitz« und rieb sich den Rücken. Mit einem Seitenblick auf Nedschmeddin fügte er hinzu: »Ich nehme an, du willst mich begleiten.«

Der Diener antwortete schnell und freudig: »Wie mein Pascha es befiehlt!«

Yildirim-Mustafa gab Moses den Zimmerschlüssel. »Bleib du besser hier, bis man unsere Sachen gebracht hat. Den Schlüssel gibst du dann dem Wirt. Um die zweite Mittagsstunde herum werden wir wohl wieder zurück sein.«

»Ja, mein Pascha. Aber einer von den Schankknechten sollte Euch zu der Badestube führen. In den Gassen am Hafenkai kann man schnell in die Irre gehen.«

Der Janitscharenoberst saß seinem Diener gegenüber in einer Eichenbadewanne und schnaufte wohlig. Das Ziehen im Rücken hatte sich schlagartig verflüchtigt, nachdem er in das heiße Wasser gestiegen war. Als auch noch eine wunderbar üppige Bademagd sich ihnen mit »Ich bin die Rosalinde« vorgestellt und ihn und Nedschmeddin mit Hamburger Rotbier versorgt hatte, ahnte der »Blitz«, dass er wohl in Zukunft noch des Öfteren hier zu Gast sein würde.

Der erfahrene Badewirt hatte beobachtet, wie der Südländer mit dem Edelstein im Bart Rosalinde begehrlich mit den Augen gefolgt war. ›Seltsam‹, dachte er, ›bis auf den Kaufherrn Vennerskamp fragen meistens die Fremden nach ihren Buhldiensten.‹ Den Kleidern nach zu urteilen, die an Haken hinter den Wannen hingen, handelte es sich um betuchte Reisende. Der Wirt trat an Yildirim-Mustafas Zuber. »Zu Diensten, Herr!«

Der »Blitz« verstand sofort, worum es ging. »Rosalinde!«, befahl er energisch und klopfte gegen den Geldbeutel, der nebst Streitkolben und Dolch auf einem Schemel zwischen seinem und Nedschmeddins Zuber lag.

18. KAPITEL

Rat Freyberg sucht den Bernsteinhändler auf

Als Bartholomäus Freyberg und seine beiden Begleiter vom Einbecker Haus aufgebrochen waren, hatte noch die Sonne geschienen. Kaum waren sie in der Johannisstraße angelangt, zogen bereits wieder dunkle, bedrohliche Wolken auf. Trotz des unsicheren Wetters waren Zimmerleute damit beschäftigt, den Dachstuhl eines offenbar nicht bewohnten Hauses aufzustocken.

Vor der Bernsteinhandlung der Gebrüder Kämmerer, zwei Häuser weiter, hatte sich eine Menschenmenge versammelt. Einem von zwei Ochsen gezogenen Wagen mit Stallmist war das rechte Vorderrad weggebrochen, und der Großteil der übel riechenden Last lag breiig auf der Straße verteilt. Die Gaffer sparten nicht mit guten Ratschlägen, aber dem fluchenden Kutscher ging natürlich niemand zur Hand. Ein Spaßvogel rief zum Ergötzen der Menge, er möge doch erst den Regenguss abwarten, damit der den Unrat wegspüle, bevor er sich ans Richten des Rads machte.

Zwei Stadtbüttel, an ihren Amtsstäben als Krögerhannes' Berufskollegen erkenntlich, drängten sich energisch durch die Schaulustigen.

»In Goslar darf man Mist und Unrat nur des Nachts wegschaffen«, bemerkte Karl Fechternheim kopfschüttelnd, denn hinter dem zusammengebrochenen Wagen staute sich der Verkehr. »Wie haltet Ihr es in Einbeck damit?«

»Ebenso«, antwortete Krögerhannes.

Die Stadtbüttel begannen den Kutscher wüst zu beschimpfen.

»Na, rechtens ist es wohl auch in Hamburg nicht, bei Tag

Mist durch die Stadt zu kutschen.« Bartholomäus Freyberg bewunderte die Messingplatte, auf der in güldenen Lettern *Fluvum Aurum de Profundis Maris* eingraviert war. Dann betätigte er den Türklopfer.

Georg Kämmerer musste, vielleicht wegen des Lärms vor seinem Haus, direkt hinter der Tür gestanden haben. Er öffnete sie augenblicklich und hieß seine Gäste willkommen. Dann führte er sie in einen holzgetäfelten Raum im Obergeschoss. »Gibt es schon Neuigkeiten, was den Meuchelmord an Eurem Fuhrknecht betrifft?«, erkundigte er sich.

Der Landwehrkommandeur schüttelte den Kopf. »Leider nein. Aber ich will versuchen, nachher das Bettelweib aufzutreiben und nochmals zu befragen.«

»Als ich heute zur Frühmesse in der Sankt-Nikolai-Kirche war, hat die alte Berta nicht an ihrem gewohnten Platz neben dem Seitenportal gestanden.«

»Habt Ihr eine Ahnung, wo ich sie sonst finden könnte?«

»Versucht es zur Mittagsstunde in der Umgebung vom Rathaus«, empfahl der Bernsteinhändler.

»Ah, gut! Dorthin müssen wir sowieso, um Ulf Buntvogels Leiche aus der Stadtwache abzuholen.«

Karl Fechternheim war unterdessen vor ein mit dunkelgrünem Samt bespanntes Brett getreten, das an der Wand angebracht war, auf dem die Gebrüder Kämmerer ihre Bernsteinkuriositäten zur Ansicht darboten. Der Landwehrkommandeur und Krögerhannes gesellten sich zu ihm. Es gab bearbeitete und unbearbeitete Steine, alle kaum größer als ein Fingerglied, und Freyberg verstand sofort, als er ihrer ansichtig wurde, weshalb die Kämmerers sich nicht von ihnen trennen wollten. Einen der kleinen Brocken hatte ein kunstfertiger Schnitzer in eine Miniaturbärin verwandelt, die ein Junges säugte. Einem weiteren Stein hatte man die Gestalt des Propheten Moses gegeben, wie er stolz die Gesetzestafeln emporreckte. Die unbearbeiteten Brocken der Sammlung boten einen anderen Reiz. Sie umschlossen Fliegen, Ameisen und gehörnte Käfer, ja selbst die knöcherne

Pfote einer Maus, gut sichtbar, als würde sie in klarem Wasser liegen. Bartholomäus Freyberg murmelte hin und wieder leise Worte der Bewunderung. Krögerhannes bestaunte hingegen die Ausstellungsstücke offenen Mundes.

»Nun, habe ich Euch zu viel versprochen?« Karl Fechternheim bat den Bernsteinhändler mit einer Geste, die in das Harz eingeschlossene Biene in die Hand nehmen zu dürfen. Georg Kämmerer gab seine Erlaubnis durch eine leichte Verbeugung.

»Fürwahr ein Prachtstück, Meister Fechternheim«, sagte Rat Freyberg und sah dann Georg Kämmerer an. »Ich bin in Sachen Bernstein unkundig, aber so viel verstehe ich doch, dass Ihr hier große Kostbarkeiten Euer Eigen nennt.«

Der Angesprochene lächelte versonnen. »Einige der Stücke sind durch unseren Urgroßvater auf uns gekommen. Deshalb sind sie auch unverkäuflich, wie Euch Karl Fechternheim sicherlich schon erzählt hat.«

Bartholomäus Freyberg nickte. »Jetzt, wo ich die Sachen sehe, begreife ich Eure Entscheidung, wenn ich sie auch von ganzem Herzen bedauere.« Er nahm einen eiförmigen Stein mit einer Ameise aus dem Regal. »Meine Frau hat von ihrer Mutter ein ähnliches Kleinod geerbt. Liebend gerne hätte ich ihr ein Gegenstück dazu geschenkt.«

Georg Kämmerer machte eine betrübte Miene.

Der Landwehrkommandeur lachte. »Seid unbesorgt, Meister Kämmerer, ich werde Euch deswegen nicht in den Ohren liegen. Aber jetzt zeigt mir doch bitte die Ware, von der Ihr Euch zu trennen gewillt seid.«

Georg Kämmerer brachte aus einem angrenzenden Raum eine Schatulle. Sie war mit einem Schiebedeckel verschlossen. Er entfernte ihn. »Ich denke, Herr Rat, hier werdet Ihr fündig.«

Freyberg nahm sich Zeit. Nach einer Viertelstunde intensivster Begutachtung traf er seine Auswahl und kaufte dem Händler zwanzig taubeneigroße Perlen mit Facettenschliff für eine nicht geringe Summe ab. Er verstaute die Steine in einem Leinensäckchen und ließ es in seine Wamsinnentasche gleiten.

Der Bernsteinhändler gab ihm sein Wort, dass er derartig makellose Perlen durchaus zu einem Freundschaftspreis erworben hatte.

Karl Fechternheim konnte dem nur zustimmen. »Ich war im Frühjahr in Leipzig auf der Messe. Gut und gerne das Doppelte müsstet Ihr dort für diese Steine entrichten. Doch habe ich gestern im Einbecker Haus vernommen, dass Euer Danziger Handelspartner Euch gerade ausgesucht große Stücke verkauft hat. Wollt Ihr uns die nicht auch zeigen?«

»Ah, die Lieferung aus Danzig wünscht Ihr zu sehen? Hans Bartels hat übrigens schon bei Sonnenaufgang seine Rückreise via Lübeck angetreten. Tja, mit jenen Steinen verhält es sich bedauerlicherweise wie mit den Preziosen hier im Regal: Sie sind unveräußerlich – jedenfalls so lange, bis mein Bruder wieder von seiner Konstantinopel-Reise zurück ist. Aber anschauen dürft Ihr sie Euch natürlich gerne.«

Georg Kämmerer führte die Männer in den Raum, aus dem er die Schatulle geholt hatte. Die goldgelben Steine lagen in einer samtausgeschlagenen Ebenholzkiste und raubten ihnen schier den Atem.

»Noch nie habe ich Stücke von dieser Größe gesehen«, erklärte Karl Fechternheim. »Ihr etwa, Herr Rat?«

Freyberg versuchte gerade, das Gewicht des Bernsteinklumpens von der Dimension eines Enteneis in seiner Hand zu schätzen. Er war sprachlos.

Krögerhannes durchbohrte den Stein förmlich mit seinen Augen. »Was würde ein solches Teil wohl kosten, Meister Kämmerer?«

»Ohne das Urteil meines erfahrenen Bruders gehört zu haben, möchte ich wirklich noch keinen Preis nennen«, sagte der Bernsteinhändler, der ob des ehrfürchtigen Staunens seiner werten Kundschaft ein Schmunzeln nicht unterdrücken konnte.

Man plauderte noch eine Weile über alles Mögliche, dann drängte Freyberg zum Aufbruch. Karl Fechternheim wollte ihn und Krögerhannes noch zur Stadtwache begleiten.

»Falls Ihr die Bettlerin dort nicht auftreibt, werdet Ihr sie vermutlich abends wieder am Einbecker Haus finden«, gab ihnen der Bernsteinhändler zum Abschied mit auf den Weg.

Sie traten aus dem Haus. Der zusammengebrochene Mistwagen blockierte noch immer die Straße vor dem Geschäft. Auf den Eingangsstufen stießen sie fast mit einer Frau und deren Begleiter zusammen, die offensichtlich auch die Bernsteinhandlung aufsuchen wollten. Obwohl die Frau einen weiten Umhang mit tief in die Stirn gezogener Kapuze trug, erkannte der Landwehrkommandeur die südländische Schönheit sofort. Auch Karl Fechternheim und der Marktbüttel schauten den beiden nach, wie Lucretia Vennerskamp und ihr Begleiter im Geschäft der Gebrüder Kämmerer verschwanden.

»Das war doch eben …«, murmelte der Goslarer Erzkaufmann.

»Gewiss«, nickte Freyberg.

»Mit einem der beiden Südländer, die niemand voneinander zu unterscheiden vermag«, fügte Krögerhannes mit einem Naserümpfen hinzu.

Auf dem Weg zur Stadtwache hielten sie nach dem alten Bettelweib Ausschau, sahen es aber nirgends. Neben dem Wächterhaus stand schon ein Einbecker Pferdewagen, beladen mit einer großen, länglichen Holzkiste.

Krummwasser-Till eilte ihnen entgegen. »Einen vernünftigen Sarg für Ulf Buntvogel hat Heinrich Reepernfleet in der kurzen Zeit natürlich doch nicht auftreiben können, Herr Rat. Nur diese schäbige Bretterkiste.«

Bartholomäus Freyberg kratzte sich am Kopf, schaute in den grauen Himmel und dann auf den grob geschreinerten Sarg. »Es sieht zwar im Moment nicht so aus, als ob sich das Wetter in diesem Jahr noch einmal grundsätzlich bessern würde, aber bis ihr in Einbeck angekommen seid, dürfte gelegentlich dennoch hin und wieder einmal die Sonne scheinen.«

Krummwasser-Till nickte bekümmert. Mit einer Heringsladung auf die Reise zu gehen war schon unangenehm genug. Einen langsam verwesenden Leichnam mitzuführen, würde jedoch den Gestank absolut unerträglich werden lassen.

Krögerhannes hatte den rettenden Einfall. »Ich an eurer Stelle würde den Heringsmakler um ausreichend Steinsalz für die Kiste bitten. Das sollte reichen, damit Ulf Buntvogel euch nicht bis nach Hause zerfließt.«

Der Landwehrkommandeur und auch Karl Fechternheim fanden Krögerhannes' Idee trefflich. Somit war die Einpökelung und dadurch geruchsarme Überführung des Toten trotz einigen Murrens von Krummwasser-Till beschlossene Sache. Freyberg ließ sich von Krögerhannes zum Hauptmann der Stadtwache bringen und stellte sich vor.

Sein Hamburger Kollege war ein gesetzter Mann, der kein Blatt vor den Mund nahm. »Glaubt mir, ich beneide Euch um Euren Posten in Einbeck. Jeden Tag gibt es hier Schlägereien im Hafen und Schlimmeres, wie es auch Eurem Fuhrknecht widerfahren ist.«

»Ein Ort ohne Verbrechen ist meine Heimatstadt nun auch nicht gerade«, entgegnete der Landwehrkommandeur und berichtete dem Hauptmann von dem Mord an Stadtbraumeister Dieter Lohe.

Man begab sich zum Leichenschuppen. Neben Ulf Buntvogel lag ein weiterer mit einem Leinentuch abgedeckter Körper.

»Da, schaut selbst. Schon wieder ein Mordopfer«, knurrte der Hauptmann. »Übrigens auf die gleiche Art und Weise erschlagen wie Euer Fuhrknecht.« Er deckte die Leiche auf.

Rat Freyberg stieß eine Verwünschung aus, und Krögerhannes biss sich auf die Lippen. Das verfilzte Haupthaar von Berta, dem alten Bettelweib, war blutverkrustet.

Der Landwehrkommandeur betrachtete die Wunde eingehend. Die Löcher im Schädel der erschlagenen Bettlerin ähnelten denen in Ulf Buntvogels Kopf, genau wie der Hauptmann es gesagt hatte. »Wann und wo hat man sie gefunden?«

»In dem engen Durchgang hinter dem Bierlager vom Einbecker Haus.« Der Hauptmann musterte seinen Kollegen nachdenklich. »Gibt es vielleicht einen Zusammenhang zwischen den beiden Verbrechen, von dem ich bislang keine Kunde habe?«

»So scheint es. Die Alte war die einzige Person, die womöglich die Mörder meines Fuhrknechts hätte beschreiben können.«

Der Hauptmann legte Bartholomäus Freyberg die Hand auf den Arm. »Am besten kommt Ihr in meine Amtsstube und erzählt mir alles ganz genau.«

19. KAPITEL

Lucretia wird aktiv

»Herzlich willkommen!«, empfing Georg Kämmerer die Gattin von Balthasar Vennerskamp und ihren Begleiter. Er bot ihnen zwei Schemel an, deren Kissenauflagen mit Stickereien maritimer Themen versehen waren: Schiffe, die einen Hafen anliefen, Fische, Seesterne, auch Meeresungeheuer, die mit riesigen Krebsen kämpften.

Lucretia machte den Bernsteinhändler mit Bernardo Mattezze bekannt und nahm Platz.

Der Venezianer verbeugte sich und trat einen Schritt auf die Kuriositäten im Regal zu. »Nein, was für Kostbarkeiten Ihr da zur Schau aufgereiht habt!«

»Ihr sagt es, Herr. Diese Dinge sind lediglich zum Betrachten und nicht zum Verkauf gedacht. Geduldet Euch einen Moment, dann bringe ich Euch die verkäuflichen Steine.« Kämmerer trug die Schatulle herbei, aus der auch der Einbecker Landwehrkommandeur seine Geschenke gewählt hatte. Er platzierte sie zu Lucretias Füßen und stellte sich vor das Regal neben einen dritten Schemel. Den Schatullendeckel behielt er in der Hand.

Lucretia Vennerskamp prüfte die Ware höflich, äußerte hin und wieder ein Wort der Anerkennung ob der Klarheit der Steine, ließ aber durch ein paar eingestreute Bemerkungen erkennen, dass sie eigentlich größere Stücke zu sehen wünschte.

»Oh, ich verstehe. Euer werter Gatte hat bestimmt mit Euch über die neue Lieferung aus Danzig gesprochen. Ich muss bedauern, aber diese Steine sind ebenfalls nicht zum Verkauf bestimmt. Jedenfalls nicht zurzeit.«

Bernardo Mattezze setzte sich neben Lucretia. »Dürfte man erfahren, weshalb?«

»Ja, natürlich. Es ist so: Gewichtige Geschäftsentscheidungen pflegen mein Bruder und ich stets gemeinsam zu treffen. Solange

Dietrich nicht aus Konstantinopel zurück ist, werde ich also bezüglich der Danziger Ware nichts unternehmen.« Wie um seine Aussage zu bekräftigen, pochte er mit den Fingerknöcheln gegen den Schatullendeckel.

Plötzlich stutzte er. Sowohl Lucretia Vennerskamp als auch Bernardo Mattezze starrten betreten zu Boden. Irritiert sagte der Bernsteinhändler: »Natürlich, wenn mein Bruder wieder da ist, dann könnte man schon ...«

Lucretia Vennerskamp hob den Blick und schaute ihn mit ernster Miene an. Auch ihr Begleiter sah jetzt wieder zu ihm hoch. Der Venezianer räusperte sich. »Eine Frage, Herr. Gibt es in Hamburg noch jemanden außer Euch und Eurem Bruder, der mit Bernstein handelt und der den Namen Kämmerer trägt?«

»Nein. Wieso?«

Bernardo Mattezze faltete die Hände. Sein gequälter Gesichtsausdruck zeigte, dass er um die rechten Worte rang. »Weil ich in diesem Fall im Frühjahr, als ich in Konstantinopel war, etwas über Euren Bruder gehört habe.«

Georg Kämmerer ließ vor Überraschung den Schatullendeckel fallen. »Was erzählt Ihr mir da?«

Der Venezianer hob die Hände. »Euer Bruder hieß Dietrich, erwähntet Ihr gerade?«

Der Bernsteinhändler nickte, tastete nach dem Schemel unter dem Regal, zog ihn heran und setzte sich. »Was meint Ihr mit ... mit ›er hieß‹?«, stammelte er.

Der Venezianer sagte leise: »Mein Herr, zürnt dem Boten schlechter Kunde nicht. Euer lieber Bruder fiel üblem Raubgesindel in die Hände. Man hat ihn erschlagen. Ich erfuhr durch Zufall von einem vertrauenswürdigen Landsmann von dem Mord.«

Georg Kämmerer erbleichte.

»Wir fremden Kaufleute in Konstantinopel«, fuhr Mattezze fort, »haben daraufhin Geld gesammelt, damit Euer Bruder ein christliches Begräbnis erhielt. Ich selbst war nicht zugegen. Sein Grab ist auf dem Friedhof der Ausländer in Pera.«

Georg Kämmerer hörte nur halb, was der Mann ihm berichtete. Den Kopf in die Hände gestützt, versuchte er der rasenden Gedanken Herr zu werden: Dietrich war tot! Gemeuchelt fern der Heimat! Alles Warten, alles Hoffen war vergebens gewesen!

Nachdem er eine Weile stumm in sich zusammengesunken auf dem Schemel gehockt hatte, wurde er gewahr, dass die Frau mit ihm redete. Er sah mit versteinertem Gesicht in die Richtung, aus der die Stimme wie aus weiter Ferne kam.

»Wenig Trost vermögen meine Worte vermutlich zu schenken«, sprach Lucretia beinahe flüsternd und schenkte dem Bernsteinhändler ein zartes Lächeln. »Was jedoch dem Menschen vom Schicksal bestimmt ist, dem kann er nicht entgehen. Ihr seid noch jung, und ich erfuhr, dass Ihr demnächst zu heiraten gedenkt. Trauert um Euren lieben Bruder, wie es sich ziemt, aber versinkt nicht in Düsternis! Das schuldet Ihr denen, die Eurer Hilfe und Eures Haltes in Zukunft bedürfen.«

Georg Kämmerer richtete sich auf. Wie im Fieber griff er nach dem Deckel und verschloss die Schatulle. »Habt Dank für Euer Mitgefühl. Zu überraschend kam die schlimme Nachricht. Verzeiht, wenn ich jetzt allein sein will.«

Vor der Tür der Bernsteinhandlung schlug Lucretia die Kapuze hoch und wartete, bis Bernardo Matteze die zweispännige offene Kutsche heranlenkte, mit der er sie zum Vennerskamp'schen Landgut bringen wollte. Bei dem Mistwagen schien das Vorderrad gerichtet, denn einige starke Kerle schoben den Karren aus dem Dreck, während andere die beiden Ochsen anfeuerten, die die ganze Zeit im Geschirr gedöst hatten. Unter dem Gejohle der Menge setzte sich das Gefährt just in dem Augenblick in Bewegung, als Matteze vor dem Haus des Kämmerers anhielt.

Lucretia kletterte flink auf den Kutschbock. »Die Nachricht, dass sein Bruder ermordet wurde, hat ihn arg getroffen. Vielleicht hätten wir ihm erzählen sollen, Dietrich wäre am Fieber verstorben.«

»Unsinn. Wer sich in die Fremde begibt und heimtückisch die Kaufmannschaft der *Serenissima* hintergeht, muss eben halt mit allem rechnen.« Bernardo Mattezze lachte. »Außerdem steht in der Bibel geschrieben, dass Lügen Sünde ist.«

»Aber es kann dauern, bis er seine Trauer überwunden hat und uns die Danziger Lieferung verkauft.«

»Das kann passieren. Nur vergisst du, dass er bald heiraten will. Gib ihm einfach ein paar Tage Zeit und rede dann noch mal mit ihm. Immerhin weiß er jetzt, dass er fortan in allen Geschäftsangelegenheiten allein entscheiden muss.«

»Balthasar hat gesagt, es würde sich um ausgesucht große Steine handeln. Hat er auch etwas über deren Anzahl in Erfahrung bringen können?«

»Ich meine nicht.« Der Venezianer umfuhr einen mitten auf der Straße abgeladenen Stapel Bauholz. »Mein Gott, wenn wir uns auch nur drei, vier Stücke von der Lieferung sichern könnten, würden wir beim Herrscher der Türken mehr erreichen als mit einem Sack voll Gold!«

Lucretia Vennerskamp nickte und lächelte. »Wohl wahr, jedoch mit leeren Händen kehrt ihr auf keinen Fall nach Venedig zurück. Das Geschäft mit der Seilergilde ist so gut wie sicher. Schön wäre es dennoch, vor eurer Abreise auch noch in den Besitz der Steine zu gelangen.«

Ihre Kutsche überholte kurz vor der Stadtmauer einen Wagenzug, der Heringstonnen transportierte.

Als sie neben dem ersten Wagen fuhren, bemerkte Lucretia hinter dessen Kutschbock eine grob gezimmerte Kiste mit einem in schwarzer Farbe aufgemalten Kreuz. Sie schickte ein Stoßgebet zum Himmel, dass ihr Hamburg-Aufenthalt nicht mehr ewig währen möge. Wie eine Ewigkeit schien ihr die Zeit, die sie bereits in den düsteren Nordlanden mit ihren primitiven Bewohnern verbracht hatte. Mit Wehmut dachte sie an die würdigen Trauergondeln, in denen man die Toten daheim zu ihrer letzten Ruhestätte geleitete.

Die Stadtwächter am Mauertor winkten die Kutsche durch.

Eine halbe Stunde später waren sie an dem Weg angelangt, der zu Balthasar Vennerskamps Landgut führte. Neben einer Laube in Sichtweite des Haupthauses stand ein Schimmel auf einer Koppel. Gutfried Klaasen, der Seilergildenobere, war also bereits eingetroffen.

»Hol mich in drei Stunden wieder hier ab«, sagte Lucretia und kletterte behände vom Sitz.

20. KAPITEL

Schicksalhafte Begegnungen im Einbecker Haus

Moses war natürlich bestens bekannt, warum die Badestube am Hafenkai einen vortrefflichen Ruf in Hamburg hatte. Deshalb überraschte es ihn auch nicht sonderlich, als Mustafa Pascha und Nedschmeddin in sichtbar bester Laune erst später als vorgesehen ins Einbecker Haus zurückkehrten.

Der große Schanksaal im Erdgeschoss war den ganzen Nachmittag über gut besucht gewesen. Am Nachbartisch an der Stirnwand hatten, kurz bevor der »Blitz« und sein Diener sich zu dem Juden gesellten, drei Männer Platz genommen. Moses konnte ihrer Unterhaltung entnehmen, dass zwei von ihnen aus der Bierstadt Einbeck stammten und der Dritte ein Goslarer Erzkaufmann war. Er redete überwiegend mit einem der Einbecker, den er höflich mit »Herr Rat« ansprach.

Der so Betitelte war eine stattliche Erscheinung mit einer ähnlich Respekt einflößenden Ausstrahlung wie Yildirim-Mustafa, zumal ebenfalls ein imposanter Vollbart sein Kinn schmückte. Dem Juden fiel sofort der Streitkolben mit dem kunstvoll gearbeiteten Widderkopf auf, den der Ratsherr vor sich auf den Tisch gelegt hatte, als er sich neben den Goslarer setzte.

»Die gewünschten Sachen befinden sich schon im Zimmer, mein Pascha«, begrüßte Moses den Janitscharenoberst. »Hat das Bad Erleichterung von den Rückenschmerzen gebracht?«

Nedschmeddin nickte vielsagend. Yildirim-Mustafa versetzte seinem Diener lachend einen Rippenstoß. »Wenn es nach ihm ginge, würden wir sofort mit Sack und Pack in die Badestube umziehen. Gleich zwei Weiber hat er sich auf die Buhlkammer bestellt.«

Nedschmeddins Gesicht nahm einen verklärten Ausdruck an.

»Oh, Herr, ich kann dir die beiden Mädchen wirklich wärmstens empfehlen.«

Mustafa Pascha befingerte verträumt den Edelstein in seiner Bartspitze. Er hatte mit dem Badewirt ein Abkommen getroffen: Rosalindes Liebesdienste waren für die Nachmittage der kommenden Woche gesichert.

Kaum dass der Janitscharenoberst und der Diener den Schankraum betraten, wurden sie auch schon von Bartholomäus Freyberg bemerkt. »Ah, das sind ja die Südländer, deren prächtige Pferde wir am Morgen bewundert hatten«, sagte er zu Karl Fechternheim gewandt.

Der edle Herr und sein glatzköpfiger Leibdiener nahmen dem Juden gegenüber Platz. Als der »Blitz« ebenfalls seinen Streitkolben vor sich auf den Tisch legte, zupfte Krögerhannes Freyberg am Ärmel und flüsterte: »Meister, schaut nur, der hat eine Waffe wie Ihr!«

Beiläufig, um nicht unhöflich zu wirken, schweifte der Blick des Einbecker Landwehrkommandeurs zum Nachbartisch.

Dennoch entging dem Janitscharenoberst die Neugier des großen Franken von nebenan nicht. Der kräftige Giaur war gewiss kein Schneiderlein oder Schreiberling. Plötzlich stutzte der Pascha. Vor dem blonden Recken lag doch wahrhaftig ein Streitkolben von fast gleicher Machart wie sein eigener!

Die Blicke des Landwehrkommandeurs und die des Janitscharenoffiziers kreuzten sich.

Yildirim-Mustafa verneigte sich leicht und tippte mit dem Zeigefinger gegen den Gepardenkopf der Waffe. Bartholomäus Freyberg hob lächelnd seinen Streitkolben und erwiderte die Verbeugung.

Der Pascha wechselte ein paar Worte mit dem Juden.

Moses, der den Einbeckern am nächsten war, sprach daraufhin den Landwehrkommandeur an. »Mein Herr ist der teutschen Zunge leider nicht mächtig, deshalb lässt er Euch ausrichten, dass er Eure Waffe sehr bewundert.«

Ratsherr Freyberg gab das Kompliment zurück, stellte sich und seine beiden Begleiter vor und fragte nach den Namen und dem Woher der Südländer, obgleich er darüber bereits in dem Gasthof vor Hamburg informiert worden war.

Der Jude gab, nachdem er erneut mit Yildirim-Mustafa gesprochen hatte, Auskunft. »Herr Menelaos und sein Diener Nestor kommen von einer Insel weit im Osten des Mittelländischen Meeres ...«

Wo denn die Insel Megiste genau liege, wollte Karl Fechternheim wissen.

Moses erklärte es. »... und weil von dort der Bernsteinhandel nach Ägypten floriert, sind wir nach Hamburg gereist, um direkte Kontakte mit Kaufleuten anzuknüpfen, die das ›Gold des Nordens‹ hier feilbieten. Die Steine, die zu uns gelangen, dünken uns wegen des Zwischenhandels von Venedig arg überteuert.«

Bartholomäus Freyberg und Karl Fechternheim nickten.

»Wohl wahr!«, entrüstete sich der Goslarer. »Wir hansischen Kaufleute leiden auch darunter, dass die *Serenissima* bei Fernhandelsgütern aus dem Osten und Süden die Preise nach Gutdünken zu diktieren vermag.«

Bartholomäus Freyberg bestätigte die Worte des Erzkaufmanns. Dann aber wandte er sich an Moses. »Übrigens, falls Euer Herr einmal meinen Streitkolben in die Hand nehmen möchte, hier, bitte!«

Der Jude reichte die Waffe an den Janitscharenoberst weiter. Im Gegenzug bekam Freyberg die des Paschas.

Nachdem beide ihr Lob über die Schlagwaffen ausgesprochen hatten, bat der »Blitz« seinen Dolmetscher, Freyberg zu sagen, dass ihm in seiner Heimat Megiste die Aufgabe des Inselhauptmanns oblag, dass er also quasi ein Berufsgenosse des Einbeck'schen Ratsherrn war, was dessen Eigenschaft als Landwehrkommandeur betraf – und bestellte für alle Anwesenden eine Runde Einbecker Fernbier.

Man rückte die Tische zusammen. Es sollte nicht bei einer

Runde bleiben, denn sowohl Bartholomäus Freyberg als auch Karl Fechternheim revanchierten sich, froh darüber, mit derart weit gereisten Leuten plaudern zu können.

Moses schaffte es trotz der vielen geleerten Bierkrüge, schnell und kompetent zu übersetzen.

Im Laufe der Unterhaltung kam das Gespräch wiederholt auf die Einkaufswünsche der Südländer zurück. War es Freyberg oder war es Karl Fechternheim, der in diesem Zusammenhang den Namen Georg Kämmerer erwähnte? Moses und der Pascha hatten daraufhin erregt aufeinander eingeredet, und es dauerte eine geraume Zeit, bis Moses sich wieder an die hansischen Tischgenossen wandte: »Herr Rat, diesen Bernsteinhändler, kennt Ihr den zufällig persönlich?«

»Ja, gerade heute war ich bei ihm im Geschäft.« Der Landwehrkommandeur zog das Leinensäckchen mit den Steinen aus der Wamsinnentasche und zeigte den Südländern stolz die erworbenen Kostbarkeiten.

Yildirim-Mustafa gratulierte seinem Kollegen zu dem guten Kauf. »Moses, frag ihn, ob er mich freundlicherweise Georg Kämmerer vorstellen könnte. Es wäre besser, wenn wir ihn nicht gänzlich unvermittelt mit der Nachricht vom Tod seines Bruders konfrontieren würden.«

Der Jude überlegte kurz, dann sagte er: »Ganz meine Meinung, mein Pascha. Aber ist es ratsam, wirklich ratsam, den Einbecker mitzunehmen, Herr? Wir haben ihm schließlich erzählt, wir kämen aus Megiste.«

Der Janitscharenoberst befühlte den Edelstein in seiner Bartspitze. »Hm, da ist was dran.« Yildirim-Mustafa ärgerte sich. Niemand hatte das bedacht! Es war natürlich ein dummer Fehler gewesen, hier in Hamburg nicht sofort als Gesandter des Großwesirs aufzutreten. Dem Bernsteinhändler die Wahrheit, aber Leuten, denen man sonst begegnete, eine andere Geschichte zu erzählen, ging in der Tat nicht an. Spätestens bei den offiziellen Gesprächen mit den hansischen Stadtoberen hatte man dann ein Problem.

Yildirim-Mustafa musterte Bartholomäus Freyberg eingehend. Vielleicht war es ein Risiko, wenn er jetzt dem Einbecker seine wahre Herkunft offenbarte, aber irgendwie erschien der Landwehrkommandeur ihm ein Mann zu sein, dem zu vertrauen er wagen sollte – schließlich handelte es sich um einen Kollegen.

Der »Blitz« wartete auf eine günstige Gelegenheit. Sie ergab sich, als Karl Fechternheim und Krögerhannes darum baten, die prächtigen Rappen in den Hausstallungen genauer betrachten zu dürfen. Der Janitscharenoberst befahl Nedschmeddin, die beiden in die Stallungen zu begleiten und ihnen den Wunsch zu erfüllen.

Als nur noch Moses und der Einbecker Landwehrkommandeur am Tisch saßen, räusperte sich der Pascha. Der Jude runzelte zwar die Stirn, aber übersetzte, wie ihm aufgetragen.

»Ich habe vorhin nicht die volle Wahrheit gesprochen«, begann der »Blitz«. »Ich heiße nicht Menelaos, sondern Mustafa, und ich bin auch nicht der Inselhauptmann von Megiste, sondern Obrist des erhabenen Sultans Bayezid – *Allah schütze ihn und schenke ihm ein langes Leben!* Meine Aufgabe ist es, dafür zu sorgen, dass die fremden Handelsleute in Konstantinopel sich an die Gesetze unseres Landes halten.«

Rat Freyberg glaubte nicht recht zu hören. Was sagte der Mann da gerade? Ein Offizier des Türkensultans war er?

Yildirim-Mustafa spürte, wie in Freybergs Kopf die Gedanken rasten. Er legte seine rechte Hand aufs Herz und verbeugte sich. »Ich weiß, es ist vermessen, Herr, aber ich möchte wegen einer diffizilen Angelegenheit Euren Rat erbitten.«

Der Pascha und der Landwehrkommandeur schauten sich in die Augen.

Träumte er? Ein Muselmane aus dem Reich des Türkenkaisers erbat sich seine Hilfe. Bartholomäus Freyberg konnte sich keinen rechten Reim auf das Verhalten des Paschas machen. Was mochte der Muselmane nur von ihm wollen?

»Dass ich mit der hiesigen Kaufmannschaft Handelskontakte anzuknüpfen wünsche, war nicht gelogen«, fuhr der Pascha fort, »aber ich komme als Gesandter meines erhabenen Padischahs und nicht im Auftrag der Megister Inselhändler.«

Rat Freyberg nickte langsam. Allmählich ahnte er die Zusammenhänge. »Ich muss gestehen, Euer Anliegen überrascht mich, doch sprecht weiter! Wer in der Fremde weilt und um Hilfe bittet, dem darf man sie als guter Christenmensch nicht verwehren. So steht es in der Heiligen Schrift.«

»Ich danke Euch, Herr Rat. Und seid versichert, dass auch in den Heiligen Schriften des Korans Gleiches geschrieben steht. Neben meiner offiziellen Aufgabe habe ich hier in Hamburg eine traurige Mission zu erfüllen.«

Dann begann Yildirim-Mustafa dem über alle Maßen verblüfften Einbecker von dem Mord an Dietrich Kämmerer in Konstantinopel zu erzählen. »Ihr erwähntet, Herr Rat, dass Ihr den Bruder von Dietrich kennen würdet. Was meint Ihr, wird er meinen Worten Glauben schenken?«

Der Einbecker Landwehrkommandeur verschränkte die Arme über der Brust. Was der Oberst ihm soeben berichtet hatte, war fürwahr eine ungeheuerliche Geschichte, aber er zweifelte nicht daran, dass sie der Wahrheit entsprach – zumal der Muselmane ihm die Goldstücke gezeigt hatte, die er Georg Kämmerer für die Bernsteinbrocken überbringen wollte, die dem ermordeten Bruder in Konstantinopel für seine Preziosen bezahlt worden waren.

Freybergs und Yildirim-Mustafas Blicke trafen sich erneut. Lange forschte der Einbecker in den Augen seines Gegenübers, dann sagte er: »Ihr scheint mir ein rechtschaffener Kämpe zu sein, Oberst. Ein Leichtes wäre es gewesen, das Gold des Ermordeten zu unterschlagen. Ich vertraue Euch. Ich werde mit Euch zu Georg Kämmerer gehen. Wenn Ihr es wünscht, noch heute.«

Nedschmeddin, Krögerhannes und Karl Fechternheim kamen aus den Stallungen zurück und setzten sich wieder zu den anderen an den Stirnwandtisch. Als Freyberg dem Marktbüttel und dem Goslarer von der Unterhaltung mit Mustafa Pascha berichtete, verschlug es ihnen erst einmal die Sprache. Dann stammelte Krögerhannes: »Meister, aber die Muselmanen beten doch den Teufel an!«

»Beherrsche deine Zunge, du Tölpel!«, herrschte ihn der Landwehrkommandeur an. »Muselmane oder nicht, der Oberst ist mit Sicherheit eine ehrlichere Haut als die verdammten Venezianer, die einen christlichen Glaubensbruder hinterrücks in der Fremde gemeuchelt haben.«

Der Landwehrkommandeur und der Janitscharenoberst kamen überein, den Bernsteinhändler zusammen mit Moses gleich nach dem Abendessen aufzusuchen. Nedschmeddin und Krögerhannes hatten derweil festgestellt, dass sie beide Freunde des Würfelspiels waren, und einigten sich mit Karl Fechternheim auf ein Spielchen.

Nachdem der Janitscharenoberst für alle noch etliche Runden Bier ausgegeben hatte, dachte der Marktbüttel schon sehr viel freundlicher über Muselmanen.

Bernardo Mattezze und Paolo Bellentene hatten sich auf gutes Fernbier im Einbecker Haus getroffen und traten in den vollen Schanksaal. Mattezze hatte eine bestens gelaunte Lucretia vom Vennerskamp'schen Landgut abgeholt. Die Angelegenheit mit der Taulieferung an die *Serenissima* war so gut wie in trockenen Tüchern.

Da plötzlich bemerkte der Venezianer die Gruppe um den Janitscharenoberst an der Stirnwand des Saales. Eilig zerrte er seinen verdutzten Begleiter wieder nach draußen.

»He, was ist denn los mit dir?«

Mattezze ballte die Fäuste. »Hast du die Leute vor der Fasswand gesehen?«

»Ja. Was ist mit denen? Du zitterst ja!«

»Vielleicht sehe ich nur Gespenster, aber ich könnte schwören, dass einer der Männer an der Stirnwand Yildirim-Mustafa ist.«

»Was?« Bellentene verstand offenbar nicht, was Mattezze ihm sagen wollte.

»Paolo, dieser Yildirim-Mustafa ist der Janitscharenoberst, in dessen Haus wir Dietrich Kämmerer erledigt haben, falls du langsam begreifst!«

»Heilige Madonna!«, murmelte Bellentene. »Das würde ja bedeuten ...« Auch er wurde eine Spur bleicher.

»Eben. Und deshalb gehst du jetzt noch einmal hinein und vergewisserst dich, dass ich keine Halluzinationen hatte. Wenn es tatsächlich Yildirim-Mustafa ist, dann trägt er einen Edelstein in seinen Bart geflochten. Aber pass auf, dass man dich nicht bemerkt.«

»Keine Sorge.« Bellentene mischte sich unter eine eintretende Gruppe von Bierdurstigen. Es waren an die fünfzehn Männer. Der alte Hausvogt geleitete sie unmittelbar neben den Tisch, an dem die Türken und die Einbecker saßen. Bellentene tat, als würde er zu der Gruppe gehören. Geschickt verstand er es, sich für ein paar Minuten so zu platzieren, dass er einiges von dem Gespräch zwischen dem vollbärtigen Muselmanen und einem großen, kräftigen Blonden mitbekam. Nach dem Essen, hörte er, würde der blonde Recke, man redete ihn mit »Herr Rat« an, mit dem Janitscharenoberst den Bernsteinhändler Kämmerer aufsuchen.

»Ja, er ist es«, sagte Bellentene, als er wieder vor der Tür stand. »Und soviel ich erlauschen konnte, will er nachher noch zu dem Bernsteinhändler.«

»Komm«, zischte Mattezze, »allerhöchste Eile ist geboten!«

Lucretia Vennerskamp saß mit ihrem Mann in dessen Schreibstube, um ihrem Bruder von der in Kürze erfolgenden Großlieferung von Tauen und Seilen an die venezianische Flotte in Kenntnis zu setzen, als Mattezze und Bellentene ins Zimmer stürzten. Die Nachricht von der Anwesenheit des Janitscharenpaschas in Hamburg schlug ein wie der sprichwörtliche Blitz.

Lucretia gewann als Erste die Fassung wieder. »Balthasar,

noch ist es nicht zu spät. Dieser Yildirim-Mustafa darf einfach nicht auf Georg Kämmerer treffen.«

Der Kaufherr ballte die Fäuste. »Überlasst das nur mir. Ich habe da eine Idee ...«

Keine halbe Stunde später tauchte der Brauherr Peter Rogge im Schanksaal des Einbecker Hauses auf und setzte sich in den Schatten eines der mächtigen Steinpfeiler. Er bestellte ein Hamburger Rotbier, wechselte ein paar Worte mit Ole Krückau und ließ dabei die Tischgesellschaft an der Saalstirnwand, der gerade die Abendmahlzeit aufgetragen wurde, keine Sekunde aus den Augen.

Nach dem Essen blieben Nedschmeddin, Krögerhannes und der Goslarer im Einbecker Haus und begannen das verabredete Spielchen; Bartholomäus Freyberg, Moses und Yildirim-Mustafa brachen zu Georg Kämmerer auf.

Der Brauer folgte ihnen in einigem Abstand. Das letzte Tageslicht lag über der Stadt. Als sie vor dem unbewohnten Haus in unmittelbarer Nähe der Bernsteinhandlung angelangt waren, an dessen Dachstuhl seit Tagen gearbeitet wurde, hob ihr Verfolger unvermittelt den Arm. Im Gebälk über ihm war ein leises Knirschen zu vernehmen. Rogge drehte sich um und machte, dass er davonkam.

21. KAPITEL

Loses Gebälk

Wenige von den merkwürdigen Gepflogenheiten der Ungläubigen entgingen Mustafa Paschas wachen Augen, seit er in den Frankenlanden weilte. So zum Beispiel verzierten sie zumeist die Giebel der Häuser mit frommen Inschriften, aber auch mit den Namen ihrer Besitzer. Die in die Balken oder die Türsturze geritzten Buchstaben waren gelegentlich sogar mit Blattgold ausgelegt. Mal wurde um göttlichen Beistand bei Feuer, Sturm oder Gewitter gebeten, mal sollte der Christengott den Bewohnern Wohlstand und langes Leben gewähren.

»Das rot geklinkerte Gebäude dort ist die Bernsteinhandlung der Kämmerers«, sagte der Landwehrkommandeur zu Moses, als die drei Männer vor dem Haus angelangt waren, dessen Dachstuhl erneuert wurde.

Der »Blitz« hatte eine Inschrift über der Eingangstür entdeckt, die ihm sonderbar erschien, denn sie bestand nur aus drei kurzen, gleichen Worten: *Ora! Ora! Ora!*

»Was heißt das?«, fragte er den Juden und trat, gefolgt von Freyberg und Moses, unter das leicht vorkragende erste Obergeschoss.

Die Neugier des Paschas rettete ihnen allen das Leben, denn in diesem Augenblick fiel mit Donnergetöse eine Balkenlawine hinter ihnen auf das Steinpflaster.

Yildirim-Mustafa überwand den Schock eine Sekunde vor seinen Begleitern. Mit einem riesigen Satz war er auf der Straße und schaute nach oben.

Überall wurden Fenster aufgestoßen.

Der Pascha sah in dem Dämmerlicht zwei Gestalten im Dachstuhl, die nach unten spähten. Sie verschwanden sofort, als die Fenster aufgingen.

»Verdammt, das galt uns! Lass niemanden aus der Tür!«,

schrie Freyberg Moses zu und rannte los. Vielleicht gab es ja einen Durchgang zu den hinter der Hauszeile liegenden Grundstücken.

Der Jude rüttelte an der Tür. Sie war verschlossen.

»Im Dachstuhl waren eben noch zwei Männer«, rief ihm der »Blitz« zu.

Moses eilte zum Pascha. »Die Haustür ist verriegelt, Herr. Was hat das zu bedeuten? Der Rat meint, es sei Absicht gewesen.«

Yildirim-Mustafa spuckte aus. »Er hat Recht. Schau dir den Haufen an, Moses! An einen Zufall mag ich auch nicht glauben. So viele schwere Balken fallen nicht einfach vom Himmel, ohne dass jemand kräftig nachhilft. Wenn die uns getroffen hätten, wäre es jedenfalls mit uns vorbei gewesen.«

Moses betrachtete die teils wadendicken ineinander verkeilten Bauhölzer. »Wem, mein Pascha, war dieser Haufen genau bestimmt? Uns oder dem Einbecker?«

Freyberg war derweil bis zur Bernsteinhandlung gerannt, hatte aber keinen Durchlass zur Hinterfront der Häuser finden können.

Georg Kämmerer, aufgeschreckt von dem Lärm, stand in der Eingangstür und war nicht wenig verblüfft, den Einbecker Landwehrkommandeur zu sehen.

»Ihr, Herr Rat? Was ist geschehen? Ich hab ein gewaltiges Krachen gehört.«

Freyberg wies auf den Balkenhaufen. »Jemand hat uns damit nur knapp verfehlt.« Er winkte dem Oberst und Moses zu kommen. »Meine beiden Begleiter und ich waren gerade auf dem Weg zu Euch.«

»Zu mir?«

»Ja.«

Der Janitscharenoberst und der Jude gesellten sich zu den Männern. Währenddessen waren viele der Anwohner auf die Straße getreten und umringten neugierig den Balkenhaufen.

»Das hier sind Oberst Mustafa aus Konstantinopel und sein

Dolmetscher Moses«, erklärte der Landwehrkommandeur dem verdutzten Bernsteinhändler. »Der Oberst hat mich gebeten, ihn zu Euch zu begleiten. Er hat ...«, Freyberg zögerte, suchte nach den richtigen Worten »... er bringt Euch Kunde über Euren Bruder.«

»Herr im Himmel! Woher? Aus Konstantinopel?«, stammelte Georg Kämmerer und erbleichte.

Das Gespräch wurde indes von einem kleinen Mädchen unterbrochen, das aufgeregt auf die Männer zulief. »Ich habe gesehen, wer die Männer waren!« Die Kleine zeigte auf das Haus gegenüber von der Baustelle. »Einen habe ich von meinem Fenster aus besonders gut im Blick gehabt. Ich war zufällig oben in der Dachstube spielen, als es so laut gekracht hat«, fügte sie hinzu.

»Würdest du ihn wiedererkennen, Kind?«, fragte Freyberg.

Die Kleine nickte. »Ein großer, dürrer Kerl mit einem Feuerkopf.«

»Mit einem Feuerkopf?«, fragte Moses nach, dem das Wort nicht geläufig war.

»Na, so einer mit rotem Haar«, sagte das Mädchen.

»Aber den anderen kannst du nicht beschreiben?«

»Nur dass er überhaupt keine Haare mehr auf dem Kopf hatte.«

Bartholomäus Freyberg bedankte sich, gab dem Mädchen eine Kupfermünze und schickte es weg.

Georg Kämmerer hatte schweigend zugehört und bat nun die Männer in sein Haus. Dort führte er sie in das Zimmer mit den Bernsteinpreziosen.

»Heute ist fürwahr ein schicksalsschwerer Tag, Herr Rat«, sagte er mit tonloser Stimme. »Aber setzt Euch erst einmal und erzählt mir, was es mit Euren Begleitern auf sich hat, die mich zu sprechen wünschen.« Höflich bot er auch dem »Blitz« und Moses einen Platz an.

Bartholomäus Freyberg musterte den Bernsteinhändler. Sein Gesicht erschien ihm wie das eines Mannes, auf dem schwerer Kummer lastete.

Georg Kämmerer starrte an dem Landwehrkommandeur vorbei. Sein Blick war auf einen Punkt in weiter Ferne gerichtet. »Nicht mehr die Ungewissheit über das Schicksal meines Bruders lässt mich verzagen. Heute Mittag erhielt ich von einem Venezianer, der aus Konstantinopel kam, Kunde, dass mein Bruder tot sei. Ermordet von elendigen Straßenräubern. Deshalb bin ich auch eben so erschrocken, als Ihr mir Eure Begleiter vorgestellt habt.« Kämmerer bedeckte die Augen mit den Händen. »Großer Gott!«, murmelte er. »Woche um Woche warte ich nun schon auf eine Botschaft von Dietrich, und heute soll mir gleich zweifach die Schreckensbotschaft übermittelt werden.«

Moses hatte seinem Herrn das Gespräch übersetzt.

Der Pascha räusperte sich, dann sagte er: »Herr, in der Tat war es mein Anliegen, Euch vom Tod Eures Bruders in Kenntnis zu setzen, zürnt deshalb bitte dem Überbringer der traurigen Kunde nicht.«

Yildirim-Mustafa öffnete seinen Geldbeutel, zählte zwölf große Goldmünzen ab und reichte sie dem Bernsteinhändler. »Ich weiß zwar nicht, wer Euch sagte, dass Euer Bruder einem Raubmord zum Opfer fiel, aber die Nachricht entspricht nicht der Wahrheit. Er wurde umgebracht, weil er den venezianischen Fernhändlern bei ihren Geschäften in Konstantinopel im Weg war. Dieses Gold gehörte ihm, und seine Mörder haben es nicht angerührt.« Dann berichtete der Janitscharenoberst von den Umständen, unter denen Georgs Bruder zu Tode gekommen war. Weder der Bernsteinhändler noch der Landwehrkommandeur unterbrachen seine Rede. Als der Pascha die Drahtschlinge erwähnte, mit der man Dietrich Kämmerer erdrosselt hatte, lauschte Rat Freyberg besonders aufmerksam.

Yildirim-Mustafa beendete seinen Bericht mit der Frage: »Erinnert Ihr Euch an den Namen des Venezianers, der Euch heute erzählte, es wäre ein Raubmord gewesen?«

»Ja. Er heißt Bernardo Mattezze. Er ist ein Gast des Kaufherrn Balthasar Vennerskamp und seiner Gattin.«

»Das erklärt zur Genüge den Anschlag!« Der »Blitz« lachte

heiser. »Bernardo Mattezze ist einer der Mörder Eures Bruders, Meister Kämmerer, nämlich der, der dem Säbel meines Dieners entkommen konnte.«

Georg Kämmerer schaute mit stierem Blick in die Runde, als könne er nicht begreifen, was ihm da gerade mitgeteilt wurde. »Aber das würde doch bedeuten, dass Dietrichs Mörder ein Gast der Vennerskamps ist. – Nein«, flüsterte er, »das kann nicht wahr sein!«

»Und doch hat sich in Konstantinopel alles so verhalten, wie ich es Euch geschildert habe«, sagte der Pascha. »Mein Diener Nedschmeddin vermag meine Worte zu bezeugen.«

Während der Janitscharenoberst geredet hatte, war Bartholomäus Freyberg die ganze Zeit über die Drahtschlinge nicht aus dem Kopf gegangen. Er bat um Gehör und wandte sich an Moses. »Bevor ich Euch gleich berichten will, weshalb ich denke, der Anschlag könnte sehr wohl auch meiner Person gegolten haben, bitte ich Euch, den werten Pascha zu fragen, ob es bei den Venezianern Sitte ist, mit Schlingen zu meucheln.«

»Es ist eher der Dolch, mit dem Mordbuben der *Serenissima* ihre Opfer töten«, wurde ihm beschieden. »Doch was ist der Grund für Eure Frage, Herr Rat?«

Daraufhin erzählte der Landwehrkommandeur dem »Blitz« von den Umständen, unter denen der Stadtbraumeister Dieter Lohe ermordet worden war, und sprach auch ausführlich über die Bierpanscherei im Einbecker Haus, seinen erschlagenen Fuhrknecht und das unglückselige Bettelweib. »… Gründe in Fülle also zu versuchen, mich schleunigst aus dem Weg zu räumen.«

Plötzlich sprang Georg Kämmerer auf und schlug sich mit der flachen Hand gegen die Stirn. »Mein Gott! Warum ist mir das nicht gleich eingefallen!«

Alle starrten den Bernsteinhändler an.

»Das Kind vorhin, das die Männer gesehen hat, die die Balken vom Dach gestoßen haben. Es hat von einem dürren Rotschopf und einem Glatzkopf gesprochen! Der Brauer Peter Rogge hat zwei Knechte, die so aussehen.« Kämmerer ballte die Fäuste. »Und es heißt, Peter Rogge und Balthasar Vennerskamp wären seit einiger Zeit Geschäftspartner.«

Moses übersetzte.

Lange befingerte Yildirim-Mustafa den Edelstein in der Bartspitze. »Ich kann mich täuschen, indes sieht es mir ganz danach aus, als hätten wir, die uns mehr oder weniger der Zufall zusammengeführt hat, einen umtriebigen gemeinsamen Feind. Und er wird nicht eher ruhen, als bis er sein Ziel erreicht hat, nämlich in den Besitz der wertvollen Bernsteinpreziosen zu gelangen.« Der Pascha tätschelte den Gepardenkopf seines Streitkolbens. »Aber bei Allah dem Gerechten, ich werde das zu verhindern wissen!«

Auch Rat Freyberg hatte jetzt seinen Streitkolben vom Gürtel gelöst und schwang ihn, als würde er einen imaginären Gegner niederstrecken wollen. »Wohl gesprochen, mein Freund, und seid Euch meiner Unterstützung gewiss.«

»Etwas müsste noch geklärt werden, mein Pascha«, gab Moses zu bedenken. »Mattezze ist immerhin ein sehr häufiger Name in Venedig.«

»Nedschmeddin wird den Hund mit Sicherheit wiedererkennen.«

»Wäre ein Aufeinandertreffen zu diesem Zeitpunkt ratsam? Ich hätte einen anderen Vorschlag…«

22. KAPITEL

Lucretia tobt und ein weiterer Brief an Maria

Peter Rogge, der Freyberg, Moses und dem Pascha zum Haus des Bernsteinhändlers gefolgt war, hatte aus sicherer Entfernung gesehen, dass die Balken ihr Ziel verfehlt hatten. Er stieß einen Fluch aus und hastete davon. Wenig später erreichte er den Rödingsmarkt. Er schaute sich vorsichtig um, aber keine Menschenseele war in Sicht! Schnell überquerte er den Marktplatz und klopfte an das Portal des Vennerskamp'schen Hauses.

»Wer da?«

Peter Rogge nannte seinen Namen. Eine Dienstmagd öffnete die Tür und führte ihn sofort hoch in das Zimmer der Hausherrin.

Balthasar Vennerskamp, Lucretia sowie Bellentene und Mattezze erwarteten den Brauherrn bereits ungeduldig. Als die Magd die Tür wieder hinter sich geschlossen hatte, sagte Balthasar Vennerskamp nur ein Wort: »Und?«

»Fuchs und Qualle haben die Sache vollkommen versiebt. Keiner hat auch nur einen einzigen Kratzer abbekommen«, antwortete Rogge. Zerknirschung und Wut waren ihm deutlich anzumerken.

Für einen Moment herrschte absolute Stille, dann redeten alle gleichzeitig auf Peter Rogge ein.

»Zum Teufel, wie konnte das bloß misslingen?«, schrie Lucretia. »Deine Leute sind doch absolute Idioten!«

»Es war nicht ihre Schuld«, versuchte Peter Rogge seine Männer zu entschuldigen. »Die drei sind genau in dem Augenblick dichter ans Haus getreten, als ich das verabredete Zeichen gab.«

Balthasar Vennerskamp fuhr sich immer wieder durch sein

schütter werdendes Haar. »Das ist doch einfach nicht zu glauben!« Er packte seinen Geschäftspartner an den Schultern und schüttelte ihn. »Da besteht die Möglichkeit, den vermaledeiten Einbecker Schnüffler und diesen dreckigen Muselmanen ein für alle Mal aus dem Weg zu räumen, und es misslingt! Weißt du eigentlich, was das für unsere weiteren Pläne bedeutet? Erst lassen sich deine beiden Idioten beim Vertauschen der Bierfässer überraschen und nun das!«

Peter Rogge riss sich los. »Hört, hört! Dein ach so zuverlässiger Vertrauter im Einbecker Haus hat ja wohl ebenfalls geschlafen!«, rief er zornig. »Außerdem – was habe ich mit denen da zu schaffen?« Er machte eine Kopfbewegung zu Mattezze und Bellentene. »Sollen sie den Mist doch gefälligst alleine erledigen, den sie verbockt haben! Unsere Abmachung war lediglich, dass ich dir helfe, das Einbecker durch unser Bier aus dem Handel zu verdrängen. Einen Dreck schert es mich, was du mit den Südländern sonst noch ausgeklügelt hast!«

»Bloß keinen Streit!«, schaltete sich Lucretia in das Wortgefecht ein. »Wir sitzen alle im selben Boot. Es ist zwar leckgeschlagen, aber noch nicht gesunken. Wo sind deine Leute abgeblieben?«

»Ich weiß es nicht. Fuchs und Qualle haben sich über die Dächer davongemacht«, sagte Peter Rogge. »Vermutlich sind sie auf Umwegen in die Bäckerstraße zurückgekehrt und warten nun dort auf mich.«

»Hat sie jemand gesehen?«

»Ich glaube nicht. Außer den dreien war niemand in der Johannisstraße unterwegs.«

Lucretia Vennerskamp schnippte mit den Fingern. »Gut. Dann hört mir jetzt einmal ganz genau zu!«

Als sie ihre Rede beendet hatte, schaute sie fragend in die Runde.

»Dein Plan ist riskant, aber wir müssen es wagen«, sagte Balthasar Vennerskamp. Mattezze und Bellentene nickten. Nur Peter Rogge schien mit Lucretias Vorschlag zu hadern. Er murmelte etwas von »mitgefangen, mitgehangen«, aber als sich alle Blicke wenig freundlich auf ihn richteten, zuckte er mit den Achseln und sagte: »Nun gut, ich bin mit von der Partie.«

Erst zu später Stunde kehrten der Landwehrkommandeur und der Janitscharenoberst aus der Johannisstraße ins Einbecker Haus zurück, während Moses zu seiner Bleibe bei einem Glaubensbruder im Hafenviertel heimkehrte. Zuvor noch hatte der Bernsteinhändler nach seinem zukünftigen Schwiegervater geschickt. Er stand genauso fassungslos vor der unerwarteten Wendung der Dinge wie Krögerhannes und Nedschmeddin, als sie im Schanksaal, sich immer noch bei einem Würfelspielchen vergnügend, von dem Anschlag und vom verbrecherischen Wirken der *Serenissima* in Hamburg erfuhren. Der Goslarer Karl Fechternheim hatte sich schon zur Ruhe begeben.

Spät in der Nacht wachte Bartholomäus Freyberg in seiner Kammer über dem Schanksaal. Leise erbrach er das Siegel seines Briefes an Maria, den er in der Früh dem Goslarer Kaufmann hatte mitgeben wollen. Er fügte zu dem schon Geschriebenen hinzu:

Mein geliebte Maria,
 die Ereignisse überstürzen sich, deshalb greife ich bei Kerzenschein zu später Stunde noch einmal zur Feder.

Ausführlich berichtete der Landwehrkommandeur seiner Frau von der Begegnung mit dem Pascha und dessen Begleitern, von dem ermordeten Bettelweib und dem misslungenen Anschlag in der Johannisstraße.

… Die hiesige Obrigkeit dazu zu bewegen, diesen Mattezze wegen des Mordes an Dietrich Kämmerer anzuklagen, erscheint mir nicht sehr erfolgversprechend. Die Vennerskamps haben überaus einflussreiche Freunde unter den städtischen Rats-

herren. Man würde dem Zeugnis von zwei Muselmanen und einem Juden kaum Glauben schenken. Wenn wir der Bande das Handwerk legen wollen, müssen wir versuchen, sie wegen der Bierpanscherei und der Morde an Ulf Buntvogel sowie der Bettlerin vor Gericht zu bringen, denn ganz eindeutig sind die Vennerskamps durch ihren Geschäftspartner, den Brauherrn Peter Rogge, mit in den Bierschwindel verwickelt. Mein Freund Henning Braake kennt übrigens den Böttchermeister Brammer recht gut. Durch ihn kann ich leicht erfahren, ob, was ich ganz stark vermute, der Brauherr Rogge der Abnehmer der Einbecker Leertonnen war, die ihm unser Wirt Heinrich Reepernfleet verkauft hatte. Verhält es sich tatsächlich so, dann ist er es, der Ulf Buntvogel auf dem Gewissen hat.

Hannes wird sich ab morgen in der Früh mit dem Juden abwechseln und das Haus am Rödingsmarkt nicht aus den Augen lassen. Moses hat Mattezze, den Mörder von Kämmerer, mehrmals in Konstantinopel gesehen. Ist dieser Bernardo Mattezze in Hamburg tatsächlich ein und derselbe Mann, ist er mit größter Wahrscheinlichkeit auch derjenige, der unseren Stadtbraumeister umgebracht hat, dafür spricht der Gebrauch der Drahtschlinge. Morgen, meine Liebste, ist ein Tag, von dem ich mir erhoffe, dass wir ausreichend Beweise zusammentragen, um die Schurken ihrer gerechten Strafe zuzuführen.

Sorgfältig erneuerte Rat Freyberg das Siegel des Briefes. Während Krögerhannes leise vor sich hin schnarchte, übermannte der Schlaf den Landwehrkommandeur erst in der Morgendämmerung.

23. KAPITEL

Ein unredlicher Botenjunge

»Elisabeth, wo bist du? Die Quarkkringel sind fertig.« Frau Braake stand schon seit den frühen Morgenstunden in der Küche und kochte. Endlich zeigte sich die Sonne einmal wieder in Hamburg, und die Arbeit ging der fleißigen Schmiedin leicht von der Hand.

»Moment, Mutter, ich will bloß erst noch etwas Passendes zum Tragen aus der Speisekammer holen.«

Kurz darauf eilte Elisabeth Braake in die Küche und legte die Gebäckstücke vorsichtig in einen flachen Henkelkorb. Georg Kämmerers zukünftige Gattin war eine Frau von zierlicher Gestalt, die dem Bernsteinhändler kaum bis zur Schulter reichte. Doch wenn es um schwere Haushaltsarbeiten ging, dann stand sie ihrer stämmigeren Mutter in nichts nach.

»Die Männer werden langsam Hunger haben, also sei nicht säumig!«, ermahnte sie die Schmiedemeisterin, die die Angewohnheit ihrer Tochter kannte, mit jedem Bekannten auf der Straße erst einmal ein kleines Schwätzchen zu halten.

Elisabeth lachte. »Versprechen mag ich's nicht, aber bemühen werde ich mich schon. Schließlich darf mein Liebster nicht vor Hunger sterben.«

»Dann geh jetzt, Kind, und vergiss deinen guten Vorsatz nicht!« Die Mutter drückte würziges Hühnerklein in schiffchenförmige Blätterteigpastetchen.

Elisabeth naschte ein paar Brocken von der Füllung. »Soll ich dann gleich wiederkommen, um die Pasteten abzuholen?«

»Nicht nötig, ich bringe sie selbst. Doch warte auf mich in der Bernsteinhandlung. Wir müssen noch Schmuckborte für dein Brautkleid aussuchen. Das könnten wir danach erledigen.«

»Ja, Mutter.« Elisabeth Braake ergriff den Henkelkorb und verließ das Haus.

Wieder und wieder musste wegen Georgs Bruder die Hochzeit verschoben werden. Natürlich war es auch für Elisabeth ein Schock, als sie vom tragischen Tod Dietrichs erfuhr, den sie kaum gekannt hatte. Dennoch war sie gleichzeitig auch darüber erleichtert, dass das qualvolle Warten ein Ende hatte. Anfang Dezember sollte endlich Hochzeit gehalten werden.

Elisabeth blinzelte in die Sonne, die die Stadt sauber und frisch wie an einem Frühlingsmorgen leuchten ließ. Einen so schönen Tag hätte sie sich eigentlich für ihr besonderes Fest gewünscht. Kurz vor Weihnachten war es bestimmt wieder ungemütlich kalt und nass.

Die Hamburger, in diesem Jahr wahrlich nicht gerade mit Prachtwetter verwöhnt, bevölkerten die Gassen und Straßen in Scharen. Elisabeth zwängte sich flink zwischen zwei dicken Matronen hindurch.

In Gedanken versunken, bemerkte sie den Jungen nicht, der ihr folgte, seit sie das Haus verlassen hatte. An der nächsten Straßeneinmündung überholte er sie und sprach sie an. »Du bist doch die Elisabeth vom Schmiedemeister Braake.«

»Ja, die bin ich«, sagte Elisabeth und musterte den Knaben, dessen mageres Gesicht sie an ein Nagetier erinnerte.

»Dein Vater lässt dir ausrichten, dass du zum Lagerschuppen vom Tuchhändler Müller kommen möchtest.«

»Mein Vater?« Elisabeth war noch nie beim Lagerschuppen des Tuchhändlers gewesen. »Hat er gesagt, warum?«

»Nein. Er gab mir eine Münze und meinte nur, es wäre eilig.«

»Wo ist denn dieses Tuchlager?«

»Ach ja, das sollte ich dir auch noch ausrichten: im Durchgang hinter dem Bierschuppen vom Einbecker Haus.«

Was mochte der Vater wohl so eilig wollen? Eigentlich hatten sie doch den Stoff für das Brautkleid bei einem flandrischen Händler im Hafen kaufen wollen. Aber vielleicht hatte sich ja zufällig eine günstigere Gelegenheit ergeben.

»Dann hätte ich eine Bitte.« Sie gab dem Jungen einen Quarkkringel. »Du weißt, wo wir wohnen?«

»Ja.«

»Bestell meiner Mutter, dass ich erst zu Meister Müllers Tuchlager und dann in die Bernsteinhandlung gehe. Kannst du das behalten?«, fragte sie und lächelte den Knaben freundlich an. Er schien Hunger zu haben.

»Sicher.« Der Junge biss in den Quarkkringel und verschwand in der Menge.

Aber er lief nicht zu Henning Braakes Schmiede, sondern rannte zu einem rothaarigen, hageren Mann, der ihn hinter der nächsten Straßenecke mit einem Silberstück erwartete.

24. KAPITEL

Ein ereignisreicher Markttag

Das schlechte Wetter der letzten Wochen war wie ein Spuk verschwunden. Die herbstliche Morgensonne wärmte, wie sie es den ganzen Sommer über versäumt hatte. Gleich nach dem Frühstück hatte Bartholomäus Freyberg dem nach Goslar zurückkehrenden Erzkaufmann den Brief an seine Frau mitgegeben und machte sich mit seinem Freund Henning Braake auf den Weg zu Böttchermeister Brammer. Als Hauptquartier ihrer Ermittlungen war die Bernsteinhandlung bestimmt worden. Yildirim-Mustafa, Nedschmeddin und Moses hielten sich dort mit Georg Kämmerer bereit, falls man ihre Hilfe benötigte.

Derweil mischte sich Krögerhannes unter das zahlreiche Volk, das auf den Rödingsmarkt zum Einkaufen gekommen war. Nach einigem Überlegen bezog er einen Beobachtungsposten direkt gegenüber dem Hauptportal des Vennerskamp'schen Hauses hinter den abgestellten Pferdewagen der Händler.

Neben den Wagen verkaufte ein Bauer Gemüse. Er hatte Möhren, Kohlköpfe und Lauchstangen auf einem Brettergestell zu drei appetitlichen Pyramiden aufgeschichtet. Hin und wieder, wenn er keine Kundschaft hatte, hielt er ein kleines Schwätzchen mit Krögerhannes.

Der Marktbüttel trug wieder seine Alltagskleidung. Dass Vennerskamp oder einer der Venezianer in ihm den festlich gewandeten Begleiter des Einbecker Ratsherrn auf dem Nordlandfahrerbankett wiedererkennen würde, war auszuschließen, zumal sich wegen des guten Wetters große Massen von Kaufwilligen durch die Gassen der Marktstände schoben.

Zwei Stunden beobachtete der Einbecker nun bereits das Vennerskamp'sche Haus, aber nur eine junge Frau mit einem großen Henkelkorb, offenbar eine Dienstmagd, hatte es verlassen. Krögerhannes gähnte. Zum Glück war verabredet worden, dass Moses ihn zur elften Morgenstunde ablöste.

Der Marktbüttel war noch immer reichlich verkatert. Er, Nedschmeddin und der Goslarer hatten während ihres Würfelspiels dem guten Einbecker Bier kräftig zugesprochen. Seine Meinung, was die Südländer betraf, hatte Krögerhannes, zumindest im Fall des glatzköpfigen Muselmanen, berichtigen müssen. Der Diener des Stadthauptmanns von Konstantinopel war ein prächtiger Kerl. Trotz seiner dürftigen Sprachkenntnisse war er immer zu einem Scherz aufgelegt – besonders mit den Schankmägden –, und spendabel war er obendrein. Von den fünf Runden Bier hatte er ohne Murren drei übernommen.

Krögerhannes trat einen Schritt zurück. Eines der ausgespannten Karrenpferde vergrößerte den Mistberg unter sich. Der Marktbüttel musste an die Fuhrknechte auf den Heringswagen denken und den fauligen Gestank, wenn die Sonne wie jetzt schien, ohne dass sich ein Lüftchen regte. Wie weit mochte der Wagenzug schon gekommen sein? Und ob eingesalzen oder nicht, Ulf Buntvogels Leiche würde bestimmt auch keine Wohlgerüche verbreiten. Da waren ihm die dampfenden Pferdeäpfel doch lieber.

Einer der venezianischen Gäste Vennerskamps, die der Marktbüttel auf dem Nordlandfahrerbankett gesehen hatte, trat aus dem Haus in die warme Sonne. Er blinzelte und öffnete dann sein dickes Wams. Auf der grünen Samtweste, die darunter zum Vorschein kam, blitzte es auf.

Krögerhannes, der gerade erneut herzhaft gähnte, vergaß fast, den Mund wieder zu schließen: Der Südländer, mit dem Stadtbraumeister Lohe im Gasthaus »Stern« aneinander geraten war, hatte eine ebensolche Weste mit kristallenen Knöpfen getragen! Er erinnerte sich noch gut an die glitzernde Glasperle, die er selbst in Einbeck im Morast hinter dem »Stern« gefunden hatte.

Der Venezianer schlenderte langsam in Richtung Rathaus davon. Krögerhannes, nun mal nicht der schnellste Denker, war hin- und hergerissen, ob er dem Venezianer jetzt folgen oder ob er weiterhin wie beauftragt den Hauseingang beobachten sollte. Die Entscheidung wurde ihm abgenommen, weil der Südländer plötzlich in der Marktmenge verschwunden war und Hannes ihn nicht mehr zu entdecken vermochte, sosehr er die Marktgassen auch mit Blicken absuchte. Dafür tauchte die vertraute Gestalt von Ole Krückau mit einem großen tönernen Bierkrug vor der Haustür der Vennerskamps auf. Offenbar hatte man den Hausvogt erwartet, denn die Tür wurde ihm in dem Moment geöffnet, als er die Hand nach dem Türklopfer ausstreckte.

›Gütiger Herr im Himmel‹, durchfuhr es den Marktbüttel. Hatte der Meister nicht gesagt: »*Eines steht fest, Hannes, die Panscher haben hier einen Vertrauten im Einbecker Haus!*«? Aber dann beruhigte sich Krögerhannes gleich wieder. Reepernfleets Knechte belieferten schließlich auch die reichen Bürger mit den Bieren vom Einbecker Haus. Da legte sich von hinten eine Hand auf Krögerhannes' Schulter. Er fuhr herum, als hätte man ihm einen derben Schlag versetzt.

»Ich bin's doch bloß, Moses!« Der Jude grinste ihn an. Die Ablösung. Der Marktbüttel atmete erleichtert aus. »Ach, gut, dass du schon da bist. Ich muss sofort zum Meister. Einer von Vennerskamps Gästen ist der Mörder unseres Braumeisters.« Hastig erstattete er dem Juden Bericht.

»Wo ist er jetzt?«

»Keine Ahnung. Er hat sich in Richtung Rathaus davongemacht.«

»Und der Hausvogt?«

»Der ist noch drinnen.«

»Gut. Dann lauf los und lös mich in zwei Stunden wieder ab!«

Krögerhannes war nur eine knappe halbe Stunde weg, als der Südländer zum Vennerskamp'schen Haus zurückkehrte. Im Sonnenlicht blitzten die Glasperlen an seinem Wams, und Moses hielt unwillkürlich den Atem an, als er sich dicht an ihm vorbei durch das Marktgedränge schob. Nein, es bestand kein Zweifel: Der Mann war Bernardo Mattezze, Andrea Cornettis zeitweiliger Handelsagent in Konstantinopel. Der Jude wartete nicht länger auf seine Ablösung, sondern begab sich umgehend in die Bernsteinhandlung.

Der Einbecker Landwehrkommandeur und Henning Braake waren bereits von ihrem Besuch bei Böttchermeister Brammer zurückgekehrt. Der hatte tatsächlich alle Einbecker Leertonnen an den Brauer Peter Rogge weiterverkauft.

Nachdem Moses ausgeredet hatte, schaute Bartholomäus Freyberg in die Runde. »Damit ist diese Mörderbande geliefert!«

Jemand pochte an der Haustür. Georg Kämmerer erhob sich.

Henning Braakes Frau hatte für die Männer einen Mittagsimbiss gebracht. »So, das ist die zweite Fuhre«, sagte sie, als sie ein mit einem Leinentuch bedecktes Backblech ins Zimmer trug. »Hühnerkleinpastetchen. Wie haben euch denn meine Quarkkringel geschmeckt?«

»Wovon redest du, Frau?« Henning Braake runzelte die Stirn.

»Na, von den Quarkkringeln, die ich Elisabeth vorhin für euch mitgegeben habe.«

»Elisabeth soll uns etwas zu essen gebracht haben?« Henning Braake schaute seinen zukünftigen Schwiegersohn fragend an; der schüttelte den Kopf. »Hier ist sie nicht gewesen. Ich, der Oberst und er«, er deutete auf Nedschmeddin, »haben das Haus den ganzen Vormittag über nicht verlassen.«

»Wann hast du sie denn hergeschickt?«, fragte Braake.

»Vor einer knappen Stunde. Seltsam, dass sie noch nicht hier ist«, antwortete seine Frau.

Georg Kämmerer lächelte. »Ach, wie ich meine Liebste kenne, wird sie unterwegs eine Freundin getroffen und sich verplauscht haben.«

Die Schmiedin seufzte. »So wird es wohl sein. Elisabeth ist ein liebes Kind, aber wenn sie einer ihrer Busenfreundinnen begegnet, vergisst sie nur allzu oft die Zeit darüber.«

Die elfte Morgenstunde wurde angeschlagen. Aber auch als die Glocken der Sankt-Nikolai-Kirche zu Mittag läuteten, war die Verlobte des Bernsteinhändlers noch immer nicht in der Johannisstraße erschienen.

25. KAPITEL

Ole Krückau überschätzt sich

Balthasar Vennerskamp winkte Lucretia ans Fenster. »Der kleine Dicke da unten mit den vorstehenden Zähnen, der starrt die ganze Zeit über auf unser Haus. Irgendwo habe ich den doch schon gesehen.«

»Wo steht er denn?«

»Hinter den Pferden neben dem Gemüsestand.«

Die Hausherrin nickte langsam. »Den kenne ich auch. Solche Hasenzähne, wie der im Gesicht hat, vergisst niemand so schnell. Er hat beim Nordlandfahrerbankett an Kämmerers Tisch gesessen.«

»Aber das bedeutet, dass man unser Haus überwacht!« Vennerskamp konnte die Aufregung nicht aus seiner Stimme heraushalten.

Lucretia zuckte mit den Achseln. »Das war doch zu erwarten, oder? Bernardo, komm her, und du auch, Paolo!«

Beide traten zu den Vennerskamps ans Fenster.

»Sicher, das ist einer von den Einbeckern«, knurrte Mattezze.

»Eindeutig«, bestätigte Bellentene.

Balthasar Vennerskamp ließ sein Nürnberger Ei aufschnappen. »Wenn alles nach Plan verlaufen ist, müssten Fuchs und Qualle jetzt ihre Arbeit erledigt haben.«

Bernardo Mattezze griff nach seiner Weste. »Ich werde bei Peter Rogge vorbeischauen, ob alles geklappt hat.«

»Pass auf, falls dir der Schnüffler folgen sollte«, warnte ihn Lucretia.

»Pah, wenn, dann schüttele ich den leicht ab.«

Vor dem Vennerskamp'schen Haus betrachtete Mattezze einen Moment das rege Markttreiben. Langsam knöpfte er seine Weste auf und musterte dabei den Einbecker aus den Augenwinkeln. Dann entfernte er sich schnellen Schrittes in Richtung Rathaus.

Lucretia, ihr Gatte und Bellentene sahen, wie Krögerhannes Mattezze zwar hinterherschaute, ihm aber nicht folgte.

Plötzlich sagte der Kaufherr: »Was, zum Teufel, will denn Ole Krückau ausgerechnet jetzt von uns!« Er hatte Reepernfleets Hausvogt erspäht, wie der auf das Haus zusteuerte.

»Bernardo hat vorhin die Magd wegen Bier zum Einbecker Haus geschickt, aber denen waren gerade die großen Krüge ausgegangen«, klärte Bellentene die Vennerskamps auf. »Man versprach, uns das Bier vorbeizubringen.«

»Wimmel ihn unbedingt an der Tür ab, falls er mit mir reden will«, befahl der Hausherr. »Dieser Idiot! Dabei habe ich ihm doch ausdrücklich verboten, hier aufzukreuzen.«

Kaum war Paolo Bellentene gegangen, tauchte Moses hinter dem Einbecker Marktbüttel auf.

»Da, er wird abgelöst! Wer ist der Mann?«, fragte Lucretia.

»Ich weiß es nicht«, wurde ihr beschieden.

Doch der Hausvogt des Einbecker Hauses war nicht abzuwimmeln. Zusammen mit dem schulterzuckenden Bellentene erschien er im Zimmer.

»Was willst du?«, herrschte ihn Balthasar Vennerskamp an. »Rogge und ich haben dir doch strikt untersagt, dich bei uns blicken zu lassen.«

Reepernfleets Faktotum grinste nur und machte mit Daumen und Zeigefinger die Geste des Geldzählens. »Besondere Umstände bedingen eben besonderes Handeln.«

»Was soll das?« Zum zweiten Mal an diesem Morgen hatte Vennerskamp Mühe, sich unter Kontrolle zu halten. »Ein gutes, großes Silberstück haben wir dir für jedes ausgetauschte Fass gegeben. Du willst mich doch nicht etwa erpressen?«

»Ach bewahre, Herr, erpressen – was für ein garstiges Wort! Mein Schweigen will ich ein wenig belohnt wissen.« Der Alte verzog die dünnen Lippen zu einem Grinsen

Vennerskamp wollte schon wieder aufbrausen, aber Lucretia

fiel ihm ins Wort. »Lass ihn doch erst sagen, was er vorzubringen hat, Balthasar.«

Ole Krückau deutete eine Verbeugung an. »Recht hat sie, die Herrin. Mit unserer Abmachung, was das Einbecker Fernbier betrifft, hat meine ...«, Ole Krückau sprach das nachfolgende Wort fast mit Genuss aus, »... meine *Bitte* um ein paar läppische Goldstücke nichts zu tun.«

»Du Schwein«, knurrte Vennerskamp, »ich werde dich ...«

»Unterbrich ihn nicht«, sagte Lucretia leise.

»Danke, Herrin!« Ole Krückau stellte den Bierkrug ab, den er die ganze Zeit über in der Hand gehalten hatte. »Gerade vorhin habe ich einen Blick in den Durchgang hinter dem Bierlager vom Einbecker Haus geworfen, weil ich einen von unseren Schankknechten suchte, der Euch das Bier bringen sollte. Da wurde ich Zeuge einer höchst merkwürdigen Begebenheit.«

Lucretia gab Paolo Bellentene ein Zeichen, das der Alte nicht bemerkte. Der Venezianer trat wie beiläufig einen Schritt näher an Ole Krückau heran.

»Denn wen sah ich doch da? Die kleine Elisabeth Braake und direkt hinter ihr Fuchs und Qualle. Die beiden haben das Mädchen wohl angesprochen, denn die Kleine hat sich zu ihnen umgedreht.«

Balthasar Vennerskamps Augen verengten sich zu Schlitzen. »Und weiter?«

»Tja, was weiter? Plötzlich waren alle drei verschwunden.«

»Na und?« Der Kaufherr musterte den Hausvogt. »Was habe ich mit der Angelegenheit zu schaffen?«

»Nun, ich denke, eine ganze Menge. Als Fuchs und Qualle einige Minuten später wieder aufgetaucht sind, haben sie ein großes Fass auf einem Handkarren zum hinteren Ende des Durchgangs gefahren.« Ole Krückau lächelte. »Da war natürlich meine Neugier geweckt, und ich wollte wissen, was die beiden da abzutransportieren hatten. Ich bin ums Lager herum zu der Gasse gerannt, in die der Durchgang mündet. Und ratet mal, wer dort mit einem Pferdewagen auf sie wartete!«

Vennerskamp schwieg.

»Wollt Ihr es wirklich nicht wissen?«

»Sollte mich das interessieren?«, fragte der Handelsherr.

»Ich meine schon. Oder interessiert es Euch nicht, dass Euer Freund Peter Rogge höchstpersönlich mit Hand angelegt hat, das Fass mit seinen beiden Burschen aufgeladen hat und dann damit zu seinem Brauhaus gefahren ist?«

Auf Vennerskamps Stirn glänzten Schweißtropfen. »Was, zum Henker, geht mich Peter Rogges Treiben an?«

Ole Krückau lachte. »Auch nicht, wenn in dem Fass Kämmerers Verlobte weggeschafft wurde?«

Balthasar Vennerskamp erstarrte. »Du redest wirr«, flüsterte er heiser.

»Tatsächlich? Aber vielleicht erinnert Ihr Euch daran, dass das, was die Gäste im Einbecker Haus so alles reden, mir selten verborgen bleibt. Deshalb bin ich auch bestens im Bilde, wie wichtig es für Euch ist, in den Besitz von Georg Kämmerers Bernsteinpreziosen zu gelangen.«

Unvermittelt sagte Lucretia: »Wo ist Hilde?«

Balthasar Vennerskamp schaute seine Frau an. Hilde war ihre Dienstmagd. »Na, immer noch die Einkäufe erledigen.« Dann wandte er sich wieder dem Hausvogt zu: »Du redest wirklich wirr, alter Mann. Ich sehe nicht ein, warum ich dir auch nur einen Kupferling geben sollte für deine Hirngespinste.«

»Oh, aber wäre das weise, werter Herr? Ich bin überzeugt, Georg Kämmerer wäre spendabler als Ihr, wenn er erfahren würde, wer seine Braut entführt hat.« Ole Krückau rieb nochmals Daumen und Zeigefinger aneinander.

Lucretia nickte. »Wie viel kostet dein Schweigen?«

Bellentenes Körper straffte sich.

Der Hausvogt strahlte über das ganze Gesicht. »Hört Ihr, Herr? Schließt Euch besser der klugen Einsicht Eurer werten Gattin an.«

»Gut, also wie viel forderst du?«, sagte Vennerskamp, der nun das Drahtseil in den Händen des Venezianers sah.

Ole Krückaus Antwort war ein Röcheln, das erst erstarb, als der Hausvogt nach heftigem, aber vergeblichem Aufbäumen erschlaffte und mit aus den Höhlen quellenden Augen zu Boden glitt.

»Diese miese Ratte!« Bellentene löste den Draht vom Hals des Hausvogts, der sich tief in dessen Fleisch eingegraben hatte.

Lucretia schüttelte den Kopf. »Nicht nur gierig, sondern auch blöd!«

Balthasar Vennerskamp versetzte der Leiche einen Tritt. »Er muss hier weg, bevor Hilde kommt. Los, Paolo, wir schaffen ihn in den Keller. Falls Bernardo in der Zwischenzeit zurück und unser Plan geglückt ist, dann sag ihm, dass er umgehend wieder zu Peter Rogge muss. Fuchs und Qualle sollen mit dem Wagen bei uns am Hinterausgang halten, wenn sie Georg Kämmerers Braut aus der Stadt schaffen.« Er versetzte der Leiche einen weiteren deftigen Tritt. »Diesen größenwahnsinnigen Schuft können sie dann auch gleich mit abkarren.«

Während der Hausvogt im Keller das Schicksal von Elisabeth Braake teilte und in ein leeres Fass gezwängt wurde, kam Bernardo Mattezze zum Rödingsmarkt zurück. Bevor er das Vennerskamp'sche Haus betrat, ließ er den Blick über das Markttreiben schweifen. Den Einbecker Schnüffler bei den Pferden der Markthändler konnte er nicht entdecken, wohl aber dessen Vertreter. Der Venezianer erstarrte für eine Sekunde, denn der Mann war ihm kein Unbekannter.

»Und, was ist?«, empfing Lucretia ihren Landsmann mit vor Aufregung zitternder Stimme. »Haben sie die Kleine?«

»Unser Plan ist wie gewünscht vonstatten gegangen. Die Idee mit der Entführung im Durchgang war ausgezeichnet. Wo sind Paolo und dein werter Gemahl?« Mattezze schaute sich um.

Hastig berichtete Lucretia von Ole Krückaus Erpressungsversuch.

Der Venezianer runzelte die Stirn. »Sieh mal einer an, dieser Halunke! Na gut, ein Mitwisser weniger immerhin! Aber es empfiehlt sich dringend, unsere Pläne abzuändern. Ich muss auf der Stelle mit Paolo die Stadt verlassen und nicht erst wenn Fuchs und Qualle wieder zurück sind, wie es besprochen war.«

»Warum das denn?«

»Unten steht einer von Yildirim-Mustafas Männern. Ein jüdischer Tuchhändler. Ich hatte vor Jahren einmal mit ihm geschäftlich in Konstantinopel zu tun. Im Einbecker Haus ist er mir nicht aufgefallen. Aber er reist sicher mit dem Janitscharenoberst.« Bernardo Mattezze trat zum Fenster. »Wenn der Pascha, sein Diener und der Jude, wenn sie alle bezeugen, dass die Geschichte, die ich Georg Kämmerer aufgetischt habe, nicht stimmt, dann wird der Bernsteinhändler mich ziemlich bald zur Rede stellen wollen.«

Lucretia nickte. »Du hast Recht. Eine derartige Situation müssen wir um jeden Preis vermeiden.«

»Außerdem macht es mich nervös, dass die Einbecker hier in Hamburg sind. Wie es der Teufel will, kann man auch nicht ausschließen, dass einer von ihnen sich an Paolo und mich erinnert.«

»Der mit den Hasenzähnen ist dir vorhin übrigens nicht gefolgt«, sagte Lucretia.

»Ich weiß.« Bernardo Mattezze schaute auf den Markt. »Komisch, jetzt ist auch der Jude verschwunden.«

»Dann geh und sag Peter Rogge Bescheid!«

Der Venezianer nickte. »Paolo soll derweil schon unsere Sachen packen.«

»Gut, Balthasar und ich stoßen dann zu euch, sobald Fuchs und Qualle diesen Rattenkadaver abgeholt haben.«

26. KAPITEL

Das Ultimatum

Im Haus des Bernsteinhändlers herrschte eine gedrückte Stimmung. Überall war nach Elisabeth gesucht worden, auf den Märkten, ja, selbst im Hafen hatten Georg Kämmerer, der Schmied und seine Frau die Leute befragt. Während die Schmiedin nach Hause zurückgekehrt war, hielten die Männer in der Johannisstraße Rat.

Mustafa Pascha saß auf einem Schemel vor dem Regal mit den Bernsteinpreziosen und betastete den Edelstein in seiner Bartspitze, dann sagte er zu Moses und Nedschmeddin: »Wir haben unsere Feinde gehörig unterschätzt. Es gibt keine andere Erklärung für das Verschwinden der jungen Braut, als dass man sich ihrer bemächtigt hat, um an Kämmerers Steine zu gelangen. Rat Freyberg hat Recht. Wir dürfen ihnen die Initiative nicht weiter überlassen. Aber warten wir erst einmal ab, was Hannes in Erfahrung bringen kann.«

Kaum hatte der Janitscharenoberst ausgeredet, stürmte der Einbecker Marktbüttel aufgeregt ins Zimmer. »Sie sind anscheinend alle ausgeflogen! Erst sind die beiden Venezianer davongeritten, etwa eine Stunde nachdem Moses mich abgelöst hat, und um die zweite Mittagsstunde herum dann Vennerskamp und seine Frau.«

»Woher willst du das so genau wissen?«, fragte der Landwehrkommandeur.

»Der Bauer, der seinen Marktstand genau gegenüber vom Vennerskamp'schen Haus aufgebaut hatte, konnte sich recht gut an alles erinnern, weil er sowohl die Haus- als auch die Hoftür immer gut im Blick hatte.«

»Und was ist mit dem Hausvogt?«

»Den hat der Bauer nicht bemerkt, weil er wahrscheinlich gerade mit einem Kunden beschäftigt war, als der gekommen ist.

Ich würde denken, der Hausvogt ist unterdessen zum Einbecker Haus zurückgekehrt.«

»Aber gesehen, wie er das Haus wieder verlassen hat, das hat der Bauer nicht?«, hakte Freyberg nach.

Krögerhannes zuckte mit den Achseln. »Es herrscht immer noch ziemliches Gedränge auf dem Markt. Da entgeht einem leicht jemand, der nicht gerade hoch zu Ross sitzt. Die Vennerskamps und die Venezianer scheinen einen längeren Ausritt zu unternehmen. Dem Bauern war nämlich aufgefallen, dass die Pferde dick gefüllte Satteltaschen trugen.«

»Dann geh jetzt noch einmal zum Rödingsmarkt und befrage das Hausmädchen unauffällig, wohin ihre Herrschaften denn geritten sind. Und dann lockst du mir Ole Krückau unter einem Vorwand her. Irgendwie habe ich das Gefühl, dass er in alles verwickelt ist. Ich möchte mich doch gerne einmal eingehender mit ihm über das eine oder andere unterhalten.«

»Ich werde ihm am besten sagen, dass er einen Krug Bier beim Bernsteinhändler Kämmerer vorbeibringen soll.«

»Genau, das klingt unverfänglich.«

Krögerhannes eilte davon, Moses übersetzte Freybergs Plan.

Yildirim-Mustafa erhob sich und verschränkte die Arme vor der Brust. »Mein geschätzter Kollege!«, wandte er sich an Rat Freyberg. »Ich denke, dass wir baldmöglichst diesem Brauer Rogge einen kleinen Besuch abstatten sollten, wie Ihr bereits vorhin vorgeschlagen hattet.«

»Unbedingt. Aber vorerst will ich noch ein paar ernste Worte mit Ole Krückau reden.«

Nedschmeddin betrachtete die Narbe auf seiner linken Hand. »Bei Allah, ich kann es kaum erwarten, diesen Matteze wiederzusehen! Ich hoffe nur, dass er uns nicht entwischt ist.«

Georg Kämmerer hatte die ganze Zeit über starr zu Boden geschaut, jetzt erhob er sich wortlos und verließ das Zimmer. Als er wenig später wieder eintrat, steckte in seinem Gürtel ein langer Dolch. »Der ist für dich«, sagte er und gab Henning Braake einen Morgenstern.

Moses spitzte die Ohren. »Da stößt jemand unten die Haustür auf. Das kann doch unmöglich schon Hannes sein.«

»Nein. Ich erkenne die Schritte. Es ist meine Frau.« Henning Braake eilte zur Zimmertür und riss sie auf. »Ist Elisabeth wieder da?«, rief er ihr entgegen.

Die Schmiedin war völlig außer Atem und unfähig, auch nur ein klares Wort herauszubringen. Stattdessen brach sie in Tränen aus und gab ihrem Mann mit zitternden Fingern einen Zettel.

Rat Freybergs Freund las und lief rot im Gesicht an. »Diese Teufel!« Er reichte den Zettel an den Landwehrkommandeur weiter.

»Wenn Euer Eidam seine Braut lebend wiedersehen will, dann soll er alle seine Bernsteinvorräte an einen Ort bringen, der Euch noch benannt wird. Solltet Ihr es wagen, die Stadtwache zu informieren, dann hebt schon jetzt ein Grab für Eure Tochter aus.«

Moses übersetzte die Botschaft auch für den Pascha und Nedschmeddin, danach breitete sich Totenstille aus. Der Schmied hielt seine hemmungslos schluchzende Frau im Arm, und Georg Kämmerer sah aus, als würde er jeden Moment wie vom Schlag getroffen daniedersinken.

»Wann ist die Nachricht gekommen?«, fragte der Landwehrkommandeur.

»Gerade eben«, antwortete die Schmiedin und wischte sich die Tränen aus dem Gesicht.

»Und wie ist sie überbracht worden?«

»Ein Stein. Sie war um einen Stein gewickelt. Jemand hat ihn über die Hofmauer geworfen.«

Schließlich nahm Rat Freyberg den Juden und seinen Kollegen zur Seite. »Was ratet Ihr zu tun?«

Mustafa Pascha räusperte sich. »Nun, die städtischen Ordnungshüter in die Angelegenheit mit einzubeziehen, verbietet sich meiner Ansicht nach. Unsere Feinde werden die Stadtwache beobachten lassen oder haben vielleicht sogar einen Vertrauten unter den Bütteln. Nein, wir müssen umsichtig vorgehen. Umsichtig und unerbittlich zugleich. In Konstantinopel würde ich so verfahren: Ich würde mir einen der Kerle vorknöpfen und ihn von meinem Diener befragen lassen.« Yildirim-Mustafa lächelte. »Wen Nedschmeddin der Folter unterzieht, der redet.«

Bartholomäus Freyberg nickte grimmig. »Euer Diener soll noch heute Gelegenheit bekommen, seine Künste anzuwenden. Sobald es dunkel ist, möchte ich Euch alle bitten, mit uns den Brauer Rogge zu besuchen.«

Mustafa Pascha legte seine rechte Hand aufs Herz und verneigte sich.

Laut sagte der Landwehrkommandeur: »Meister Braake, Meister Kämmerer, mein Kollege und seine Begleiter haben sich erboten, uns weiterhin behilflich zu sein. Wir werden ...«

Als Rat Freyberg seinen Plan erläutert hatte, fragte der Bernsteinhändler: »Aber was machen wir, wenn wir Peter Rogge nicht antreffen?«

Seine Frage blieb ohne Antwort, denn just in diesem Moment stürmte Krögerhannes ins Zimmer. »Meister! Ole Krückau ist auch verschwunden. Rogges Handlanger sind mit einem Wagen und zwei großen Fässern aus der Stadt gefahren, kurz bevor die Vennerskamps weggeritten sind.«

Bartholomäus Freyberg drückte den aufgeregten Marktbüttel auf einen Schemel. »Nun mal langsam und der Reihe nach, Hannes! Ole Krückau ist also auch verschwunden. Von wem hast du das erfahren?«

»Von Heinrich Reepernfleet selbst. Der Hausvogt sollte zur Mittagsstunde eine lünische Bierladung in Empfang nehmen, seitdem suchen ihn die Schankknechte überall.«

Moses übersetzte. Der Landwehrkommandeur kratzte sich am Kopf. Sein Blick kreuzte sich mit dem des Janitscharen. »In der Tat ist das ein seltsamer Zufall. Aber weiter, Hannes. Rogges Handlanger haben die Stadt verlassen? Wer will denn das gesehen haben?«

»Na, Vennerskamps Hausmagd. Das heißt, gesehen hat sie es

eigentlich nicht. Ich habe vorgegeben, mich bei ihrem Herrn als Hausbursche verdingen zu wollen, und habe sie in ein Gespräch über alles Mögliche verwickelt. Da hat sie mir anvertraut, dass die Vennerskamps vorerst nicht in die Stadt zurückkommen würden. Ich fragte, wie lange sie denn wohl fortblieben. ›*Bestimmt für längere Zeit*‹, hat sie mich beschieden, ›*schließlich haben sie den Knechten ihres Freundes noch allerlei Hausrat auf den Wagen geladen, bevor sie aufbrachen.*‹« Krögerhannes schaute Bartholomäus Freyberg an. »Auf gut Glück hab ich dann noch gesagt: ›*Das waren bestimmt die Gesellen von Böttchermeister Brammer. Ich bin dem Gefährt eben in der Johannisstraße begegnet.*‹ Daraufhin hat sie den Kopf geschüttelt. ›*Nein, einer von Meister Rogges großen Bierwagen mit zwei seiner Knechte war es.*‹ Zuerst dacht ich, ich hätte mich verhört, Meister! ›*Fuchs und Qualle?*‹, habe ich die Magd noch gefragt, aber die Namen hat sie nicht gekannt. Ich hab ihr also Rogges Handlanger beschrieben, wie ich es von Euch gehört hatte: ›*Ein schlaksiger Rotkopf und ein Dicker mit Glatze?*‹ – ›*Ja, und eines von den alten Fässern im Keller haben sie auch noch abtransportiert.*‹«

»Das hast du sehr gut gemacht, Hannes«, lobte der Landwehrkommandeur seinen Büttel. »Aber anfangs hast du von zwei Fässern auf dem Wagen gesprochen.«

Krögerhannes nickte. »Sie sind auch mit zwei großen Fässern weg, Meister. Die Wageneinfahrt zum Hof liegt ja auf der Rückseite des Hauses. Nachdem ich mit der Magd gesprochen habe, bin ich dorthin und hab ein Mütterchen getroffen, das ihren Garten auf dem anliegenden Grundstück bestellt. Nach einem Wagen mit einem großen Fass habe ich sie gefragt und auch nach Fuchs und Qualle. Sie hat alles gesehn, nur wären da zwei große Fässer auf dem Wagen gewesen.«

»Wie dem auch sei! Die Venezianer, die Vennerskamps und Rogges Knechte haben jedenfalls die Stadt verlassen, und nur Peter Rogge ist zurückgeblieben. Was meint Ihr dazu, Kollege?«, wandte sich Freyberg an den Pascha.

»Es würde mich vor allem interessieren, was Fuchs und Qualle in den Fässern weggeschafft haben«, erwiderte Yildirim-Mustafa, »und dann, wie und ob die Wachen an den Stadttoren die ausfahrenden Wagen kontrollieren.«

»Ich ahne, was Ihr vermutet, und denke dasselbe wie Ihr, Oberst«, sagte Georg Kämmerer. Der Bernsteinhändler war zwar immer noch kreidebleich, sprach aber jetzt gefasst wie jemand, der sich zu kämpfen entschlossen hat. »Diese Halunken haben Elisabeth in einem der Fässer versteckt. Rogges Leute sind den Torwachen mit Sicherheit bekannt, sie müssen also kaum befürchten, dass man sie kontrolliert.«

»So könnte es durchaus sein. Nur wissen wir leider nicht, wohin Eure Braut gebracht wurde«, meinte der Janitscharenoberst.

»Richtig«, pflichtete ihm Rat Freyberg bei. »Aber es sollte zumindest möglich sein herauszufinden, durch welches Tor Rogges Wagen Hamburg verlassen hat. Meister Braake, Meisterin?«

»Ja?«

»Könnt Ihr diese Aufgabe mit Meister Kämmerer erledigen?«

»Ja. Aber wäre es nicht wirklich besser, gleich Rogge, dieses Schwein …?« Die Art und Weise, wie Henning Braake den Griff des Morgensterns gepackt hatte, sprach Bände – es war klar, welches Schicksal er dem Brauer zugedacht hatte.

»Nein. Dazu warten wir erst ab, bis es dunkel wird.«

27. KAPITEL

Bartholomäus Freyberg räsoniert

Krögerhannes erhielt den Auftrag, Peter Rogges Brauhaus zu beobachten, dann kehrten Mustafa Pascha und seine beiden Begleiter gemeinsam mit Rat Freyberg ins Einbecker Haus zurück. Der Hausvogt wurde dort noch immer vermisst. Während Yildirim-Mustafa, Nedschmeddin und Moses im Schankraum blieben, begab sich der Landwehrkommandeur zum Schreibzimmer von Heinrich Reepernfleet. Er traf einen ratlosen Wirt an.

»Das ist schon mehr als seltsam. Ole ist eigentlich nie säumig, und nun ist er bereits ein paar Stunden überfällig.«

»Ist Euch jemals in den Sinn gekommen, dass er etwas mit der Bierpanscherei zu tun haben könnte?«, fragte der Landwehrkommandeur und nahm auf einem Schemel vor dem Schreibtisch des Wirts Platz.

»Ole?« Heinrich Reepernfleet sah Bartholomäus Freyberg an. »Für den lege ich meine Hand ins Feuer. Mit Verlaub, Herr Rat. Ihr äußert da einen schwer wiegenden Verdacht. Was lässt Euch so verwegen reden?«

»Ich will es Euch erklären: Böttchermeister Brammer hat alle Einbecker Leertonnen an Balthasar Vennerskamps Geschäftspartner Peter Rogge weiterverkauft, und dessen Knechte sind gesehen worden, wie sie die Balken vom Dach in der Johannisstraße auf uns geworfen haben.«

»Ich hörte von dem gestrigen Vorfall, aber es hieß, es wäre ein Unfall gewesen. Dass jemand die Balkenlast mit Absicht gelöst haben soll, davon hat niemand etwas angedeutet. Wer von Rogges Knechten soll denn das gewesen sein?«

»Fuchs und Qualle heißen die beiden, und es gibt einen glaubwürdigen Augenzeugen, der sie auf dem Dach beobachtet hat.«

»Aber was hat das alles mit meinem Hausvogt zu tun?« Der Wirt des Einbecker Hauses schüttelte den Kopf.

»Eine Menge, meine ich. Hannes hat beobachtet, wie Ole Krückau heute Vormittag ungefähr zur elften Stunde das Vennerskamp'sche Haus betreten hat, um dort Bier auszuliefern. Anscheinend war mein Begleiter der Letzte, der ihn gesehen hat.«

Heinrich Reepernfleet, gerade damit beschäftigt, eine Kladde zu öffnen, hielt abrupt in der Bewegung inne. »Ole soll Bier dorthin gebracht haben? Das erledigen doch normalerweise die Schankknechte.«

»Ach, tatsächlich? Nun, das fügt sich ja prächtig in das Bild meines Verdachts.«

Der Wirt musterte sein Gegenüber. »Ich will ganz offen sprechen, Herr Rat. Ihr redet in Rätseln, und zudem scheint es mir, als ob Ihr nicht mit offenen Karten spielt. Ich bin zwar alt, indes weder blind noch taub. Ständig sehe ich Euch mit unseren südländischen Gästen die Köpfe zusammenstecken. Gibt es da etwas, das Ihr mir verschweigt?« Der Wirt schloss die Kladde, schob sie zur Seite und faltete seine gichtigen Hände.

Bartholomäus Freyberg deutete eine Verbeugung an. »Ich bewundere Euren Scharfsinn. Von ›verschweigen‹ kann indes nicht die Rede sein. Ich fand bislang leider bloß keine Zeit, um Euch über meine Ermittlungen zu informieren. Aber ich brauche Euer Wort, dass Ihr zu niemandem über das sprecht, was ich Euch jetzt anvertrauen will.«

»Ihr habt mein Wort, Herr Rat.«

Und so erfuhr Heinrich Reepernfleet von Elisabeths Entführung und von den Gründen, die die Vennerskamps im Verbund mit Peter Rogge und dessen Knechten dazu getrieben hatten.

»... Das Eintreffen eines Einbecker Ratsgesandten, Meister Reepernfleet, hat sie bereits empfindlich in ihren Machenschaften gestört, was die Bierpanscherei betraf. Mehr jedoch hat sie das völlig unerwartete Erscheinen meines Konstantinopeler Kollegen in Panik versetzt, weil damit das ganze Lügengewebe um Dietrich Kämmerers Tod plötzlich zerriss. Der Weg, legal durch Kauf an die unermesslich wertvollen Bernsteinpreziosen seines Bruders zu gelangen, war den Vennerskamps und ihrer venezianischen Verwandtschaft plötzlich versperrt und damit die Gelegenheit, den Türkensultan geneigt zu stimmen. Die Handelsprivilegien, die ihnen infolgedessen entgehen könnten, rechtfertigen es für sie, jedwedes Mittel einzusetzen, um des Bernsteins habhaft zu werden. Mein geschätzter Kollege hat mich aufgeklärt, was es heißt, quasi Hoflieferant des Türkenkaisers zu werden: Es ermöglicht dem begünstigten Handelsherrn, Reichtum in unvorstellbarem Ausmaß zu erwerben. Deshalb, Meister Reepernfleet, hat man sich entschlossen, Elisabeth zu entführen. Den Bernsteinschatz will man gegen ihr Leben eintauschen.«

Der Wirt hatte schweigend Freybergs Rede gelauscht und schüttelte nun den Kopf. »Eure Schlussfolgerungen klingen einleuchtend, dennoch fällt es mir schwer, sie zu glauben. Mein Gott, wenn Ihr Recht hättet, dann würde das bedeuten ...!«

»Einiges ist mir noch unklar, aber im Großen und Ganzen denke ich, dass ich mit meiner Einschätzung der Situation richtig liege. Die Vennerskamps, die beiden Venezianer und auch Fuchs und Qualle haben die Stadt bereits verlassen, und zeitgleich mit Elisabeth Braake ist auch Euer Hausvogt verschwunden. Kommt es zu dem Austausch, rechne ich fest damit, dass niemand von dieser Teufelsbande nach Hamburg zurückkommen wird. Welche Pläne sie auch mit dem Bierschwindel gehabt haben, sie können es einfach nicht wagen, sie nach dem missglückten Attentat weiterzuverfolgen.«

»Aber all ihr Besitz hier, den werden sie doch kaum so einfach zurücklassen. Balthasar Vennerskamp zählt immerhin zu den begüterten Bürgern, und auch Peter Rogge gilt als vermögend.«

Der Landwehrkommandeur zuckte mit den Schultern. »Was sie hier aufgeben, ist nichts im Vergleich zu dem Reichtum, den sie erwerben können, falls sie an den Bernsteinschatz gelangen.

Nein, sie werden sich aus der Stadt absetzen, mit oder ohne Kämmerers Preziosen, denn hier in Hamburg, Meister Reepernfleet, droht ihnen mit Gewissheit der Galgen. Außerdem war die Rede davon, dass die Vennerskamps Fuchs und Qualle Truhen mitgegeben haben. In denen, denke ich, befinden sich ihre beweglichen Kostbarkeiten.«

»Ihr vergesst den Braumeister Rogge. Der hält sich ja anscheinend noch immer in Hamburg auf«, gab der Wirt zu bedenken.

»Dafür wird es schon gute Gründe geben. Wie ich bereits sagte, Meister Reepernfleet, alles erschließt sich mir noch nicht in letzter Klarheit. Sowie es dunkelt, statten wir Rogge einen Besuch ab.« Bartholomäus Freyberg tätschelte seinen Streitkolben. »Und bei Gott, dann bringen wir ihn zum Reden!« Er erhob sich und deutete auf die Kammertür hinter dem Schreibtisch des Wirts. »Wir brauchen später unsere Langwaffen.«

»Wollt Ihr wirklich nicht den Hauptmann der Stadtwache informieren?«

Rat Freyberg schüttelte den Kopf. »Nein. Es ist kaum zu bezweifeln, dass die Schurken ihre Drohung wahr machen und Elisabeth töten, falls die Stadtwache eingeschaltet wird. Vennerskamp und seine Kumpane haben bislang jeden, der ihren Plänen auch nur im Geringsten ins Gehege kam, gnadenlos aus dem Weg geräumt. Sie werden ebenfalls nicht zögern, Braakes Tochter zu meucheln, wenn sie sich in die Ecke getrieben sehen.«

»Und wenn man das Mädchen bereits ermordet hat?«

Die Miene des Landwehrkommandeurs verdüsterte sich. »Das habe ich ebenfalls bedacht, Meister Reepernfleet. Im Grunde müssen wir auch damit rechnen. Aber es verbleibt eine berechtigte Hoffnung: Noch ist Elisabeth lebend ein besseres Faustpfand für unsere Feinde als tot. Gelingt es uns allerdings nicht, sie vor der Übergabe der Bernsteinpreziosen zu befreien, dann ...«

Heinrich Reepernfleet verstand Rat Freyberg, auch ohne dass

der den Satz zu Ende führen musste. »Aber um Elisabeth zu retten, müsst Ihr indes erst einmal in Erfahrung bringen, wohin man sie verschleppt hat.«

»Warten wir ab, was die Braakes und Kämmerer über die Richtung herausbekommen haben, in der Fuchs und Qualle mit dem Wagen die Stadt verlassen haben.« Bartholomäus Freyberg betastete fast zärtlich den Widderkopf seines Streitkolbens. »Den Rest, Meister Reepernfleet, das schwöre ich, wird uns Peter Rogge bereitwilligst erzählen.«

Aber nicht den Brauer sollte der Landwehrkommandeur verhören, sondern einen verängstigten Knaben, den Krögerhannes in diesem Augenblick mit festem Griff in das Schreibzimmer des Wirts schob. »Peter Rogge ist soeben fortgeritten, Meister, vorher hat er dem Jungen dies hier gegeben.« Er griff in seine Wamstasche.

Bartholomäus Freyberg nahm ein Blatt Papier entgegen, das, mit dickem Garn verknotet, um ein Holzstäbchen gerollt war.

»Ihr gestattet?«

»Bitte!«

Mit einem Federmesser, das der Wirt ihm reichte, durchtrennte Freyberg den Faden und glättete das Blatt:

»Die Schmiedin soll allein kommen und zur Mittagsstunde die geforderten Steine in einem Leinensack unter die Zwillingseiche legen, dann wird Elisabeth kein Leid geschehen.«

28. KAPITEL

Eile ist geboten

Der Einbecker Marktbüttel drückte den Knaben derb auf den Schemel vor Heinrich Reepernfleets Schreibtisch. »So, und nun wiederholst du vor dem Herrn Rat, welchen Botengang du für den Brauer erledigen sollst.«

»Au, du tust mir weh!«, protestierte der Junge. »Ich habe doch nichts Verbotenes getan!«

»Lass ihn los, Hannes«, sagte der Landwehrkommandeur. Freundlich wandte er sich an den Knaben. »Hab keine Angst! Erzähl mir nur, welchen Auftrag dir Peter Rogge gegeben hat, und du kannst wieder gehen.« Er warf ihm eine Münze zu.

Der Knabe fing das Geldstück geschickt auf, bedachte Krögerhannes noch kurz mit einem bösen Blick, dann redete er. »Dem Schmiedemeister Braake sollte ich morgen den Brief in den Hof werfen, nach Sonnenaufgang.«

»Gibt dir denn Peter Rogge öfter so merkwürdige Aufträge?«

Der Junge druckste herum. »Hin und wieder schon. Fuchs und Qualle manchmal auch.«

»Sei nicht so verdammt maulfaul, Bursche!«, fauchte Krögerhannes.

Rat Freyberg, der fürchtete, dass der Junge sich bockig zeigen könnte, hielt dem Jungen eine weitere Münze vors Gesicht. »Die bekommst du auch noch, wenn du mir alles darüber erzählst.«

»Na ja, am frühen Nachmittag hat mir der Brauer schon mal eine Botschaft gegeben, die ich den Braakes über die Mauer schmeißen sollte.«

»Und Fuchs und Qualle, was haben die von dir gewollt?« Der Landwehrkommandeur schnippte die Münze in die Luft.

»Fuchs hat mir gesagt ...«

Krögerhannes näherte sich dem Jungen, der darauf bleich wurde und verstummte. »Du verfluchter kleiner Mistkerl!«, knurrte Hannes.

Bartholomäus Freyberg fing die Münze auf und umschloss sie mit der Hand. »Überlass ihn mir!«, herrschte er den Marktbüttel an.

Der Gescholtene trat brummelnd einen Schritt zurück.

Rat Freyberg öffnete die Faust wieder. »Ich verspreche dir hoch und heilig, dass ich dir das Geldstück gebe, wenn du mir sagst, was Fuchs von dir wollte.«

»Fuchs hat mir aufgetragen, die Tochter des Schmiedemeisters abzupassen. Von ihrem Vater sollt ich ihr bestellen, dass sie sofort zum Tuchlager von Meister Müller eilen sollte.«

Der Landwehrkommandeur hob die Augenbrauen und schaute den Wirt an.

»Meister Müllers Tuchdepot befindet sich im Durchgang hinter unserem Bierlager. Aber soweit mir bekannt ist, wird das Haus von den Müllers schon seit etlichen Jahren nicht mehr benutzt«, sagte Heinrich Reepernfleet.

»Aha, interessant! Und gibt es dort eine Person, die sich darum kümmert, dass niemand in dem verlassenen Gebäude sein Unwesen treibt, einen Wächter oder so?«

»Nicht dass ich wüsste.«

Der Knabe rutschte ungeduldig auf dem Schemel herum. »Kann ich jetzt gehen?«

Bartholomäus Freyberg nickte. »Gleich. Wo wohnst du?«

»Schräg gegenüber vom Braumeister Rogge«, meldete sich Krögerhannes zu Wort. »In einem Haus mit einer windschiefen Tür. Da kam er jedenfalls heraus, als der Brauer anklopfte.«

»Dort wohnt der Rattenfänger Kassner«, sagte der Wirt.

»Das ist mein Vater«, murmelte der Junge. »Darf ich nun endlich gehen?«

»Ja.« Der Landwehrkommandeur warf ihm die Münze zu, und der Junge drückte sich aus dem Zimmer, wobei er einen großen Bogen um Krögerhannes machte. Kaum hatte er die

Türschwelle erreicht, rannte er davon, als sei eine wütende Hundemeute hinter ihm her.

»Schade um das gute Geld, Meister. Ich hätte das mit ein paar Maulschellen billiger hingekriegt.«

»Kein Zweifel, ein arg durchtriebenes Bürschchen. Aber wir können seine Aussage gut gebrauchen, falls der Bande der Prozess gemacht wird. Wie hast du es denn angestellt, ihn überhaupt hierher zu bringen?«

Krögerhannes entblößte grinsend seine Schneidezähne. »Och, ich habe ihn nur recht fest gepackt, nachdem Rogge fortgeritten war. Der Junge hat immer noch vor dem Haus herumgelungert. Er hat gezetert wie ein Rohrspatz, aber es hat ihm wenig geholfen. Ich hab ihm gesagt, ich sei ein Amtsbüttel, da hat er sich schließlich gefügt. Was stand denn in dem Schreiben an die Braakes, Meister?«

Heinrich Reepernfleet las ihm die Anweisungen der Entführer vor.

Krögerhannes holte tief Luft. »Was tun wir nun?«

»Bitte erst einmal die Konstantinopeler zu uns und auch Kämmerer und die Braakes, dann besprechen wir alles. Bestell ihnen: Höchste Eile ist geboten!«

»Ja, Meister!« Der Marktbüttel eilte aus dem Zimmer, bloß um einen Moment später wieder zurückzukommen. »Ach, in der Aufregung habe ich völlig vergessen, Euch etwas von Meister Braake zu bestellen: Fuchs und Qualle haben mit der Kutsche die Stadt durch das Heutor verlassen.« Und schon war er aus dem Zimmer. Heinrich Reepernfleet schaute ihm nachdenklich hinterher.

Bartholomäus Freyberg setzte sich wieder zu dem Wirt an den Schreibtisch. »Diese Zwillingseiche, wo der Bernstein abgelegt werden soll, ist das ein bekannter Ort?«

»Ja. Die Eiche steht auf einer kleinen Anhöhe in der nördlichen Stadtmark unweit der Alster. Von dort kann man bis zu den Stadtmauern sehen. Wer sich dem Hügel nähert, bleibt einem Beobachter, tagsüber zumindest, kaum verborgen.«

»Sieht man aus der Ferne auch, ob jemand oben bei der Eiche ist?«

»Das wohl nicht. Das Gras steht hoch.« Der Wirt pochte mit seinen gichtigen Fingern auf den Erpresserbrief und sagte leise, aber eindringlich: »Am Flussufer gegenüber, näher zur Stadt hin, erstreckt sich ein Erlenwäldchen.«

Bartholomäus Freyberg, überrascht vom plötzlichen Flüsterton des Alten, beugte sich zu ihm. »Ja? Und was hat es mit diesem Gehölz für eine Bewandtnis?«

Heinrich Reepernfleet räusperte sich. »Balthasar Vennerskamps Landgut liegt am Rande des Erlenwäldchens. Falls man ein Boot zum Übersetzen hat und gut zu Fuß ist, kommt man in etwa einer halben Wegstunde von dort zur Zwillingseiche. Wer zum Anwesen hinausfährt, Herr Rat, benutzt meistens das Heutor in der Nordmauer, wenn er die Stadt verlässt.«

Bartholomäus Freyberg schüttelte den Kopf. »Eine Tatsache spricht entschieden dagegen, dass man Elisabeth auf dem Gut versteckt hält.«

»Und die wäre?«

»Das Gesinde! Es ist unwahrscheinlich, dass man all die Knechte und Mägde dort von der Entführung ins Vertrauen gezogen hat.«

»Ihr irrt, Herr Rat. Als Balthasar Vennerskamp wegen diverser geschäftlicher Widrigkeiten nicht mehr zahlungsfähig war, hat er das Landgut veräußert und erst in diesem Sommer wieder zurückgekauft. Das Anwesen und der Grund und Boden sind von dem Vorbesitzer, einem reichen Heringskaufmann aus Lübeck, nur zum Zwecke der Spekulation erworben worden. Die Felder hat er nicht bestellt. Auf dem Vennerskamp'schen Landgut gibt es derzeit kein Gesinde.«

29. KAPITEL

Die Tonstichgrube

Fuchs trat grinsend in die Diele des Gutshauses. »Die Kleine ist eine wahre Wildkatze. Angespuckt und wüst beschimpft hat sie uns, als Qualle ihr kurz den Knebel aus dem Mund gezogen hat, damit sie etwas trinken konnte.«

Lucretia zuckte mit den Achseln. »Mag sie schreien, soviel sie will. Hier ist weit und breit keine Menschenseele.«

»Man kann nie wissen«, sagte Balthasar Vennerskamp. Er trat in die Türöffnung und schaute zu der Laube neben der Pferdekoppel, auf der Peter Rogges Gäule neben dem Brauwagen grasten. Qualle hatte es sich unter einer Erle neben dem Häuschen bequem gemacht. »Sicher ist sicher. Außer zum Essen und Trinken darf sie nicht ohne den Maulstopfen sein. Und überprüft auch regelmäßig die Fesseln und die Augenbinde.«

»Machen wir. Ich geh jetzt zu Qualle und genehmige mir ein Nickerchen«, sagte Fuchs. »Wann gibt es was zu beißen?«

»Wenn Rogge da ist.« Der Kaufherr wies auf das linke der Fässer vor der Eingangstür. »Aber erst musst du noch Ole Krückau verscharren. Bernardo und Paolo helfen dir. Sie holen gerade den Handkarren aus dem Schuppen.«

Fuchs sah wenig begeistert aus. »Wenn's sein muss«, brummte er. »Wo soll der Alte denn hin?«

»Der breitere Weg hinter der Koppel führt zu einer Lichtung im Erlenwäldchen. Dort findet ihr eine Tonstichgrube, die heute niemand mehr benutzt.«

Mattezze und Bellentene kamen mit dem Handkarren und zwei Schaufeln. Gemeinsam zerrten sie die Leiche des Hausvogts aus dem Fass und warfen sie auf den Karren.

Der Grund der Tonstichlöcher auf der Lichtung war mit Regenwasser voll gelaufen. Die sterblichen Überreste von Ole

Krückau verschwanden kopfüber in einem trichterförmigen Krater. Bernardo Mattezze und Fuchs schaufelten das feuchte Erdreich auf die Leiche, und bald war nur noch die löchrige Spitze vom linken Schuh des Alten sichtbar.

»So, das langt«, keuchte Fuchs, als endlich auch der Schuh von Erde bedeckt war. Er legte die Schaufel auf den Karren.

»Hast Recht, mir reicht die Buddelei auch«, sagte Mattezze. Unbemerkt von Fuchs wechselte er mit seinem Landsmann einen kurzen Blick und schulterte die Schaufel.

In dem Augenblick, als sich Bellentenes Kupferdrahtschlinge um den Hals des Ahnungslosen zuzog, schlug auch Mattezze zu. Der erste Hieb mit der eisenverstärkten Schaufelblattkante traf Fuchs an der Nasenwurzel, der zweite zertrümmerte seine Schläfe.

Bellentene löste den Draht mit einem befriedigten Gesichtsausdruck, rollte die Schlinge sorgsam auf und steckte sie in seine Wamstasche. Dann beförderte er Rogges Handlanger mit einem Tritt hinunter in die Grube zu Ole Krückau. Das Vergraben der Leiche sparten sich die beiden Venezianer für später auf.

Qualle lehnte mit dem Rücken gegen die Erle und schlief fest, als ein Schatten auf sein Gesicht fiel und eine zarte, kalte Drahtschlinge sich um seinen feisten Hals legte. Er sollte nie mehr aufwachen.

Balthasar Vennerskamp hatte das Geschehen mit Lucretia vom Gutshaus aus beobachtet. Als Mattezze und Bellentene Qualles Leiche auf den Karren wuchteten, eilte er über die Koppel zu ihnen. »Gut gemacht!«, rief er den beiden zu. »Aber wegschaffen könnt ihr ihn jetzt nicht mehr. Rogge muss jeden Moment eintreffen! Rollt den Fettsack dort ins Gebüsch. Wir kümmern uns später um ihn.«

Danach gesellten sich die Männer zu Lucretia, die im Gutshof gewartet hatte.

»Ich hoffe nur, Rogge hat alles so geregelt wie vorgesehen«, sagte sie.

»Da kannst du ganz beruhigt sein«, tröstete sie der Kaufherr. »Er weiß genau um den Wert der Bernsteinpreziosen. Mit dem Drittel, das wir ihm davon versprochen haben, kann er ohne Sorge bis an sein Lebensende als Rentier in Saus und Braus leben. In Oberdeutschland oder sonst wo.«

Draußen war ein Geräusch zu hören, und Bernardo Mattezze wandte den Kopf zum Fenster. »Da wiehert ein Pferd!«

»Das wird er sein.« Bellentene schob die Hand in seine Wamstasche. »Du oder ich?«

»Gib sie mir dieses Mal.« Mattezze nahm die aufgerollte Drahtschlinge entgegen. »Ich komme allmählich aus der Übung mit dem Ding.«

Peter Rogge war scharf geritten. Durchgeschwitzt stieg er vom Pferd. »Der Junge hat von mir ein Silberstück bekommen. Morgen in aller Früh wirft er die Nachricht über die Mauer.«

»Vortrefflich!« Balthasar Vennerskamp nickte. »Dann komm erst mal ins Haus und trink einen Schluck, damit wir in Ruhe alles Weitere besprechen können.«

Peter Rogge wischte sich den Schweiß von der Stirn und folgte dem Handelsherrn in die Diele. »Wo sind Fuchs und Qualle?« Der Bierbrauer schaute sich in dem Gutshof um. »Ich habe sie draußen nirgends entdecken können.«

»Die verbuddeln gerade Ole Krückau«, sagte Bellentene.

»Es war mir von Anfang an nicht recht, dass du ausgerechnet ihn mit dem Biervertausch betraut hast. Einer von den Schankknechten hätte die Arbeit bestimmt für weniger erledigt als diese geldgierige Ratte von einem Hausvogt«, knurrte der Brauer. Er streckte die Hand nach dem Wasserkrug aus, den Lucretia ihm entgegenhielt.

Peter Rogge endete zuckend und röchelnd wie seine Handlanger. Es hatte die vereinten Kräfte von Bellentene und Mattezze gebraucht, um dem starken Mann die Luft zu nehmen. Doch mit ein paar gezielten Messerstichen in die Brust wurde auch dem Bierbrauer der Lebensfaden endgültig abgeschnitten. Selbst als das Blut in hohem Bogen spritzte, hatte Lucretia fasziniert zugeschaut, die Wasserkaraffe immer noch in der Hand. Vennerskamp dagegen musste sich abwenden. Solcherlei Mordtaten waren nichts für sein Gemüt.

30. KAPITEL

Das segensreiche Amulett des Frommen Klaus

Es war eine mondlose, aber sternhelle Nacht. Dank des wegkundigen Schmieds und des Bernsteinhändlers erreichte die Reiterschar zügig die Ausläufer des Erlenwäldchens. In einer Mulde wurden die Pferde angepflockt. Krögerhannes blieb zu ihrer Bewachung zurück, die anderen schlichen sich im Schutz der Bäume zum Waldrand hinter dem Gutshaus.

Durch eine Ritze in der Haustür drang ein Lichtschimmer.

»Mein Gott, da sind zwei große Fässer vor dem Haus«, raunte Henning Braake. »Und auf der Koppel steht ein Brauwagen, wie ihn auch Rogge besitzt.«

Rat Freyberg nickte. »So und nicht anders habe ich es vermutet, mein Freund.«

»Bei Allah«, flüsterte der »Blitz« zu Nedschmeddin, »die Bande da drinnen muss sich sehr sicher fühlen, oder siehst du irgendwo einen Wachposten?«

»Nein, Herr.«

»Du, Moses?«

»Ich auch nicht.«

Bartholomäus Freyberg löste vorsichtig seinen Waffengurt und reichte ihn Georg Kämmerer. »Falls man mich bemerken sollte, zögert nicht, augenblicklich das Haus zu stürmen.« Bloß mit dem Streitkolben bewaffnet, entfernte er sich in geduckter Haltung.

Bereits kurz darauf erschien er wieder am Waldrand. »Seltsam. Es scheint, dass nur vier von ihnen im Haus sind. Eine Frau und drei Männer. Elisabeth konnte ich nirgends entdecken.«

»Wer sind die vier?«, fragte der Bernsteinhändler. Er gab Freyberg das Wehrgehänge mit Schwert und Dolch zurück.

»Im Kerzenschein konnte ich ihre Gesichter nicht erkennen. Aber sie reden in südländischer Zunge miteinander. Ich nehme an, es sind diese beiden venezianischen Halunken und Vennerskamp und seine Frau.« Der Einbecker schloss die Gurtschnalle und steckte den Streitkolben in das Futteral neben den Dolch.

Henning Braake deutete auf den Brauwagen. »Vielleicht haben sich Rogge und seine Spießgesellen ja schon schlafen gelegt.«

»Vielleicht. Vielleicht auch nicht.«

Moses übersetzte. Der Janitscharenoberst runzelte die Stirn. »Das will mir überhaupt nicht gefallen. Es könnte immerhin bedeuten, dass sie die Frau an einem anderen Ort versteckt halten.«

Der Einbecker Landwehrkommandeur pflichtete ihm bei. Während Moses noch dem Pascha seine Ansichten übersetzte, ergriff plötzlich der Bernsteinhändler seinen Unterarm. Freyberg wandte sich schnell zum Gutshaus. Ein Mann trat aus der Tür. In der einen Hand hielt er eine Fackel, in der anderen einen Krug.

»Mattezze«, flüsterte Kämmerer.

Der Venezianer überquerte die Koppel und verschwand in einem Häuschen, das ihnen allen bis dahin nicht aufgefallen war. Er verweilte dort einige Zeit und kehrte dann ohne den Krug wieder zum Gutshaus zurück.

»Wie deutet Ihr das?«, fragte der Landwehrkommandeur seinen Konstantinopeler Kollegen.

»Schwer zu sagen. Was ist das für ein Gebäude? Ein Stall?«

Moses übersetzte, und Freyberg zuckte mit den Achseln. Doch Henning Braake konnte Auskunft geben. »Nein, ich erinnere mich. Es ist eine Laube.«

»Laube?«, fragte der Jude nach, dem das Wort offenbar unbekannt war. »Was ist eine Laube?«

»Na, so ein Häuschen für die warme Jahreszeit. Ein Sommerhaus eben.«

»Es ist ein Kiosk, ein Lusthäuschen«, übersetzte Moses.

Der Pascha runzelte die Stirn. »Der Krug sah aus wie ein Wasserkrug.«

Bartholomäus Freyberg erriet Yildirim-Mustafas Gedanken. »Normalerweise hält man an einem solchen Ort kein Getier.«

»Mein Diener ist nicht nur ein wackerer Kämpe, sondern war auch der beste Späher, den ich jemals auf all den Feldzügen unter meinem Kommando hatte, Herr Rat. Soll er dieses Mal gehen?«

Der Landwehrkommandeur nickte.

»Nedschmeddin, schau nach, was Mattezze dort wollte!«, befahl der Janitscharenoberst. »Aber vorsichtig! Eventuell sind Rogge und seine Leute da untergebracht.«

Mit dem blanken Säbel in der Faust schlich Nedschmeddin davon, schlug einen großen Bogen um die Koppel und näherte sich der Laube von hinten, so dass die Männer am Waldrand ihn nicht sehen konnten. Vorsichtig kroch er auf die Rückwand zu. Dort presste er das Ohr gegen das Holz. Erst vernahm er nichts, aber dann hörte er ein Scharren. Der tapfere Leibdiener tastete sich an den Wänden der Laube entlang, bis er neben der Tür angelangt war. Das Scharren wurde lauter. Nedschmeddin richtete sich auf und drückte behutsam mit der Säbelspitze gegen das Türblatt. Mit einem leisen Knarren tat sich ein Spalt auf. Nedschmeddin hielt den Atem an. Nichts geschah, nur das Scharren war weiterhin vernehmlich. Er kniete nieder und vergrößerte vorsichtig den Türspalt. Auf dem Boden der Laube bewegte sich etwas.

Vom Waldrand konnten die Männer einen grauen Schatten sehen, der sich fast unmerklich vom dunkleren Holz der Laube abhob. Dann war der Schatten in der Dunkelheit plötzlich nicht mehr auszumachen.

»Er ist in der Laube verschwunden«, flüsterte der Bernsteinhändler.

»Da, jetzt kommt er wieder raus!«, sagte der Schmied, der mit scharfem Auge eine Bewegung an der Laubentür ausmachte.

Zweimal ertönte der langgezogene, schrille Schrei eines Raubvogels.

»Das ist Nedschmeddins Signal«, ließ der Pascha Freyberg übersetzen. »Er hat etwas Wichtiges entdeckt, aber Gefahr droht keine, sonst hätte er den Ruf wiederholt.«

»Ich gehe nachschauen, was er gefunden hat. Übernehmt bitte derweil hier den Befehl.«

Freyberg wählte den gleichen Umweg um die Koppel wie des Paschas Diener.

»Nedschmeddin?«, flüsterte er leise, aber vernehmlich, als er sich der Laube näherte.

Vor ihm löste sich stumm ein dunkler Umriss von der Laubenecke. Mustafa Paschas Diener bedeutete Freyberg mit der blitzenden Säbelklinge, in die Laube zu treten.

Das Scharren hörte Freyberg sofort, aber seine Augen brauchten einen Moment, bevor er bei dem spärlichen Sternenlicht von der Türöffnung erkennen konnte, wodurch es verursacht wurde: Eine an Händen und Füßen gefesselte Frauengestalt lag auf dem Boden und versuchte verzweifelt, eine Augenbinde abzustreifen, indem sie ihre Wange an einem Pfeiler rieb.

»Mein Gott! Elisabeth!«

Behände kniete der Landwehrkommandeur sich neben Kämmerers Braut. »Kind, hab keine Angst mehr, ich bin's, Bartholomäus Freyberg!« Er löste die Augenbinde. »Du bist jetzt in Sicherheit. Bitte bleib ganz still, wenn ich dir den Stopfen aus dem Mund nehme, sonst warnst du deine Peiniger. Nick bitte, damit ich weiß, dass du mich auch verstanden hast.«

Elisabeth nickte.

Vorsichtig durchtrennte Freyberg mit seinem Dolch das Lederband, das den Knebel fixierte, und zog den Stopfen aus ihrem Mund. »Draußen ist ein Freund. Er passt auf, dass dir nichts geschieht. Ich gehe jetzt zu deinem Vater und Georg und berichte ihnen, dass du wohlauf bist.«

In Zeichensprache machte er Nedschmeddin klar, dass er bei Elisabeth bleiben solle, dann eilte er zum Waldrand. Die Erleichterung über die Befreiung von Kämmerers Braut war groß.

»Beherrscht euch, noch gilt es, ihre Peiniger zu fassen«, ermahnte Rat Freyberg den Schmied und den Bernsteinhändler, die vor Freude vergaßen, ihre Stimmen zu dämpfen. »Wenn ihr weiter so herumschreit, entwischt uns die Bande noch zu guter Letzt.«

Betroffen verstummten die beiden.

»Dann lasst uns sofort das Gutshaus stürmen!« Henning Braake schwang seinen Morgenstern.

»Ja«, flüsterte Georg Kämmerer und zog, vor Wut zitternd, sein Schwert aus der Scheide. »In Stücke hauen will ich diese Schweine!«

»Nichts dergleichen werdet ihr unternehmen!«, fuhr sie der Landwehrkommandeur barsch an. »Schleicht zur Laube und kümmert euch um Elisabeth. Nedschmeddin soll zu uns stoßen. Den Sturm aufs Haus überlasst getrost erfahreneren Männern.«

Der Jude übersetzte, und Mustafa Pascha nickte. »Du gehst mit ihnen, Moses. Dann seid ihr immerhin zu dritt, falls Rogge und seine Leute doch noch unverhofft auftauchen.«

»Ja, mein Pascha.« Der Jude teilte Freyberg die Entscheidung des Janitscharen mit.

»Gut, so soll es denn sein!« Sein Blick begegnete dem des »Blitzes«. Beide nickten sich zu und lächelten.

Als die Männer in der Dunkelheit verschwunden waren, sagte Yildirim-Mustafa: »Braake stark, aber Kopf jetzt voll von viel Bier. Junge Bruder von *Ditoritsch*, er ...« Er imitierte den zitternden Bernsteinhändler.

Bartholomäus Freyberg grinste. »Und Moses?«

»Moses Tuchhändler. Schneiden Tuch, schneiden nicht Mattezze und anderen Mann aus Venedig. Wie Vennerskamp?«

Der Landwehrkommandeur lachte leise und nickte. »Ja. Er auch Tuch schneiden.«

Nedschmeddin erschien am Waldrand. Geduckt schlichen die drei Männer los. Freyberg postierte sich rechts, der Pascha und sein Diener kauerten sich links neben die Eingangstür des Gutshauses.

Auch Peter Rogge hatte seine Wertsachen nicht in Hamburg zurückgelassen. Im Schein des offenen Kaminfeuers verteilte Lucretia in der Diele die Geldsäckchen und eine kleine wohl gefüllte Geschmeideschatulle auf die zwei Satteltaschen, in die sie ihr Silber und Geschmeide aus den Truhen umgefüllt hatte. Selbst die Geldbeutel von Fuchs und Qualle waren prall gewesen.

»Ein höchst willkommenes Zubrot«, murmelte sie, als sie die erste Tasche zuschnallte.

Mattezze und Bellentene, die Waffen griffbereit neben sich, hockten auf einer Bank vor der Feuerstelle und spielten Karten. Nur Balthasar Vennerskamp lief unruhig auf und ab.

»Was ist, wenn die Schmiedin den Bernstein morgen nicht zur Zwillingseiche bringt?«

Lucretia seufzte. »Nun hör doch endlich mit der Schwarzmalerei auf, Balthasar!«

Paolo Bellentene unterdrückte ein Gähnen, dann warf er eine Karte ab. »Keine Sorge«, brummte er. »Sie wird schon kommen.«

Bernardo Mattezze nahm die Karte auf. »Genau. Ihr solltet euch jetzt aber auf den Weg machen. Bis zur Lübecker Fernstraße kommt ihr in der Dunkelheit nur langsam voran.« Er kratzte sich am Kopf und spielte eine neue Karte aus. Dann wandte er sich an Vennerskamp. »Bevor ihr geht, sollten wir noch klären, wie wir verbleiben, falls ihr nicht im Lübecker Hafenkrug Unterkunft findet.«

»Dann hinterlassen wir euch eine Nachricht, wo wir sind.« Lucretia verschloss die zweite Satteltasche.

»Na gut. Ich hol schon mal die Pferde«, brummte Vennerskamp. Er entzündete eine Fackel am Kaminfeuer und bückte sich nach einer der Taschen.

»Was hältst du davon«, raunte Mattezze seinem Landsmann zu und deutete auf ihr Nachtlager aus Strohsäcken neben der Tür, »wenn wir nachher der Kleinen noch etwas Bewegung verschaffen? Sie wird anfangs zwar noch arg steif von den Fesseln sein, aber das wird sich mit der Zeit schon geben.«

Yildirim-Mustafa machte seinem Spitznamen alle Ehre. Balthasar Vennerskamp hatte kaum eine Reisetasche über die Schwelle gehoben, da enthauptete ihn der Pascha mit einem einzigen Hieb. Die Säbelspitze kam in einer der Satteltaschen zu stecken. Durch den Spalt quollen Silbermünzen und rollten mit lautem Klimpern auf den Steinboden.

Sofort drängten Nedschmeddin und Freyberg an dem Janitscharen und dem zusammensackenden Vennerskamp vorbei in die Diele. Lucretia schrie schrill auf, Mattezze und Bellentene sprangen von der Ofenbank und griffen nach ihren Waffen.

Vennerskamps Pechfackel war auf die Strohsäcke neben der Tür gefallen. Es dauerte nur Augenblicke, dann schlugen die Flammen hoch.

Während Mattezze noch damit beschäftigt war, das Schwert aus der Scheide zu ziehen, hatte Bellentene bereits einen Dolch in der Hand und schleuderte ihn auf die Eindringlinge. Lucretia rannte schutzsuchend hinter ihn. Der Venezianer hob sein Schwert.

Der Landwehrkommandeur hechtete in den Raum und spürte dabei, dass etwas gegen seine Brust prallte, sonst nichts. Das Marienamulett des Frommen Klaus erwies sich als eine segensreiche Gabe. Den Schwertstich des heranstürmenden Mattezze, der auf Freybergs Kehle zielte, lenkte er mit dem Stiel des Streitkolbens ab. Als der Venezianer erneut ausholen wollte, steckte bereits der Widderkopf von Freybergs Streitkolben in seiner Stirn. Hinter ihm sprang Mustafa Pascha über Vennerskamps Leiche und platzierte sich neben ihm.

Derweil war Nedschmeddin mit einem Riesensatz bei Bellentene und Lucretia. Bellentene duckte sich, und Nedschmeddins

Säbel zerfetzte Lucretias Hals. Yildirim-Mustafa warf, und bevor Bellentene dazu kam, mit dem Schwert nach Nedschmeddins Beinen zu schlagen, traf ihn der Streitkolben des Paschas mitten ins Gesicht.

Das flammende Strohlager hatte Teile der hölzernen Wandtäfelung in Brand gesetzt. Dichter Rauch begann die Diele zu füllen. Der »Blitz« zog den Gepardenkopf aus Bellentenes Stirn. Eine Latte der Deckenverkleidung fiel Funken sprühend zu Boden.

»Raus hier!«, rief Freyberg. »So schnell wie möglich raus! Das Gutshaus geht in Flammen auf!«

Der Pascha und sein Diener brauchten keinen Übersetzer. Um sie herum loderten die Flammen. Die seidenen Vorhänge, Tische und Stühle, der wollene Teppich, all das bot reichlich Nahrung für das mit rasender Geschwindigkeit um sich greifende Feuer.

»Nimm die andere!«, befahl Yildirim-Mustafa seinem Diener und ergriff eine der beiden Satteltaschen. Dann stürzten die drei Männer hinaus in die Nacht.

EPILOG

Am Mittelmeer

Mustafa Pascha, nunmehr Statthalter einer ansehnlichen Mittelmeerprovinz und somit berechtigt, sich von einem Janitscharentrupp das Zeichen seiner Würde, einen Rossschweif, vorantragen zu lassen, lauschte den Wellen, die sanft gegen die Festungsmauern schlugen.

Soeben hatte Nedschmeddin ihn verlassen. Auch er war befördert worden, seitdem der Großwesir dank Kämmerers Bernsteinschatz wieder unbegrenzt das Ohr von Sultan Bayezid dem Frommen besaß. Nedschmeddin diente jetzt als Hauptmann in der Hafengarnison.

Einmal im Monat traf der Pascha sich mit seinem ehemaligen Leibdiener, zumeist um über die gemeinsam bestandenen Abenteuer in den kalten Nordlanden der Franken zu plaudern.

Dann leerten sie zur Abendstunde in dem luftigen Kiosk auf der Seebastion einen Krug besten Zypernweins und unterhielten sich, bis die Sonne hinter der Landzunge im Westen unterging. Sie redeten von dem Prunkbankett, das Georg Kämmerer und die Braakes für alle Retter Elisabeths im Einbecker Haus gegeben hatten. Sie lachten über die neidvolle Verwunderung der *Hamburker* Bürger, die einfach nicht verstehen konnten, wie der Schmiedemeister Henning Braake es vermocht hatte, seiner Tochter Elisabeth eine derart prunkvolle Hochzeit auszurichten. Sie sprachen von der Rückreise via *Ainbek*, wo die Gemahlin von Bartholomäus Freyberg unermüdlich köstliche Rinderbraten und zartes Lammfleisch aufgetischt hatte und wo das edle Bier in wahren Strömen geflossen war. Sie riefen sich in Erinnerung, wie bei dem Fest, mit dem die Einbecker Stadtherren ihren Landwehrkommandeur für die Aufklärung der Bierpanscherei ehren wollten, die Schmiedin dann stolz eine doppelreihige Kette mit den größten Steinen aus Kämmerers Preziosensammlung getragen hatte.

Der Pascha seufzte. Es war in der Tat eine erfolgreiche Reise gewesen. Der Gunst seines Gönners, des Großwesirs, konnte er auch zukünftig gewiss sein: Moses hatte mit Hilfe seiner Glaubensbrüder verlässliche Wege gefunden, wie man das Gold des Nordens ohne den ruinösen Zwischenhandel der *Serenissima* nach Konstantinopel bringen konnte.

Weitgehend mit sich und der Welt zufrieden, betrachtete der »Blitz« das letzte Abendrot am Horizont. Eigentlich gab es nur drei Dinge, die ihm gelegentlich Verdruss bereiteten: dass Peter Rogge mit seinen Kumpanen die Flucht geglückt war, dass der Badewirt vom Hafenkai in *Hamburk* es rundweg abgelehnt hatte, ihm die dralle Rosalinde zu verkaufen, für keinen Preis. Und schließlich bedauerte er es sehr, dass die Galeeren unten im Kriegshafen nie einen christlichen Kauffahrer mit hansischem Fernbier aufbrachten. Doch vielleicht ließ sich ja über Moses' nun gesicherte Bernsteinroute in der Zukunft auch ab und an ein Fässchen Einbecker nach Konstantinopel bringen.

Noch mehr
    Hanse, Händler, Halsabschneider …

Thomas Prinz
**Der Unterhändler
der Hanse**
Ein Hansekrimi
Taschenbuch 52815
189 Seiten
ISBN 3-434-52815-6

Lübeck / Stralsund 1370: Reinekin Kelmer, Lübecker Kaufmann und Schwiegersohn des Bürgermeisters, hat sich nach dem Tod seiner Frau von allen öffentlichen Ämtern zurückgezogen. Nach zehnjährigem Krieg beginnen in Stralsund die Friedensverhandlungen zwischen Dänemark und der Hanse. Kelmer soll als Unterhändler Lübecks die Verhandlungen führen, doch er lehnt ab. Selbst eine Serie von Anschlägen auf Ratssendboten aus Bremen, Danzig und Wismar, die ebenso wie Lübeck für einen schnellen Frieden mit Dänemark eintreten, kann ihn nicht umstimmen. Erst als der Lübecker Bürgermeister selbst Opfer eines Anschlags wird, entschließt sich Kelmer, die gefährliche Aufgabe zu übernehmen. Im Stralsund gilt es nicht nur einen gerechten Frieden mit dem dänischen Reichsdrosten Henning von Putbus auszuhandeln, sondern auch die Anschläge aufzuklären, denn der Mörder ist in der Stadt, und er tötet weiter ...

Frank Goyke
Tödliche Überfahrt
Ein Hansekrimi
Taschenbuch 52809
223 Seiten
ISBN 3-434-52809-1

Lübeck im Jahre 1445: Nach dem Tod seines Vaters Balthazar und den Morden an seinen Lüneburger Freunden ist endlich Ruhe in das Leben von Sebastian Vrocklage eingekehrt. Er hat den Bürgereid der Hansestadt Lübeck geleistet, ist glücklich verheiratet und erfolgreicher Kaufmann mit weitreichenden Handelsbeziehungen. Doch der Schein trügt: Sein Korrespondent in Bergen wird ermordet aufgefunden, Frachtbriefe sind gefälscht. Kurzentschlossen schifft er sich gemeinsam mit seiner Frau Geseke und dem Ritter Ritzerow nach Bergen ein. Die Geschäfte dort erweisen sich als mörderisch ...

DieHanse

Hartmut Mechtel
**Der Tod lauert
in Danzig**
Ein Hansekrimi
Taschenbuch 52806
214 Seiten
ISBN 3-434-52806-7

Danzig im Jahre 1626: Die mächtige Hansestadt hat sich dem polnischen König widersetzt und erfolgreich ihren reformierten Glauben verteidigt. Valten Went, Wundarzt, ist ein angesehener Bürger. Als der Kaufmann Hans Brüggemann tot in der Mottlau treibt, beauftragt ihn der oberste Richter mit den Untersuchungen: Mord!
Wenige Tage später wird ein toter Holländer aus der Mottlau gefischt. Stehen die Morde in irgendeinem Zusammenhang? Was weiß der Gesandte der Katholischen Liga? Und: welche Rolle spielt die schöne Witwe Madeleine de Marcillac ...?

Jürgen Ebertowski

**Das Vermächtnis
des Braumeisters**

Ein Hansekrimi

Taschenbuch 52804

201 Seiten

ISBN 3-434-52804-0

Einbeck im Sommer 1500: Die Hansestadt ist bekannt für ihr Bier. Doch die Rezeptur der begehrten Handelsware ist ein streng gehütetes Geheimnis der Brauerzunft. Die Saufgelage des Osloer Kaufmanns Sigmund Beiersen sind Legende; doch er ärgert sich: über den Erfolg der Einbecker und ihre, wie er findet, unverschämten Preise. Es müsste doch mit dem Teufel zugehen, wenn es keinen Weg gäbe, die geheime Bierrezeptur an sich zu bringen. Der Teufel heißt Heribert von Habelstein …

Frank Goyke
Lüneburger
Totentanz
Ein Hansekrimi
Taschenbuch 52805
217 Seiten
ISBN 3-434-52805-9

Lüneburg im März 1433: Margarete, die Tochter des Rostocker Kaufmanns und Ratsherrn Martin Grüneberg, heiratet Tidemann, den Sohn des Lüneburger Salinenpächters und Bürgermeisters Reyner Stolzfuß. Die feierliche Trauung endet tödlich: Der Salzhändler Lüdeke Peters wird auf den Treppen zur Kirche erstochen. Es soll nicht der einzige Mord bleiben …

dieHanse

Waldtraut Lewin,
Miriam Margraf
Weiberwirtschaft
Ein Hansekrimi
Taschenbuch 52810
205 Seiten
ISBN 3-434-52810-5

Magdeburg im Jahre 1482: Eine Hochzeit steht an, zwischen Richard Alemann, Sohn einer Magdeburger Patrizierfamilie, und Regina Jessen, Tochter eines Hamburger Kaufmanns. Die Verbindung soll die Liebe festigen, aber auch die gemeinsamen Handelsbeziehungen. Doch dann findet Richard die Leiche des ermordeten Kaiserlichen Rats Wulffenstein – ermordet. Ein blutverschmiertes Dokument steckt ihm im Rachen – mit dem Siegel des Kaisers, gerichtet an die Hansestadt Hamburg. Als man Richard als Mörder einsperrt, löst der alte Jessen die Verlobung und reist abrupt ab. Sein Weg führt ihn in die Börde, zu Adela Braunböck von Alvensleben, der Herrin des Korns.
Welche Verbindung besteht zwischen den beiden? Haben sie den Mord an Wulffenstein in Auftrag gegeben? Die Zeit drängt: Richard sitzt im Gefängnis und Regina ist die einzige, die an seine Unschuld glaubt ...

Andreas Weber
Der Schuldschein
Ein Hansekrimi
Taschenbuch 52812
236 Seiten
ISBN 3-434-52812-1

Berlin im Jahre 1376: Der Tuchhändler Randulf van Törsel hat feinstes Flandrisches Tuch in Berlin einfärben lassen, das der Berliner Kaufmann Hovemann nach Hamburg bringen soll. Alle stehen zur Abreise bereit. Da macht man einen grausigen Fund: Die Tochter van Törsels wird zwischen den Tuchballen gefunden – ermordet, mit abgeschnittenen Haaren.
Auch Hovemann ist verzweifelt; beim Würfelspiel mit dem zwielichtigen Heinrich von Erp, einem der reichsten Kaufleute Berlins, hat er all sein Hab und Gut verloren. Wie soll er nur seine Schulden begleichen? Von Erp macht ihm ein abstoßendes Angebot: Er verlangt Friedelinde, die junge Tochter Hovemanns, für eine Nacht. Der Vater ist entsetzt und greift in seiner Verzweiflung zu einer tragischen Lösung. Wenige Wochen später brennt Berlin ...

<u>Die</u>Hanse